metro

Helen Zahavi

Schmutziges Wochenende

UT *metro* wird
herausgegeben von
Thomas Wörtche

Zu diesem Buch

1991 wirkten Helen Zahavis Gewaltfantasien noch so schockierend und provokant, dass sie eine Diskussion über Gewalt von Frauen auslösten. Zahavis Buch polarisierte. Heute kann man etwas gelassener die raffinierte Machart des Romans anschauen: Seinen intelligenten Witz, das rasante Erzähltempo, die Wucht der Story und die vielen Bedeutungsebenen, die virtuos miteinander verknüpft sind. Aus dem Skandalbuch von damals ist ein Klassiker geworden.

»Wahnsinnig komisch, mit wunderbaren Dialogen.«
The Sunday Times

»Helen Zahavi gewinnt dem Machtkampf zwischen Mann und Frau bizarre wie unbehagliche Seiten ab.« *Stern*

Die Autorin

Helen Zahavi stammt aus einer jüdisch-polnischen Familie. Sie wurde in England geboren und lebte als Übersetzerin in Frankreich, Israel, England und Irland. »Schmutziges Wochenende«, ihr erstes Buch, wurde sofort ein Bestseller und in dreizehn Sprachen übersetzt. Heute lebt Helen Zahavi wieder in Paris und arbeitet an mehreren Drehbuchprojekten.

Von Helen Zahavi ist in der Reihe UT *metro* außerdem lieferbar: »Donna und der Fettsack«

Mehr über Buch und Autorin
im Anhang oder auf *www.unionsverlag.ch*

1

Dies ist die Geschichte von Bella, die eines Morgens aufwachte und merkte, dass sie es satt hatte.

Sie ist niemand Besonderes. England ist voll von Verletzten. Die still ersticken. Die leise schreien, damit die Nachbarn nichts hören. Sie müssen sie gesehen haben. Sie sind vermutlich an ihnen vorbeigegangen. Sie sind mit Sicherheit auf sie draufgetreten. Allzu viele Menschen haben es satt gehabt. Das ist nichts Neues. Was man dagegen tut, das zählt.

Bella hätte tun können, was sich gehört. Sie hätte tun können, was anständige Leute tun. Sie hätte ihren sanft gerundeten Bauch mit Barbituraten füllen oder sich in fröhlicher Leidenschaft von einem Hochhaus stürzen können. Man hätte es traurig gefunden, aber nicht ungehörig. Ach, die arme Bella, hätten sie alle gesagt und ihre Überreste in die wartende Erde geschaufelt. Sie hatte es anscheinend satt, hätten sie gesagt. Wenigstens hat sie den Anstand besessen, zu tun, was sich gehört.

Aber Schmerz und Bella – das ging nicht zusammen. Sie lief vor ihm davon und glaubte, er würde sie nicht finden. Sie schloss die Augen, hielt den Atem an und hoffte, der Schmerz würde an ihr vorbeigehen. Allein die Vorstellung, in blasse, durchscheinende Haut zu schneiden oder ihren pulsierenden Körper auf die Gleise der Strecke London–Brighton niederzulegen oder sich mit einem Elektrokabel um den Hals an der Zimmerdecke aufzuhängen (ist sie nicht entzückend, erstickend, bestrickend?), bewirkte, dass ihr Schließmuskel beinahe den Dienst versagt hätte.

Der Schmerz also war nicht ihr Ding.

Möglicherweise gab es aber noch einen Grund dafür, dass sie die Tat nicht ausführen konnte. Noch einen Grund, warum sie trotz allem weitermachte. Vielleicht war es die Vorstellung, gewesen und vergangen zu sein, ohne eine Spur hinterlassen zu haben. Die Vorstellung, dass sie, wenn sie Schluss machte, keine Geschichte gehabt hatte. Dass kein Mensch je ihren Namen kennen würde.

Denn auch wenn sie kaum lebte, wollte sie doch, dass man ihren Namen kannte. Wenn schon sonst nichts, sollte man wenigstens ihren Namen kennen.

Manche Menschen verstehen sich gut aufs Leben, andere schlecht. Bella verstand sich schlecht darauf. Niemand hatte ihr gezeigt, wie man es anpackt, darum tappte sie im Dunkeln. Sie prallte krachend gegen den guten Geschmack, stolperte über die feine Lebensart und schlug sich den Kopf wund an der Betonmauer von Erfolg und immer währendem Glück.

Sie spielte das Spiel schlecht, aber sie hatte gelernt, mit Anstand zu verlieren. Verlieren schien zu ihr zu passen. Es war etwas Vertrautes, wie ein Schmerz, der immer da ist und von dem man weiß, dass er einem groteskerweise fehlen würde, wenn er je verschwinden sollte. Seltsam, dass sie darüber nicht bitter wurde. Aber das wurde sie nicht.

Sie wollte lediglich in Ruhe gelassen werden, was nicht viel verlangt schien. Sie erwartete wenig und bekam noch weniger und dankte ihren Göttern für das, was sie bekam.

Sie hatte eine kleine Nische für sich gefunden, und die würde man ihr doch nicht neiden. Sie hatte sich eine Nische gegraben in einer Kellerwohnung, in einer Straße, die zum Meer führt. Im Sommer kam sie fast um vor Hitze, und im Winter schüttelte es sie vor Kälte, und die Abende brachte sie damit zu, nach feuchten Stellen zu suchen. Es war ein trübes, graues Leben, eine Fehlgeburt von einem Leben. Aber es war ihr Leben, und sie akzeptierte es.

Und nichts hätte sich geändert, niemand hätte je ihren Namen erfahren, wenn da nicht der Mann gewesen wäre, der sie beobachtete. Ein ganz gewöhnlicher Mann, der sie von seinem Fenster aus beobachtete. Ein Mann, der lüstern glotzte, während er da an seinem Fenster stand. Er sah sie in ihrer Kellerwohnung und konnte es nicht lassen. Ihm fehlte der Verstand, sie in Ruhe zu lassen.

Er bildete sich ein, sie sei ein leeres Gefäß, das allein er füllen könne. Er bildete sich ein, er würde sie bei den Haaren packen und durch die Straßen schleifen. Er bildete sich ein, er würde ihr den

Mund zuhalten und sie so hinbiegen, wie er sie haben wollte. Er bildete sich zu viel ein, das war sein Problem. Ein Mann mit einem kleinen Geist und großen Fürzen im Kopf.

Denn Bella konnte sich nicht biegen.

Wie er feststellen sollte und wie sie feststellen sollte – Bella konnte nur brechen.

2

Und jetzt zur Ausführung, zur Einführung dessen, was vorher geschah, was sie zu dem trieb, was sie tat.

(Die saftigen Details, die widerlichen und schauerlichen, saftigen Details, die Mütter dazu bringen werden, ihre widerspenstigen kleinen Söhne zu warnen: Wenn du nicht brav bist, kommt Bella dich holen – *diese* Details kommen später.)

Es begann in jenem Sommer, einem Sommer so heiß und schwül, dass die Luft flirrte und die Mauern dampften. Der Strand quoll über von Touristen; bleiche Tagesausflügler drängten sich am Pier, und Sprachschüler, die gemächlich von Schnellimbiss zu Schnellimbiss bummelten, verstopften die Straßen. Brighton lockte alle und jeden.

Bellas Keller war ein dunkler Keller. Ein ungewöhnlich tiefer und dunkler Keller. Sie zog den Vorhang am Küchenfenster auf, und Licht sickerte herein, wo es ging. Dennoch reichte es zum Lesen nicht aus, nicht einmal bei Tag. Dennoch musste sie bei Tag unter einer gelben Glühbirne sitzen, wenn sie lesen wollte, was sie oft tat.

Sie las viel. Eine richtige Vielleserin. Am liebsten las sie die Anzeigenblätter, die sie auf dem Abtreter fand. Sie las die Kleinanzeigen, um zu sehen, was das Leben zu bieten hatte. Da draußen war die große, weite Welt, und überraschenderweise, tröstlicherweise schien sie nicht viel besser als ihre eigene. Nicht ganz so übel, aber auch nicht viel besser.

An einem Junitag, als die Tulpen auf dem Bord die Köpfe hängen ließen und ihr die Lider schwer wurden, faltete sie die Zeitung zusammen und schob ihren Stuhl zurück, stellte sich ans Fenster und sah zum Himmel hinauf.

Viel Himmel war nicht zu sehen. Nur ein kleines blaues Quadrat, das zwischen den Häusern eingezwängt war. Gar nicht viel Himmel, und Bella brauchte den Blick auf den Himmel. Ihre Augen brauchten Licht und Weite. Weil ihnen beides nicht gegönnt wurde, begann Bellas Sehkraft nachzulassen. Am stärksten fiel es ihr auf, wenn sie draußen auf der Straße war und merkte, dass die Dinge immer mehr verschwammen. Beinahe täglich, beinahe stündlich verschwammen sie mehr.

Man hat das Gefühl, dass man nicht mehr zu den Dingen gehört, wenn man sie nicht klar sieht. Wenn man sie nicht so sieht, wie sie sind, sondern nur einen Eindruck davon erhält, wie sie sind. Wenn man in menschlichen Gesichtern nicht mehr lesen kann. Man kann ihren Ausdruck nicht deuten, weil man ihn ja nicht einmal sieht. Dazu müsste man ihnen ganz nahe kommen, aber wer möchte schon jemandem so nahe kommen?

Sie sah zu dem Fleckchen Himmel hinauf und musterte dann die Rückfronten der Häuser gegenüber. Die Häuser waren alle in Wohnungen zerstückelt, und von den Wohnungen waren einige in Ein-Zimmer-Apartments zerstückelt. In ihnen lebte eine ewig wechselnde Gesellschaft: Studenten, Rastlose, Träumer. Manche waren nur vorübergehend da, manche auf Dauer. Manche zogen weiter, und für manche war Brighton das Ende des Wegs.

Müßig ließ sie ihre Blicke schweifen, über die Dächer und die mit Wäsche vollgehängten Feuertreppen und über den Schmutz, der in den Backstein eingepresst schien. Die Fenster waren grau vom Staub und flirrten leise im Hitzedunst. Alles ein wenig verwahrlost, alles ein wenig verschmutzt.

Eine plötzliche Bewegung fing ihren Blick ein. Direkt gegenüber, umrahmt von einem Fenster im zweiten Stock, sah sie eine schwarze Gestalt. Die Gestalt hob eine Hand und bewegte sie langsam hin und her. Es war eine kräftige, männliche Gestalt. Ein Mann in Schwarz. Der aus seinem Fenster in das ihre hinuntersah. Sie von seinem Fenster aus beobachtete.

Sie wartete darauf, dass er tat, was Fremde zu tun pflegen, wenn ihre Blicke einander unerwartet begegnen. Sie wartete darauf, dass er wegsah oder wegging. Dass er die Achseln zuckte und verlegen lächelte. Aber er ging nicht weg, er wandte sich nicht ab, er lächelte nicht verlegen.

Er beobachtete sie weiter. Und er schien froh zu sein, dass sie ihn bemerkt hatte. Als hätte er gewünscht, von ihr bemerkt zu werden. Als hätte er sie schon lange beobachtet und fände es an der Zeit, dass sie ihn bemerkte.

Sie trat zurück und zog den Vorhang vor das Fenster. Sie zog den Vorhang zu und sperrte ihn aus. Und mit ihm das Licht.

Wer kennt nicht so Leute, die sich ihr Leben lang einreden, alles bestens, alles cool, alles prima und sie seien glücklich, rundum glücklich? Auch wenn sie es gar nicht sind. Auch wenn sie in Wirklichkeit Krüppel sind mit einem verkrüppelten Leben.

Man sieht sie manchmal auf der Straße, Namenlose auf der Straße. Sie stehen an der Ecke und beginnen die Stirn zu runzeln, wenn sie plötzlich ein Blitz kalter Klarheit fast durchbohrt. Es fehlt nicht viel, und sie sehen die Dinge, wie sie wirklich sind. Und dann fährt jemand vorbei, den sie kennen, und hupt und winkt, und die Stirn glättet sich; sie sind nicht mehr allein und wieder rundum glücklich. Sie grinsen dem davonfahrenden Wagen hinterher und gehen immer noch grinsend weiter. Dieses dümmliche, schwachsinnige Grinsen, Sie haben es schon gesehen. Dieses blöde Grinsen der Dankbarkeit.

Bella hätte so wie sie sein sollen. Es ist gut, wenn man so ist. Es ist gut, wenn man sich auf Lügen stützen kann, die helfen, den Tag zu überstehen und sich über die Nacht zu retten.

Aber Bella hatte wohl in einem früheren Leben gesündigt. Sie hatte wohl etwas Böses getan, und darum musste sie bestraft werden. Von Geburt an hatte ihr etwas gefehlt. Ein lebenswichtiger Teil, den ein Engel abgebissen und ausgespuckt hatte, ehe sie ihn mit ihren Babyhändchen packen und festhalten konnte. Sie sah sich selbst, wie sie war, und sie sah ihr Leben, wie es war, und wenn sie den Mund aufmachte, um ein Wort des Trostes zu sprechen, sprang ihr unversehens die Wahrheit von der Zunge.

Es ist nicht so toll, Bella zu sein. Kein Honiglecken. Kein Traumleben. Keine Wonne. Und jetzt war der Mann in Schwarz da, und sie konnte sich nicht einreden, es sei Zufall; konnte sich nicht einreden, es habe keine Bedeutung. Es war kein Zufall, und es hatte Bedeutung.

Eines Morgens im August saß sie am Küchentisch. Sie aß warmen Toast, trank heißen Kaffee und las langsam das zweite Anzeigenblatt der Woche. Ein Streifen Sonnenlicht kroch über den Boden und kletterte an der Wand hinter ihr in die Höhe. Sie drehte die Haare zu einem Knoten und steckte ihn hoch. Mit der Hand streifte sie den Nacken. Die Haut war feucht.

Ein weiterer heißer und stickiger Tag. Sie blieb vor der Geschirrablage des Spülbeckens stehen und öffnete das Fenster, so weit es ging. Schmutziges Geschirr mit den eingetrockneten Resten ihres Abendessens stand in der Spüle. Sie drehte das Radio an, und die Klassik-Hits von Southern Sound schwemmten über sie hinweg, während das Wasser lief. Lächelnd sah sie zu, wie die Schaumberge wuchsen. Sie lächelt immer, wenn sie das Geschirr spült. Vielleicht liegt es an der Musik, vielleicht liegt es an der Bewegung, aber das Geschirrspülen hat etwas Beruhigendes.

Sie lächelte immer noch, als sie aufblickte und ihn sah. Ein grünes Hemd diesmal. Ein Mann mit vielen Hemden. Ein vielfarbiger Mann. Ein Mann der subtilen Töne. Sie konnte seine Gesichtszüge nicht erkennen. Nicht mit ihren schwachen Augen. Sie sah nur ein blasses, rundes Gesicht. Das Gesicht eines Mannes, der nie in die Sonne ging. Sie zog den Vorhang vor das Fenster und sperrte den Mann, der das Sonnenlicht scheute, aus.

Es ist merkwürdig, wenn man gleich am Morgen die Vorhänge zuzieht. Irgendwie nicht ganz normal. Reichlich unnatürlich. Besonders wenn man im Keller wohnt und alles Licht braucht, das man kriegen kann. Es ist schlimm, wenn man die Kellerfenster verhängen muss. Man fühlt sich eingeengt, wenn man im Keller wohnt und das Licht aussperren muss.

Und genauso fühlte sich Bella. Sie fing an, sich eingeengt zu fühlen.

Seitdem ließ sie den Vorhang zugezogen. Es machte im Grunde nichts aus. Überhaupt nichts. Man gewöhnt sich an alles. Das wusste sie. Das hatte sie gelernt. Sie ließ den Vorhang zugezogen, ohne dass es sie wirklich gestört hätte. Aber sie ließ die Fenster geschlossen, vorsichtshalber. Und sie brachte vorsichtshalber Fensterschlösser an.

In diesem Sommer schlief Bella unruhig. Er sollte eigentlich eine Zeit süßen Nichtstuns sein, der Sommer. Eine Zeit, um loszulassen und sich auszubreiten, um auszuspannen und alle viere von sich zu strecken. Anderer Leute Sommer vielleicht. Nicht aber Bellas Sommer. Bellas Sommer war ein Sommer sauren Schweißes. Ein feuchtklebriger Sommer in Fesseln, hinter Mauern. Ein Sommer hinter Schloss und Riegel. Sie saß ein. Auf unbestimmte Zeit, ohne Aussicht auf Begnadigung.

Bella hat jetzt einen leichten Schlaf. Sie schläft nicht gut bei geschlossenen Fenstern. Wenn man die Fenster geschlossen hat, lüften keine frischen Brisen die Träume. Eben das ist eines von Bellas Problemen, dass es ihrem Leben an frischen Brisen fehlt.

Sie schließt die Fenster und atmet die ganze Nacht abgestandene Luft. So geht es den Bellas dieser Welt. Sie schließen ihre Fenster und atmen abgestandene Luft.

Aber es macht sie verrückt. Ein wenig nur. Gerade genug, um an ihnen zu nagen. Morgens gegen vier, wenn der Himmel langsam hell wird, der Kopf zu schmerzen beginnt, die Glieder schwer werden und das Blut träge vom Sauerstoffmangel, beginnen sie, sich wie Tiere zu fühlen.

Gestank und Gitter. Menschen rebellieren wegen Geringerem.

Es war nicht mehr so schlimm. Als der Herbst kam, war es nicht mehr so schlimm. Auf den Herbst folgt der Winter, und im Winter verkriechen sich alle zu Hause hinter geschlossenen Fenstern. Wenn erst der Winter da war, dann war sie sein wie alle anderen. Darum war es nicht mehr so schlimm.

Eines Abends im November hatte sie Lust auf heiße Schokolade. Das hat so etwas Herbstliches. Sie wärmte die Milch in einem einigermaßen fleckenfreien Topf. Das Telefon begann zu läuten. Sie drehte das Gas herunter, beugte sich hinüber und hob ab.

»Hallo?«, sagte sie. Höflich.

Im Hintergrund brodelte leise die Milch.

»Hallo?«

Ein Knacken, und die Verbindung war unterbrochen.

Sie legte den Hörer auf. Sie nahm eine Tasse aus dem Schrank, löffelte Kakaopulver hinein, goss die Milch darauf und rührte langsam.

Wieder klingelte das Telefon. Sie trank hastig einen Schluck und hob beim vierten Läuten ab. Der Kakao war so heiß, dass sie sich die Zunge verbrannte.

»Ja?«, sagte sie. Gefragt heute, echt.

Er antwortete nicht gleich. Er ließ sich Zeit. Sie hatte gefälligst zu warten, wenn sie die Stimme ihres Herrn hören wollte.

»Warum lässt du immer den Vorhang zu?«

Er sprach ohne Akzent. Nach der Sprache ließ er sich nicht einordnen. Er verriet nichts, wenn er sprach.

Sie blickte auf das verhüllte Fenster. Beobachtete er sie von der anderen Seite des Hofs?

»Ganz recht«, sagte er. »Ich beobachte dich.«

Ihre Zunge begann anzuschwellen.

»Ich habe eine Weile gebraucht, um deine Nummer ausfindig zu machen.«

»Sie ist nicht eingetragen.«

»Ich weiß.« Er machte eine Pause. »Du bist auf der Straße an mir vorbeigegangen.«

»Ach ja?«

»Neulich.«

»Wie nett«, sagte sie.

»Du hättest grüßen können.«

»Bitte?«

»Ich sagte, du hast nicht mal gegrüßt.«

»Ich sehe nicht gut.«

»Dann besorg dir eine Brille.«

»Ja, das werde ich tun«, sagte sie. »Sie haben Recht. Das werde ich tun.«

Ihre Zunge begann zu brennen.

»Ich wollte dir schon lange etwas sagen«, sagte er.

Sie griff hinüber und drehte das Gas aus, damit der Topf nicht anbrannte.

»Ich weiß nicht recht, wie ich's ausdrücken soll«, sagte er, »aber ich finde, du solltest es wissen.«

Sie konnte es nicht aushalten, als er schwieg. Ihn sprechen zu hören, war schlimm genug, aber ihn schweigen zu hören, war noch schlimmer.

»Ich kann durch deine Vorhänge sehen.«

»Ich verstehe nicht –«

»Ich kann durch die Vorhänge sehen, was du machst. Du hast sie wahrscheinlich auf dem Straßenmarkt gekauft. Ich mag keine billigen Vorhänge. Nur billige Frauen kaufen billige Vorhänge.«

In das Schweigen, das folgt, möchte sie sagen, dass es nicht ihre Vorhänge sind, dass sie nur Mieterin ist, dass es nicht ihre sind, sie sie nicht ausgesucht hat, und er soll sie nicht billig nennen, sie bitte nicht billig nennen.

»Ich kann dich durch den Stoff sehen. Wenn du Licht hast, kann ich dich rumgehen sehen. Gefällt mir, wie du dich bewegst. Ich schau gern zu dir runter und seh zu, wie du dich bewegst. An deinen Bewegungen kann ich sehen, dass du weißt, dass ich dich beobachte. Du hast so eine herausfordernde Art, dich zu bewegen, so nach dem Motto ›Schau mich nur an‹. Es ist unanständig von dir, dich so zu bewegen, wenn du weißt, dass ich dir zuschaue.«

Bella im Keller.

»Ich weiß nicht, was Sie wollen.« Eine kleine und hoffnungslose Lüge. Sie hört den Klang ihrer Stimme. So eine dünne, schwache, verzeihungsheischende Stimme. Eine Kinderstimme. Eine Kleinkinderstimme.

»Frag nicht, was ich von dir will. Frag lieber, was du von mir kriegen kannst. Ich nehme nicht. Ich gebe. Ich bin eine Gebernatur. Ich werd dir geben, was du verdienst.«

»Wenn Sie noch einmal anrufen, zeige ich Sie an.«

»Nur wenn ich noch mal anrufe? Dann macht's dir also diesmal Spaß? Ich hab gewusst, dass es dir Spaß macht. Ich weiß, was dir Spaß macht. Stell dich jetzt vors Licht, mit dem Gesicht zur Wand, damit ich dich im Profil sehen kann. Und dann streichle dich. Ich will, dass du das jetzt für mich tust, und dann will ich –«

Sie knallte den Hörer auf. Sie knallte den Hörer auf und ließ sich auf den Stuhl fallen. Sie spürte Angst wühlen und Übelkeit aufsteigen. Sie drückte den Kopf in die Hände und öffnete den Mund und wimmerte in dem leeren Raum lautlos vor sich hin.

Bella im Keller.

Ist sie nicht erbärmlich? Ist ihre Schwäche nicht abstoßend? Dreht es Ihnen bei der Vorstellung ihrer großen irren Opferaugen nicht den Magen um?

Verurteilen Sie sie nicht. Verurteilen Sie sie nicht, wenn Sie es nicht selbst erlebt haben.

Bella hängte das Telefon aus, löschte das Licht und stellte sich in der Dunkelheit ans Spülbecken. Es dauerte eine Weile, bis das Zittern aufhörte. Man zittert vor Angst. Das ist nicht bloß eine Floskel. Die Glieder schlottern wie bei einer Marionette. Sie stand am Spülbecken und schlotterte in der Dunkelheit.

Am nächsten Abend rief er wieder an. Sie wusste gleich, dass er es war. Sie meldete sich, obwohl sie wusste, dass er es war. Sie hörte die Stimme, die durch die Leitung kroch.

»Du hättest nicht auflegen sollen. Das war unhöflich. Ich mag Unhöflichkeit nicht. Unhöflichkeit macht mich böse. Wenn du das noch mal tust, bestrafe ich dich. Verstanden?«

Ob sie verstand? Sie verstand immer.

»Na los, verstanden?«

»Ja.«

»Sag, dass es dir Leid tut.«

Bella im Keller.

»Sag's.«

»Es tut mir Leid.«

Sie sagte es, als meinte sie es, weil sie es tatsächlich meinte. Es tat Bella wirklich Leid. Es tat ihr Leid, dass sie aufgelegt hatte. Es tat ihr Leid, dass sie sich gemeldet hatte. Es tat ihr Leid, dass sie ihn verärgert hatte. Es tat ihr Leid, dass sie Bella war.

»Das ist besser«, sagte er. »Sei nur schön brav.«

Bella im Keller. Bella im Keller begraben. Und er kratzt mit seinem Fingernagel an ihrem Sarg. Er kratzt am Holz ihres Sarges. Er klopft auf den Deckel ihres Sarges, denn sie mag zwar begraben sein, aber ganz tot ist sie nicht.

»Ich hab letzte Nacht von dir geträumt. Hast du auch von mir geträumt?«

Er atmete nicht schwer. Er keuchte nicht vor unterdrückter Erregung. Seine Stimme blieb farblos. Beinahe monoton. Völlig beherrscht. Sie klang ganz normal. Sie klang nicht so, wie sie hätte klingen müssen.

»Hast du von mir geträumt?«

»Nein.«

»Lüg mich nicht an. Ich mag Lügnerinnen nicht. Du hast sehr wohl von mir geträumt, stimmt's?«

»Ja.«

»Was hab ich in deinem Traum mit dir gemacht?«

»Ich weiß nicht.«

»Ich weiß, was ich in deinem Traum getan habe. Das Gleiche wie in meinem. Frag mich, was ich getan habe. Aber frag mich höflich: Frag mich höflich, was ich getan habe, sonst muss ich dich bestrafen.«

»Was haben Sie in Ihrem Traum getan?«

»Höflich!«

»Bitte …«

Das Geräusch, wie er den Atem einsog, ehe er begann.

»Ich bin eines Nachts durch dein Fenster eingestiegen. Ich bin durch dein Fenster gekommen und in dein Schlafzimmer gegangen. Ich bin an deinem Bett gestanden und hab dich angesehen, wie du geschlafen hast. Ich bin neben dir gestanden, während du geschlafen hast. Du hast die Augen aufgemacht und mich gesehen. Du wolltest schreien, darum hab ich dir den Mund zugehalten. Du hast mich in die Hand gebissen, und da hab ich dir ins Gesicht geschlagen. Ich hab dich an den Haaren gepackt und aus dem Bett gezogen. Ich hab die Badewanne einlaufen lassen und dich abgewaschen. Dann hab ich dich trockengerieben und deine Haut eingeölt.«

Bella im Keller.

»Ich mag glatte Haut.«

Sie wickelte das Kabel um die Finger. Rund und rund und rund um die Finger.

»Und dann hab ich dich auf dem Boden gefickt. Ich hab dich auf dem Fußboden im Bad gefickt. Ich hab ihn dir reingestoßen, bis du gekotzt hast, gerade recht war's dir und schlecht war's dir, das kannst du mir glauben.«

Er seufzte leise.

»Das hab ich in meinem Traum getan.«

Sie zog das Kabel straff.

»Wenn du jemandem was sagst, wird's dir Leid tun. Vergiss das nicht.«

Er unterbrach die Verbindung.

3

Schmerz war nicht ihr Ding. Sie hatte eine ungewöhnlich niedrige Schmerzschwelle. Sie brauchte den Schmerz nicht, wie andere ihn brauchen. Sie wollte keinen Schmerz zufügen und wollte keinen erleiden.

Sie glaubte, man könne ein Leben ohne Schmerz führen. Das war ihr Fehler. Eine Schwäche. Sie glaubte, wenn man anderen nicht wehtat, würden sie einem auch nicht wehtun. Sie glaubte, im Dschungel zahm sein zu können.

Sie hatte keine Ahnung. Nein, wirklich, keine Ahnung.

Nach jenem Abend, dem Abend, an dem sie in seine Träume eintrat und er in die ihren, ging sie nicht mehr ans Telefon. Sie ließ das Fenster geschlossen und die Tür verriegelt, sie ließ die Vorhänge zu und ging nicht mehr ans Telefon.

Aus dem Herbst wurde Winter, und das Aquamarin des Meeres wurde zu Granitgrau. Als der Februar kam, hatte Brighton Hagel, Graupel und Schnee hinter sich, und wenn sie hinausmusste, zog sie ihre gefütterten Stiefel mit den griffigen Gummisohlen an.

Manchmal setzte sie sich auf die Bank am Brunswick Square. Der Platz hatte die meisten seiner Bäume bei dem starken Sturm im Jahre 1987 eingebüßt, aber er war immer noch schön. Abgesehen von den Fliegen, abgesehen von den Hunden. Häuser im Regency-Stil mit hochstrebenden Säulen und breiten Balkonen. Man kann den Blick vom Meer zu den Häusern und wieder zurück wandern lassen, und es ist so beruhigend, dass man manchmal fast das Gefühl hat dazuzugehören.

Eines Nachmittags setzte sie sich dort nieder. Es war ungewöhnlich mild für die Jahreszeit. Wässriges Sonnenlicht fiel auf ihr Gesicht und schmolz den Schnee auf den Straßen zu Matsch. Nach zwanzig Minuten verspürte sie, soweit ein solches Gefühl sich überhaupt je bei ihr einstellte, eine ruhige Zufriedenheit. Man kann stundenlang dort sitzen. Wenn man niemanden stört, wird man selbst auch nicht gestört, aber vielleicht nickt man denen zu, die man schon früher ein- oder zweimal bemerkt hat. Sie saß gern draußen auf dem Platz. Sie ließ ihre Vorhänge immer zu, darum setzte sie sich gern draußen auf den Platz. Sie pflegte zum Himmel hinaufzusehen, die Augen zu schließen und im Licht zu baden. Mehr tat sie gar nicht, wenn sie draußen auf dem Platz saß.

Gibt es daran etwas auszusetzen? Irgendwie nicht normal? Verlangt sie zu viel? Ist sie zu egoistisch? Ist sie deswegen unverschämt?

Sie saß einfach nur so auf dem Platz. Sie saß einfach nur so in der Sonne auf dem Platz. Und nichts hätte sich geändert. Bei ihr hätte sich nichts geändert, und in Brighton hätte sich nichts geändert. Nichts hätte sich geändert, wenn er sie nicht an jenem Nachmittag gesehen und sich am Brunswick Square neben sie gesetzt hätte.

Er trug einen Mantel. Das Schwarz seines Pullovers bildete ein V unter dem Hals. Es war merkwürdig, ihm so nahe zu sein, nachdem sie ihn bisher nur aus der Ferne, über zwei Gärten hinweg gesehen hatte. Nachdem sie seine Stimme nur über die Telefonleitung gehört hatte. Jetzt war er so nahe, dass sie alles sehen konnte. Die Mitesser rund um seine Nase. Die Feuchtigkeit in seinen Augenwinkeln. Den bläulichen Schimmer seiner Lippen.

»Hier wären wir also«, sagte er.

Als er sprach, nahm sie Pfefferminzgeruch wahr. Leute mit schlechtem Mundgeruch lutschen oft Pfefferminzbonbons. Sie machen einem die Zähne kaputt, aber sie stoßen niemanden ab.

»Du siehst müde aus«, sagte er. »Du sorgst nicht richtig für dich.«

Sie starrte aufs Meer. Sie wollte nicht von der Bank aufstehen. Wenn sie von der Bank aufstand, würde sie sich nie wieder dort hinsetzen können. Dann gehörte der Brunswick Square ihm.

»Schöner Tag«, sagte er. »Bisschen kalt.«

Er sah jünger aus, als er am Telefon geklungen hatte. Er sah sauber aus, gewaschen und gekämmt. Ein properer junger Mann. Auf den Mama stolz sein konnte.

»Die Gespräche mit dir gehen mir ab«, sagte er. »Sie haben Spaß gemacht.«

Er sah gesünder aus als die verschwommene Gestalt, die sie im Sommer gesehen hatte. Kurze Tage schienen ihm zu bekommen. Er hatte rosige Wangen. Er war ein Prachtjunge, der Traum eines jeden jungen Mädchens.

»Ich hab mal was in der Zeitung gelesen«, sagte er und neigte sich ihr ein wenig zu. »War eine etwas sonderbare Geschichte, wenn du verstehst, was ich meine.«

Er streckte seine Beine vor sich aus. Sandfarbene Wildlederstiefel.

»Da ging irgendwo auf der Straße ein Mädchen. Mit ihrem eigenen Kram beschäftigt sozusagen. Ging einfach so auf der Straße. Mitten am Tag, glaub ich, war's. Es war eine Seitenstraße, keine Hauptstraße, aber es waren bestimmt Leute in der Nähe. Sie ging also die Straße runter, als plötzlich neben ihr ein Auto hielt und sie reingezerrt wurde.«

Sein Pfefferminzatem in ihrem Gesicht.

»Sie war kein Strichmädchen oder so was. Im Gegensatz zu gewissen anderen.«

Und er drehte den Kopf und studierte ihr Profil, das er eine ganze Zeit lang nicht mehr hatte studieren können.

»Sie packten sie und zogen sie in den Wagen. Und dann brausten sie ab. In der Zeitung stand, sie hätte geschrien.«

Er lachte leise. Man konnte es kaum hören, aber sein ganzer Körper zitterte. Die ganze Bank zitterte.

»Sie drückten sie auf den Boden und stellten das Radio auf volle Lautstärke. Fuhren zu irgendeiner Garage. Da holten sie sie raus. Erst haben sie sie ein bisschen durchgeprügelt. Dann haben sie sie noch mal verdroschen. Und am Schluss haben's ihr zwei von ihnen gegeben. Du weißt schon, natürlich weißt du's.«

Natürlich weiß sie es.

»Aber der Dritte, der hatte kein Interesse. Der hat gewartet, bis die anderen fertig waren, und weißt du, was er dann getan hat?«

Sie blickte auf das Gras. Das Gras müsste gemäht werden. Man müsste am Brunswick Square mal das Gras mähen.

»He, weißt du, was er getan hat?«

Sie schüttelte den Kopf.

»Ich will dir sagen, was er getan hat«, fuhr er fort. »Er hat ihr ins Gesicht gepisst.«

Er streckte den Arm aus, umfasste mit der Hand ihr Kinn und drehte ihren Kopf zu sich herum.

»Also, alles, was recht ist«, sagte er. »Ich bin bestimmt nicht prüde«, sagte er, »aber das nenn ich aus dem Ruder gelaufen.«

Sie kennen doch das Gerede von der eisigen Verachtung? Von Würde in der Bedrängnis? Dass man sein Gesicht wahren muss? Sich die Menschenwürde erhalten muss?

Alles Illusion.

Versuchen Sie mal, eisige Verachtung zu zeigen, wenn Sie von einem türkischen Polizisten fertig gemacht werden. Versuchen Sie's doch. In der Theorie klingt das prima, aber es klappt nicht. Versuchen Sie doch mal, Ihre Würde zu wahren, wenn Ihnen Gewalt angetan wird. Wenn die anderen Ihnen den Mund stopfen. Wenn die anderen größer und stärker sind als Sie und das genauso gut wissen wie Sie; wenn es Ihnen den Boden unter den Füßen wegzieht, ja richtig wegzieht, und Sie Ihren Gott, falls Sie einen haben, fragen, warum er Sie verlassen hat.

Bella weiß es. Bella hat es immer gewusst. Bella weiß, dass sie in Wirklichkeit niemals auch nur die geringsten Rechte gehabt hat. Rechte sind Fiktion. Rechte gibt es nicht. Man kann sie nicht anfassen. Man kann sie nicht schmecken. Man kann sie nicht sehen und nicht riechen. Sie sind nicht da. Es gibt sie nicht.

Nur was man verteidigen kann, gehört einem auch, und kann man es nicht verteidigen, so gehört es einem auch nicht. Bella kann sich nicht verteidigen, also kann sie sich auch nicht selbst gehören. Bella gehört niemandem und jedem. Sie ist jedermanns Eigentum. Kollektiveigentum in Reinkultur. Sie steht jedem zur Verfügung. Kommt alle und trinkt aus ihrem Quell.

Sie beobachtete die Möwen, die über dem Meer segelten und kreisten. Wäre sie doch eine Möwe gewesen! Sie hätte hoch über den Wellen fliegen, über die Wellen hinweggleiten können. Wenn sie eine Möwe gewesen wäre, hätte sie ihren Kot auf seinen Kopf fallen lassen können.

Er nahm ihr dünnes Handgelenk in seine dicken Finger. Sie versuchte, sich loszureißen, aber er hielt sie fest. Sie versuchte, sich ihm zu entwinden, aber er hielt sie fest. Sie merkte genau, dass er es genoss. Je mehr sie sich wehrte, desto mehr genoss er es.

Kleine Frauen wirken albern, wenn sie sich gegen große Männer wehren. Ihre Schwachheit hat etwas ganz Besonderes an sich. Und ihre Verletzlichkeit. Es geht einem ähnlich wie beim Anblick eines Polizeibeamten, der sein Opfer in den Schwitzkasten nimmt und abführt; ganz gleich, was man von dem Bullen hält, ganz gleich, wie man über den blauäugigen Freund und Helfer denkt, beim Anblick des Gefangenen, der den Bürgersteig entlanggeschleift wird, regt sich Verachtung. Verbogen und gestoßen.

Wenn Sie das nächste Mal so etwas sehen, denken Sie an Bella. Bella hat den Kopf ihr Leben lang im Schwitzkasten gehabt. Sie ist ihr Leben lang an den Haaren gezogen worden. Sie ist ihr Leben lang geduckt und herumgestoßen worden.

Er umspannte ihr dünnes Handgelenk mit seinen dicken Fingern. »Du solltest Selbstverteidigung lernen.«

»Lassen Sie mich in Ruhe.«

»Du solltest nicht dauernd deine Vorhänge zulassen.«

»Sie sollen mich in Ruhe lassen.«

»Du bist nicht nett.«

»Bitte hören Sie auf.«

»Ich mach ja gar nichts. Ich unterhalte mich nur mit dir.«

Er hielt sie am Handgelenk fest. Er drehte ihre Hand um und musterte ihre Handfläche.

»Du hast kleine Hände. Ich wusste gar nicht, dass du so kleine Hände hast.«

Er drückte ihr den Daumen in den Handteller. Sie spürte, wie der Nagel sich in ihre Haut bohrte und die Haut zu reißen begann. Was Neues ist das nicht. Bella gehört zu den Frauen, in die die Männer hineinbohren. Sie ist so eine Frau, die angebohrt wird. Umgepflügt, aufgespießt und wieder platt gemacht.

»Ich könnte dir die Hand brechen«, sagte er. »Deine Hand sieht sehr zerbrechlich aus. Ich könnte es jetzt tun. Deine Hand würde brechen. Du hättest eine gebrochene Hand.«

Er drückte die Hand an seine Lippen und küsste sie.

»Das Komische ist«, sagte er, »das Merkwürdige und Sonderbare«, sagte er, »ist, dass du überhaupt nicht mein Typ bist. Du bist nicht das, was ich eine attraktive Frau nennen würde. Du bist nicht der Typ von Frau, der mich reizt.«

Er lächelte.

»Ich hoffe, du nimmst es mir nicht übel, wenn ich das sage.«

Bella nimmt es nicht übel. Bella nimmt nie etwas übel. Bella sitzt da und hört ihrem Gerede zu. Sie lässt sich von ihnen die Ohren voll sabbern. Sie lässt sich von ihnen die Hand quetschen, dass sie fast bricht. Sie lässt sich von ihnen erzählen, ob sie sie als Frau begehren.

Sie lässt es zu, weil sie es zulassen muss. Weil ihre Knochen sehr zerbrechlich sind. Man müsste gar nicht allzu fest drücken, um sie zu brechen. Glauben Sie also ja nicht, sie wüsste es nicht. Glauben Sie ja nicht, sie wüsste nicht, dass sie es zulassen muss.

»Ich möchte dir wehtun, aber ich weiß nicht warum. Sag mir, warum ich dir wehtun möchte.«

»Ich weiß es nicht.«

»Du musst es aber wissen.«

»Ich weiß es nicht«, sagte sie. »Tut mir Leid.«

»Wenn ich demnächst zu dir komme, wird dir noch viel mehr Leid tun.«

Bella auf der Bank am Brunswick Square. An der frischen Luft auf dem Brunswick Square. Klein und geduckt auf einer Bank am Brunswick Square. Bella Niemand auf dem Brunswick Square.

Er zog eine Zeitschrift aus seiner Tasche.

Sie sah auf die aufgeschlagene Seite hinunter. Das Bild zeigte eine Frau auf allen vieren. Sie trug eine Leine um den Hals, sonst nichts. Über ihre Schulter lächelte sie in die Kamera.

»Findest du, dass sie aussieht wie du?«

»Nein.«

»Ich finde, sie sieht aus wie du.«

»Sie ist nicht ich.«

»Sie ist eine Hurenschlampe.«

»Ich nicht.«

»Ein Mannloch.«

»Aber sie ist nicht ich.«

»Ihr seid alle gleich.«

»Lassen Sie mich in Ruhe.«

»Dreck.«

»Bitte, lassen Sie mich in Ruhe.«

»Nutten und Huren, die's einem nachschmeißen.«

»Lassen Sie mich doch in Ruhe.«

»Der reinste Wohltätigkeitsverein, so wie ihr's einem nachschmeißt. Brot für die Verhungernden, so wie ihr's einem nachschmeißt. Du glaubst wohl, du bist was Besonderes?«

»Nein.«

»Du glaubst wohl, du bist jemand?«

»Ich bin niemand.«

»Bild dir bloß nichts ein.«

Mit dem Finger zeigte er auf den offenen Schlitz.

»Mehr bist du nicht.«

Eine ältere Frau führte ihren Hund spazieren. Sie nickte Bella und ihrem netten jungen Mann zu.

»Bitte hören Sie auf damit.«

»Du forderst mich doch dazu raus. Du machst mich doch an. Du bist eine echte Schnalle. Eine kleine Drecksau, die mich aufgeilt.«

Er rollte die Zeitschrift zusammen.

»Weißt du, was ich tun werde?«

»Sagen Sie mir, was Sie tun werden.«

»Ich werd dich quälen. Und wenn du's der Polizei sagst, bring ich dich um. Aber wenn du's nicht tust, quäl ich dich nur. Bald schon. Ich komm zu dir nach Hause und quäl dich. Du sollst dir jetzt vorstellen, was ich dir antun werde. Mal dir in deinem Kopf die verschiedenen Methoden aus, wie ich dich quälen kann. Stell dir das Schlimmste vor, was ich dir antun kann, und stell dir vor, ich tu's.«

Dann ging er. Er stand auf, schob die Zeitschrift in seine Tasche, zog braune Lederhandschuhe an, klappte den Kragen gegen den nicht vorhandenen Wind hoch, zwinkerte ihr zu, sagte »Auf bald« und ging.

Sie blieb auf der Bank sitzen und sah ihm nach.

Zählt sie überhaupt, diese Person namens Bella? Diese Unperson? Sie glaubt es nicht. Sie glaubt nicht, dass sie zählt. Ja, das glaubt sie in diesem Moment auf der Bank am Brunswick Square.

Sie denkt daran, was er ihr antun wird. Sie stellt sich die verschiedenen Methoden vor, wie er sie quälen wird. Sie stellt sich das Schlimmste vor, was er ihr antun kann, und stellt sich dann vor, dass er es wirklich tut.

Was sollte sie schon zählen, diese Bella, diese Nichts-Bella, diese Dreck-Bella, diese Bella, die nur dasitzt und zuhört?

Er rührte sie nie wieder an. Er brauchte sie nicht anzurühren. Sie wussten beide, dass er schon eingedrungen war. Mit Gewalt. Er hatte ihren Raum schon verletzt und sich eingenistet. Besetzerrecht. Besitz bedeutet Recht. Und er besaß sie schon. Sie konnte sich nur noch in einer Ecke verkriechen und auf den Tag warten, an dem er durch ihr Fenster stieg.

Und so wäre es vielleicht weitergegangen. Erbärmlich und einigermaßen langweilig für den, der nicht selbst betroffen ist. Eine Alltagsgeschichte von der Verderbnis der Stadt: der Niedergang und Fall Bellas, deren einziger Anspruch auf Ruhm in ihrer totalen Bedeutungslosigkeit bestand. Bella, der unbedeutende Wurm. Weniger als niemand.

Aber das Schicksal geht manchmal seltsame Wege. Das Schicksal kann unberechenbar sein. Vielleicht kommt es eines Tages ganz zufällig vorbei. Gleichgültig, uninteressiert kickt es auf der Promenade eine Dose vor sich her. Hat nichts zu tun, weil alles vorbestimmt ist. Und plötzlich bleibt das Schicksal vielleicht stehen, schaut und versteigt sich beinahe zu einem Lächeln.

Eines Nachts suchte das Schicksal Bella auf. Es kam im Mondlicht zu ihr und flüsterte ihr etwas ins Ohr.

Und als sie erwachte, wusste sie, dass sie es satt hatte.

4

An diesem Tag beginnt ihre Geschichte. Alles vorher, wie sie dasaß und wartete, sich von ihm beobachten ließ, war nur der Prolog, war nur Vorspiel. Hier erst fängt ihre Geschichte richtig an.

Es war drei vorbei, als sie die North Laines erreichte. Das ist der Teil der Stadt, in den man geht, wenn man sich die Seele massieren, sich aus der Hand lesen lassen oder sein Schicksal erfahren will. Es ist der mystische, altruistische Teil der Stadt. Dort wird man bei der Hand genommen und durch die eigenen Träume geführt.

Sie klapperte die Nebenstraßen ab, bis sie fand, was sie suchte. Ein kleiner Zettel klebte an der Innenseite eines Fensters. Sie beugte sich hinunter und las:

Iranischer Hellseher zu Diensten
Erschließe deine verborgenen Kräfte
Der Schlüssel liegt in dir

Sie ging in den Kellerschacht hinunter, stieg über einen Müllsack hinweg und klopfte an die Tür. Das Geräusch eines Stuhls, der zurückgeschoben wurde, und Schritte im Flur. Eine misstrauische Stimme von jenseits der Tür.

»Wer ist da?«

»Bella.«

»Kenne ich dich?«

»Noch nicht.«

»Was willst du?«

»Den Schlüssel.«

Die Tür wurde geöffnet, und sie trat ein. Sie blickte in ein eingefallenes, blässliches Gesicht.

»Ich heiße Nimrod«, sagte er und reichte ihr zum Gruß eine schlaffe Hand. »Willkommen in meiner unterirdischen Behausung.« Er führte sie mit orientalischer Anmut in ein winziges Wohnzimmer.

Er wies auf ein Samtkissen auf dem Boden.

»Bitte, setz dich.«

Seine Lippen bewegten sich. Sie meinte, ein Lächeln zu sehen.

»Du dachtest an eine Beratung?«

»Ja«, antwortete sie und beobachtete, wie er im Raum umherging. Unter einem grünen Schirm brannte eine schwache Glühbirne. Sie warf einen gallegelben Schimmer auf die Wände.

»Warum bei Tag die Vorhänge?« Seine Fenster waren von dicken Vorhängen verhüllt. Sie kannte das Syndrom.

»Meine Augen sind zu empfindlich«, antwortete er. »Zu viel Licht. Das vertragen sie nicht. Drum mach ich den Laden lieber dicht.«

»Sind Sie ein Dichter?«

»Das Reimen gehört sicher zu meinen Talenten. So wie eine feine Wahrnehmung offensichtlich zu den deinen gehört.« Er hatte ein schönes, knochiges, zerfurchtes Gesicht und war ganz in Schwarz wie ein Theaterautor der sechziger Jahre. »Trinkst du Tee?«

»Ja.«

»Die Engländer mögen Tee«, sagte er. »Und die Perser mögen ihn auch.«

Er zupfte gedankenvoll an seinem Schnurrbart.

»Möge Nation zu Nation sprechen.«

Er trat durch den Perlenvorhang, der die Kochnische verbarg. Sie hörte Wasser in einen Kessel laufen und das Zischen von Gas, bevor es sich entzündete.

Er kam wieder ins Zimmer.

»Es dauert einen Moment.«

Er hob ein scharlachrotes Kissen auf, das in der Ecke lag, und drückte und klopfte es in die Form, die er haben wollte.

»Wie kann ich dir helfen?« Er legte das Kissen behutsam auf den Boden.

»Sagen Sie mir, was kommen wird.«

»Das kann ich nicht.«

»Was können Sie dann?«

»Ich kann dir helfen, dich zu verändern.«

Er setzte sich, kreuzte die Beine und starrte sie an, einem ausgehungerten und leichenhaften Kalifen ähnlich.

»Wer sagt, dass ich mich verändern will?«

»Du wärst nicht hier, wenn du es nicht wolltest.«

Er legte die Hände auf seine Knie.

»Warum bist du hergekommen?«

»Ich möchte mich verändern.«

»Du möchtest ein anderer Mensch werden?«

»Ja.«

»Ein besserer Mensch?«

»Nein.«

»Was dann?«

Sie beobachtete die bläuliche Ader, die an seiner Schläfe zu pulsieren begann.

»Schneid mir das Herz heraus, und leg einen Stein an seine Stelle. Ich will Rache.«

»Wie eine Perserin gesprochen.«

»Danke.«

Er neigte den Kopf zur Seite und lauschte dem Blubbern des Wassers.

»Ich mag dieses Geräusch«, sagte er. »Es ist ein anheimelndes Geräusch.« Seine dunklen Augen hatten einen versonnenen Ausdruck. »In der Hölle brodelt es bestimmt genauso. Wie kochendes Wasser.«

Als er aufstand, schwankte er plötzlich. Er war nicht gut im Gleichgewicht. Wirkte nicht wie ein Mensch, der mit sich im Gleichgewicht war. »Der Tee ist fertig.«

Sie folgte ihm in die Kochnische. Schränke gab es nicht, nur Regale, in denen sich Reispäckchen und Tomatenkonserven stapelten. Sie sah auf das dunkelgrüne Linoleum des Küchenbodens hinunter. Sie konnte sich nicht erinnern, wann sie das letzte Mal

Linoleum gesehen hatte. Sogar ihr Hausarzt hatte sein Linoleum ausrangiert. Er stellte das Gas ab, hob den Deckel und ließ den Dampf aus dem Samowar entweichen. Er tat es mit der linken Hand. Die rechte war ein runzliger Stumpf wilden Fleisches. Er sah sie an.

»Meine Hand war ungehorsam. Da haben sie sie bestraft.«

Er summte leise vor sich hin, während er eine braune Flüssigkeit in Porzellantassen goss. »Der Tee ist schwarz, wie du siehst. Milch im Tee ist ein heidnischer Missbrauch.«

»Sind Sie schon lange Hellseher?«

Er blickte stirnrunzelnd auf einen feuchten Fleck an der Wand.

»Seit ungefähr einem Monat«, antwortete er und reichte ihr Tasse und Untertasse.

»Das ist ziemlich lang«, sagte sie. »Und vorher?«

»Vorher hab ich bei McDonald's die Tische geputzt, und davor hab ich auf dem Pier gearbeitet, und davor hab ich Eis mit Schokostückchen drin verkauft, und davor hab ich in anderer Leute Garten Unkraut gejätet, und davor war ich wegen meiner Nerven im Krankenhaus, und davor war ich in Pentonville und hab auf meinen Prozess gewartet, und davor war ich im Wohnheim in Harmondsworth.«

»Und davor?«

»Davor«, sagte er, »war ich in Teheran. Dort aß ich Aprikosen und Feigen«, erzählte er, »und Lammbraten, der so zart war, dass das Fleisch vom Knochen fiel. Ich schrieb für eine englischsprachige Zeitung. Daher meine superbe Kenntnis deiner Muttersprache.«

Er trank einen kleinen Schluck und folgte ihr zurück in den Wohnraum. Sie stellten ihre Tassen auf einen niedrigen Tisch und machten es sich wieder auf den Sitzkissen bequem.

»Damit du das, was ich dir an Unterweisung mitgeben werde, auch richtig würdigen kannst«, sagte er, »sollte ich eigentlich zunächst die Details meines eigenen, reichen und wechselvollen Lebens erläutern, ebenso die feinen Nuancen meiner Erkenntnisse und die unendlich komplexen und verschlungenen Wege meines Geistes.«

Er hielt inne und beugte sich vor, um eine Schale mit gemischten Nüssen über den Tisch zu schieben.

»Aber ich sehe ganz klar« – und sein Seufzer schien aus den Tiefen des alten Persiens emporzusteigen –, »ich sehe leider völlig klar die im Grunde materielle Natur unserer Beziehung und den Fels des Kommerzes, an dem unsere edleren Gefühle sich brechen.«

»Das heißt, ich muss Sie bezahlen.«

»Richtig«, sagte er. »Mein Honorar beträgt sieben Pfund pro Stunde. Bar auf die Hand. Gerade das ist der Grund, weshalb ich mich bewogen fühle, dir die Früchte meiner Weisheit in ihrer ganzen Fülle zu versagen; einer der stärkeren Eindrücke nämlich, die du vermittelst, ist der von Mittellosigkeit. Ich werde mich, auch wenn mancher das unprofessionell finden mag, auf die Analyse und Auflösung deines ganz persönlichen Traumas beschränken.«

»Ihre Art zu reden geht mir auf die Nerven.«

»Gewohnheitssache. Meine Mutter hielt mich für ein Genie.«

»Waren Sie ein Einzelkind?«

»Mehr oder weniger.« Er blies in seine Tasse. »Ich hatte vier Schwestern.« Er trank langsam die heiße Flüssigkeit.

»Wir wohnten im Norden Teherans, in einer schönen Villa.« Er leerte die Tasse.

»Unsere Abwässer flossen in die tiefer gelegenen Slums.« Er tupfte sich die Lippen mit einer Papierserviette. »Ökonomen nennen das, glaube ich, den Rieseleffekt.« Er stellte seine Tasse auf die Untertasse und streckte ihr die offene Hand hin.

»Eine Stunde Beratung, auch wenn ich nicht gern vulgär bin.« Sie legte einen Fünf-Pfund-Schein und zwei Münzen auf seine Handfläche. Entspannt lehnte er sich in seine Kissen zurück, wobei er die Zeit auf seiner Uhr vermerkte.

»Jetzt fangen wir an.« Er steckte sich eine dünne türkische Zigarette zwischen die Lippen.

»Und wie funktioniert das jetzt?«

»Du erzählst mir von dir.«

»Was denn?«

»Verborgenes.« Er blies eine blaue Rauchwolke in die Luft. »Dunkle Geheimnisse.«

»Und dann?«

»Nichts. Ich höre zu. Ich höre mir an, was du sagst. Was du sagst und was du in Wirklichkeit meinst.«

»Das klingt mehr nach Therapie als nach Hellseherei.«

»Nenn es, wie du willst. Zu dem Preis ist es jedenfalls billig.«

Bella holte tief Atem. Sie atmete ein bis zum Äußersten. Sie füllte ihre Lungen mit der sirupsüßen Luft seines von Räucherstäbchen durchdufteten Zimmers. Sie entleerte ihren Geist aller Alltagsgedanken, all der Banalitäten und Profanitäten, die ihr Schicksal waren. Sie löschte sie aus, verbannte sie allesamt und ohne Gnade ins Sibirien ihrer Psyche.

»Mein Name ist Bella«, begann sie. An dieser Stelle hielt sie inne. Sie sah seine Blässe und fragte sich, ob er auch genug frisches Obst und Gemüse aß.

»Ich bin 1963 geboren, an dem Tag, an dem Kennedy erschossen wurde.«

»Das Ende einer Ära und der Beginn einer neuen.«

»Genau.«

»Ein schwarzer Tag für die Menschheit.«

»So sagt man.«

Er sog gierig an seiner Zigarette, und seine Wangen sanken weit nach innen. Er sah noch skeletthafter aus.

»Und deine Eltern?«

»Meine Eltern?«

»Die, die dich zeugten«, fügte er erklärend hinzu. »Die Erzeuger Bellas.«

»Sie essen viel Obst und haben keine Fantasie, aber sie lieben mich abgöttisch, wie man das erwartet. Ich bin ihr Kind. Die lebendige Verkörperung ihrer Leidenschaft. Ihre Garantie auf Unsterblichkeit.«

Sie machte eine Pause und füllte ihren Mund mit der süßen Flüssigkeit, die ihr zäh an den Zähnen klebte.

»Sie wohnen in einem Vorort und fahren zweimal im Jahr nach Devon. Sie lesen die *Daily Mail* und gebrauchen niemals schmutzige Wörter.«

»Das klingt kritisch.«

»Wie käme ich dazu, Kritik zu üben? Sie sind die Meinen, und ich bin die Ihre. Was sie mir an Geld nicht geben konnten, gaben sie mir an Güte.«

Sie legte eine gesalzene Pistazie auf ihre Zungenspitze.

»Mir wäre Geld natürlich lieber gewesen, aber das steht hier nicht zur Debatte. Bella ist nicht nachtragend.«

Er setzte sich auf seinem Kissen zurecht.

»Ist das alles?«

»Das ist alles.«

»Könntest du vielleicht eine umfassendere Beschreibung geben?«

»Das war die umfassendere Beschreibung.«

»Hast du keine Geschwister?«

»Nur einen Bruder«, sagte sie. »Einen älteren Bruder. Er onanierte schon in jungen Jahren zu Musik.«

Sie beobachtete sein plötzliches Interesse mit einiger Verwirrung.

»Ist das von Bedeutung?«

»Musikalität«, behauptete er, »ist immer ein Plus.«

»Sein Rhythmusgefühl war erstaunlich.«

»Er scheint mir ein bemerkenswerter Bursche zu sein.« Nimrod drückte seine Zigarette auf dem Rand seiner Untertasse aus.

»Und das war deine Familie?«

»Anscheinend«, sagte sie. »Die feuchte Erde, die mich speiste. Der Nährboden, aus dem ich gewachsen bin. Banal vielleicht, aber mein.«

Sie hob ihre Tasse und trank von dem schwarzen, lauwarmen Tee. Sie beobachtete, wie er sich mit der flachen Hand in träger Kreisbewegung das Kinn rieb.

»Und du selbst, Bella? Da liegt doch das Problem, vermute ich. Was ist mit dir selbst?«

»Ich selbst?«, sagte sie. »Ich selbst war mir immer eine große Enttäuschung.«

»Selbsterkenntnis tut oft weh.«

»Wozu braucht man sie dann?«

»In der Tat.«

Sie fing an, lose Fäden aus seinem Teppich zu ziehen. Er schob eine Hand in seine Tasche und brachte eine Kette aus silbernen Perlen zum Vorschein. Er neigte sich zu ihr.

»Man schiebt sie mit dem Daumen weiter«, sagte er. »Das ist gut für die Nerven.«

Sie hielt die Perlen in der linken Hand und zupfte mit der rechten am Teppich. »Wo soll ich anfangen?«

»Da, wo der Schmerz anfing.«

Sie schob eine der Perlen vor und wieder zurück.

»Als ich achtzehn war, fing ich an zu studieren. Eine Art *studium generale.* Ein bisschen von diesem und ein bisschen von jenem. Einer der Dozenten hatte immer eine schwarze Lederjacke an und predigte die freie Liebe. Er war sehr gescheit und sehr gemein, und ich betete ihn an.«

»Wie lange hat es gedauert?«

»Nicht lange. Eine Nacht war alles, was er wollte. Die erste und die beste Nacht. Sobald er Blut gesehen hatte, verdrückte er sich. Wollte nichts mehr von mir wissen. Vierzehn Tage später fragte ich ihn, warum. ›Jeder nach seinem Geschmack‹, sagte er. ›Mir macht's Spaß, die Festung zu stürmen, damit Geringere folgen können.‹ Und dann lächelte er auf seine hinreißende Art und sagte, er trinke nicht gern aus einer schmutzigen Tasse.«

Nimrod brummte. »Intellektuellen sollte man nicht über den Weg trauen.«

»Ich hab das Studium noch im selben Monat geschmissen. War vielleicht nicht sehr klug, aber von Pennern bekam ich Logis, von Anarchisten Kost und von Männern den Bauch voll. Und keine freie Liebe mehr: sie bezahlten dafür, dass sie ihre schmutzigen Löffel in meine schmutzige Tasse tauchen durften.«

»Du siehst nicht aus wie eine Hure.«

»Ich bin keine Hure.«

»In meiner Heimat werden Huren erschossen.«

»In Ihrer Heimat wird jeder erschossen.«

»Warum hast du es getan?«

»Der Mensch muss essen.«

»Warum hast du es wirklich getan?«

»Ich mochte es, wenn sie mir Geld gaben.«

»Was hast du verlangt?«

»Nicht genug. Der Gewinn bei jedem Geschäft war minimal. Die Kosten für mich ungeheuer.«

»Du konntest deinen Preis nicht steigern?«

»Es gibt immer welche, die es billiger machen. Ich saß am kürzeren Hebel.«

»Das war bei Akkordarbeit schon immer so.«

»Aber ich hatte wenigstens Joey, meinen Beschützer und Verteidiger, meinen Lehrmeister und Folterknecht. Ich war seine Beste. Das sagte er mir. Seine Beste und seine Mutigste.«

»Und er hat für dich gesorgt?«

»Auf seine Weise. Ich hab alles Mögliche von ihm bekommen. Er hat mir Geschenke gemacht.« Sie blickte auf den Stumpf am Ende seines Arms. »Ich krieg gern Geschenke.«

»Er hatte also Geld, dieser Joey?«

»So viel wir verdienen konnten.«

»Und er hat dich beherrscht?«

»Total.«

»Und du hast es zugelassen.«

»Wir alle haben es zugelassen.«

»Das wäre aber nicht nötig gewesen.«

»Doch, wir mussten.«

»Er war ein Schmarotzer.«

»Wissen Sie auch was Neues?«

»Ihr hättet ihn verlassen können. Ihr hättet ein Kollektiv gründen können.«

Sie zog die Nase hoch. »Wir waren keine Kommunistinnen.« Sie schob die Perlen ihres persischen Rosenkranzes vor und zurück.

»Er bevorzugte Frauen, die in einer anderen Branche tätig waren.«

Nimrod legte seine Finger zu einem Spitzgiebel aneinander und nickte gewichtig. Hätte er einen langen Bart gehabt, er hätte ihn sich gestrichen.

»Er schlief also nicht mit Huren«, sagte er. »Ein Mann mit Grundsätzen.«

»Das ist eine grausame Art, es auszudrücken.«

»Man muss das Kind beim Namen nennen.«

»Und den Zuhälter auch.«

Er lächelte sie an. »Der Zuhälter ist schlimmer als die Prostituierte, sagen die Engländer. Wie siehst du ihn heute?«

»Mit gemischten Gefühlen. Bittersüß. Er war jähzornig, und er hatte Wutanfälle, aber er war auch zart fühlend. Er konnte sehr zart fühlend sein. Man konnte mit jedem Problem zu ihm kommen, und er versuchte immer, es für einen zu lösen.«

Sie betastete eine kleine Narbe an ihrem Kinn.

»Aber Frechheit mochte er nicht. Frechheit konnte er nicht ausstehen. Das war etwas, das er nicht duldete.« Ihr Gesicht wurde weich bei der Erinnerung. »Aber kein Mensch ist ohne Fehler, hm? Und er war immer todschick angezogen.«

Sie war es nicht gewöhnt, sich so zu öffnen. Es war nicht ihre Art, vor einem anderen, den sie nicht kannte, gegen ein Barhonorar ihre Gefühle zu analysieren. Sie musterte ihn neugierig. Er erschien ihr fremdartig, exotisch, fern.

»Gibt es im Iran viele Zuhälter?«

»Sie haben dort die Oberhand, sagte er. »Aber sie haben nicht Joeys Skrupel. Nein, sie haben nicht die Skrupel eines Joey. Sie besitzen nicht Joeys Zartgefühl.«

Er blickte zu Boden.

»Sie verarschten die Leute und ließen sie in ihrem Blut auf dem Schlachtfeld liegen.«

Er zuckte die Achseln. »Entschuldige meine Ausdrucksweise.«

»Tun Sie sich keinen Zwang an.«

Er hievte sich aus seinen Kissen.

»Noch etwas Tee?«

Er holte den Samowar und stellte ihn auf einen hohen Tisch an der Wand. Als er den Deckel hob, stiegen Dampfspiralen auf.

»Ich glaube nicht«, sagte sie.

Feine Wölkchen schwebten von dem sich abkühlenden Metall in die Höhe. Er schenkte sich eine zweite Tasse ein und ging mit leichtem Schritt zu seinen Kissen zurück. Er hatte keine Schuhe und keine Socken an. Er hatte nackte persische Füße.

»Ist dir kalt?« Sein magerer Körper zitterte, und er legte seine Hände um die Tasse, um sie zu wärmen.

»Nein«, antwortete sie, obwohl sich die Kälte des Zimmers bis in ihr Mark fraß.

»Warum hast du so ein Leben gewählt?«

»Ich fand es damals in Ordnung.«

»Hat es dir Spaß gemacht?«

»Es hatte seine guten Momente.«

»Wie viele?«

»Zwei vielleicht.«

»Wie hörte es auf?«

»Eines Tages erklärte er mir, ich lasse mich gehen. Er sagte, ich wäre ein bisschen abgefuckt.«

»Was heißt ›abgefuckt‹?«

»Das heißt, dass ich ein bisschen runtergekommen war.«

Sie zog eine ganze Hand voll Fäden aus seinem Teppich.

»Er hatte nicht ganz Unrecht. Ich will gar nicht behaupten, dass er Unrecht hatte. Aber es war ein bisschen brüsk, so wie er's machte. Ein bisschen plötzlich. Eben war ich noch die Beste, und im nächsten Moment steh ich mit meinen Siebensachen draußen auf der Cromwell Road.«

»Scheiden tut weh.«

»Wie wahr«, sagte sie. »Und er hat nicht mal abgerechnet. Ich wollte darauf bestehen, aber er sagte, ich solle nicht frech werden.«

Nimrod fröstelte wieder. Es schien ihm gar nicht gut zu gehen. »Ich glaube, wir schalten noch die zweite Röhre ein.« Er streckte sich zum Heizofen hinüber. »Da wir ja zu zweit sind.« Sie sahen zu, wie die untere Spirale erst rot, dann orangefarben erglühte.

»Und dann?«, hakte er nach.

»Dann bin ich eigentlich nur herumgezogen.«

»Wo?«

»Überall und nirgends.«

»Wie hast du dich über Wasser gehalten?«

»So gut es ging.«

»Du hast Sex verkauft?«

»Nein«, sagte sie. »Poetisch ausgedrückt, aber trotzdem – nein.«

»Es ist nicht meine Absicht, dich zu beleidigen. Man muss viele Schichten abziehen, um zu finden, was darunter ist.«

»Es ist nichts darunter.«

»Wir werden sehen.« Er zündete sich eine neue Zigarette an und beugte sich dann mit der Packung in der Hand vor. »Entschuldige, dass ich dir vorhin keine angeboten habe.«

Sie nahm eine Zigarette und ließ sich von ihm Feuer geben. »Mein einziges Laster«, sagte sie.

Eine Zeit lang rauchten sie schweigend und lauschten dem Knistern des verbrennenden Tabaks. Sie wusste nicht, warum sie ihm erzählt hatte, was sie ihm erzählt hatte. Nicht einmal ihre Mutter wusste das, was er jetzt wusste. Nicht dass es von Bedeutung gewesen wäre. Er war nicht von Bedeutung, und sie war nicht von Bedeutung. Sie waren zwei Randfiguren, die in Kellerwohnungen hausten und mit Wortspielereien die Zeit totschlugen.

»Ich bin vor ungefähr drei Jahren hier runter gezogen«, fuhr sie fort, als das Schweigen zu drückend wurde. »Ich packte meinen Koffer und fuhr runter nach Brighton.«

»Alle Straßen führen nach Brighton«, sagte er. »Darum sind wir hier, du und ich. Es ist die Endstation.«

»Gefällt es Ihnen hier?«

»Manchmal.«

»Was gefällt Ihnen am besten?«

»Dass es nicht Teheran ist.«

»Und was halten Sie von England?«

»Zu viele Ausländer.«

»So wie Sie?«

»Wie du, mein Schatz. Wie du.«

»Es muss seltsam sein, als Flüchtling zu leben.«

»Ja, es ist seltsam«, sagte er. »Es ist seltsam und kalt und feucht und einsam.«

»Sie brauchen eine Frau.«

»Ich brauche eine Frau.«

»Irgendeine?«

»Irgendeine.«

»Sogar eine Hure?«

»Geben die Kredit?«

»Ich weiß nicht«, sagte sie. »Ich bin nicht mehr auf dem Laufenden.«

»Machst du ein Angebot?«

»Ich bin keine Hure.« Sie wand eine Haarsträhne um ihren Daumen. »Bin ich eine Hure?«

»Du bist keine Hure. Du bist keine Hure *mehr.* Du warst einmal eine Hure und bist jetzt in Brighton. Ich war einmal Journalist und bin jetzt in Brighton. Sollen wir mit der Geschichte fortfahren?«

»Ich habe Ihnen meine Geschichte erzählt« sagte sie. »Mein Leben, *habibi,* mein Leben in Ihrer Hand.«

»Aber noch nicht die ganze Geschichte. Was ist dir zugestoßen? Was hat dich zu mir geführt?«

»Nichts ist passiert. Bis vor ein paar Monaten ist überhaupt nichts passiert. Ich bin nach innen gegangen. Ich hab in mich hineingeschaut, und da war nichts, und da dachte ich mir, ich würde mich in diesem freien Raum niederlassen. Alles war verpufft. Die ganze Hoffnung und der ganze Kampfwille. Verpufft im Zug nach Brighton.«

»Eine verzögerte Reaktion auf dein vorheriges Leben.«

»Glauben Sie?«

»Selbsthass, mein Kind. Ich kenne das gut.«

»Gibt es ein Mittel dagegen?«

»Es gibt immer ein Mittel.«

»So einfach ist das nicht.«

»Alles ist einfach.«

Der voll aufgedrehte Heizofen gab seinem Gesicht einen gesünderen, wenn auch dämonischen Schimmer. Sie beobachtete die zwei roten Funken, die in seinen Augen tanzten, und fragte sich, wovon er lebte.

»Bekommen Sie Sozialhilfe?«, fragte sie.

»Scheint die Sonne?«

»Auf mich jedenfalls nicht.«

»Das ist ein Teil deines Problems.«

»Sagen Sie mir die Lösung, nicht das Problem.«

»Die Lösung liegt, wie der Schlüssel, in dir selbst.«

»Reizend. Diese Weisheiten sollten Sie in Knallbonbons verpacken.«

»Ich hab schon einen Gewerbeschein beantragt.«

»Soll ich weitererzählen?«

»Bitte.«

»Ich werde von einem Mann bedroht. Er sagt, ich sei eine Schlampe.«

»Woher weiß er das?«

»Er weiß es nicht. Für ihn sind alle Frauen Schlampen.«

»Möge sein Schamteil vertrocknen.«

»Meine Nachbarn meiden den Blickkontakt.«

»Sie können der Wahrheit nicht ins Auge sehen«, sagte er. »Wenige können das. Bei meiner Rückkehr in mein Heimatland des falschen Imam sagte in der Nacht eine Stimme zu mir: Schreiber

Nimrod! Du bist wahrhaftig mit dem Auge des Sehers begabt. Fliehe diesen Sündenpfuhl.«

»Und da sind Sie gegangen.«

»Leider nicht. Ich trödelte einen Tag herum. Ich verbummelte eine Woche. Ich zögerte und zauderte. Ich verschloss meine Augen vor den wahnsinnigen Mullahs und meine Ohren vor den giftigen Gesängen des Mobs. Ich wartete zu lange, und dann war es zu spät. Ich war nicht nur taub und blind, ich war außerdem dumm.«

Seine knochigen Schultern sanken zusammen.

»Wenn sie Müllmänner Kalaschnikows in die Hände geben, ist es Zeit zu verschwinden.«

Er seufzte traurig.

»Tja, mein Kind. *Nil desperandum,* wie man in Belutschistan sagt. Nimrod ist hier, und sein wird eines Tages die Rache sein. Wie das Sprichwort sagt: Übe dich in Geduld, und die Leiche deines Feindes wird an deiner Tür vorbeigetragen werden. Aber genug der glorreichen Fantasien. Die Kerze brennt herunter, und wir müssen dein Schicksal klären. Noch ein paar Nüsse?«

»Ja, bitte.«

»Erzähl mir mehr darüber, wie du dich fühlst.«

»Wie Treibgut«, sagte sie. »Die Letzte im Rennen. Dunkle Wolken und kein Silberstreif. Einer unter Millionen Kieseln am Strand. Die Letzte in der Schlange und die Letzte auf jedermanns Liste. Ich fühle mich allein und verlassen, wie die Letzte unter den Lebenden.«

»Die Letzten werden die Ersten sein«, sagte er. »So steht es geschrieben.«

»Ist das Ihre ehrliche und unvoreingenommene Meinung?«

»Das ist die aufrichtige Beurteilung des Schreibers Nimrod. Ehemals Mitglied des Presseklubs von Teheran. Später des Evin-Instituts für Psychologische Therapie. Derzeit Exiliraner mit Wohnort auf diesem Auswuchs an der Südküste deines äußerst gastfreundlichen Heimatlands.« Er zündete sich wieder eine Zigarette an. »Erzähle mir mehr. Sag mir, was dir Angst macht.«

»Alles macht mir Angst.«

»Was am meisten?«

»Männer«, sagte sie. »Männer machen mir Angst.«

»Du hast viele Männer gekannt. Du kennst ihre Schwächen. Du kennst ihre Feigheit. Was gibt es da zu fürchten?«

»Ihre Gier macht mir Angst. Die Art, wie sie mich ansehen, macht mir Angst. Was ich in ihren Augen sehe, macht mir Angst.«

»Und was siehst du?«

»Was sie begehren, müssen sie besitzen. Was sie nicht besitzen können, müssen sie penetrieren. Was sie nicht penetrieren können, müssen sie zerstören.«

»Und was hast du so plötzlich gegen Penetration?«, fragte er, während er Asche in die Untertasse schnippte.

Sie erkannte, dass er doch nicht ganz der liebenswerte orientalische Kauz war, der er vorgab zu sein. Sie betrachtete ihn zum ersten Mal mit so etwas wie Abscheu.

»Ich weiß, was ich war«, sagte sie, »und ich kann es nicht ändern. Ich kann es nicht ändern, und ich kann es nicht vergessen. Aber es ist die Vergangenheit. Ein anderes Land. Es ist vergangen, und man kann es nicht zurückholen.«

»Du bist doch diejenige, die ihre Vergangenheit nicht loslässt«, sagte er. »Du bist es, die sie braucht, du bist es, die von ihr zehrt.«

»Das ist leicht gesagt.«

»Leicht gesagt und leicht bewiesen. Ohne sie fehlt dir deine Identität. Du hast keine Ausreden ohne sie.«

»Das ist eine Lüge.«

»Man hat dich benutzt, Bella. Man hat dich benutzt und missbraucht und fortgeworfen. Alle haben sie das getan. All diese Dreibeine. Sie haben dich flachgelegt und sind in dich eingedrungen und haben dich leer gepumpt.«

»Ich brauche mir das nicht bieten zu lassen.«

»Alle durften sie mal rein. Mal kräftig rammeln. Wie sie aussahen, war Nebensache. Was sie dachten oder ob sie überhaupt etwas dachten, war Nebensache. Und wenn ein Furz rauskam, sobald sie den Mund aufmachten, musstest du trotzdem lächeln, als wären es himmlische Düfte.«

»So was brauch ich mir von einem beschissenen Flüchtling nicht gefallen zu lassen.«

»Haus der offenen Tür warst du, mein Schatz. Sie brauchten nur deinen Preis zu zahlen. Deinen bemerkenswert niedrigen, der Ware mehr als angemessenen Preis. Sie brauchten nur ihre Pfundnote auf den Tisch zu legen, und schon ging es los. Und du hast sie alle reingelassen. Jedermanns Geld war dir gut genug.«

»Scheißausländer!«

»Du hast die Aussätzigen reingelassen. Die Gestörten. Die Missgeburten. Die Dummen, die Stinkenden, die Winsler und die Schlappschwänze, die Langweiligen, die aufgeblasenen Affen. Alle hast du sie reingelassen. Hast ihren Schleim aufgeleckt. Und es hat dir noch geschmeckt.«

»Sie unglaubliches Miststück.«

»Ich bin ein Weltbürger.«

»In die Klapsmühle sollte man Sie zurückbringen.«

»Wirklich?«

»In Ketten legen sollte man Sie und dann weggehen.«

»Dr. Bella, nehme ich an.«

»Ich seh nicht ein, warum ich jemand wie Sie mit meinen Steuern ernähren soll.«

»Zwei Pence reichen heute nicht mehr sehr weit.«

»Du widerlicher, ausländischer Fatzke mit deinem dreckigen Grinsen.«

»Man tut, was man kann.«

Ihr war plötzlich heiß. Als schwemmten Hitzewellen über sie hinweg.

»Erzähl mir, was in deinem Kopf los ist«, sagte er.

»Das dürfte Sie kaum interessieren.«

»Mich interessiert alles.«

»Ich würde Ihnen am liebsten die Hände um den Hals legen und zudrücken, bis Ihnen das Genick bricht.«

»Ist das alles?«

»Ich möchte Ihnen die Luft aus der Lunge quetschen.«

»Und dann?«

»Ich möchte zusehen, wie das Licht in Ihren Augen erstirbt.«

Er schob die linke Hand in seine Jacke. »Im Libanon gibt es Leute wie dich –«

»Ich möchte Ihren Hals umdrehen.«

»– tollwütige –«

»Fertig machen möcht ich Sie.«

»– Selbstmörder –«

»Wegfegen möcht ich Sie.«

»– die nennen sich Hisbollah.«

»Ich möchte Ihnen ein für alle Mal das Maul stopfen.«

»Und was hindert dich daran?«

»Ihre Kraft hindert mich daran.«

»Ich hab nicht viel Kraft.«

»Aber mehr als ich. Alle Männer haben mehr Kraft als ich. Jeder dreckige Ausländer, den das Meer anschwemmt, hat mehr Kraft als ich.«

Sie keuchte. »Jetzt wissen Sie's.«

»Jetzt weiß ich es.«

Er zog die Hand aus der Jacke. Er hielt einen schlanken, kurzen Stahlstab. Er drückte auf einen Knopf, und eine Klinge schoss heraus.

Sie starrte das Springmesser ungläubig an.

»Was tun Sie da?«

»Ich mache deine geheimen Ängste wahr.«

»Was für Ängste?«

»Du weißt schon, welche ich meine. Mit einem Wahnsinnigen allein zu sein.« Sein Lächeln war dünn und ohne Heiterkeit. »Arme Bella.«

Er hielt ihr das Messer vor das Gesicht. Es glänzte und blitzte im weichen Licht.

»Hast du keine Angst, dass ich dich töte?«

Er legte den Daumen an die Klingenspitze und drückte, bis ein Blutstropfen hervorquoll.

»Das würden Sie nie wagen.«

»Meinst du?«

Seine Augen wurden schmal, und er beugte sich zu ihr hinüber. Sie stieß einen schwachen Laut aus.

»Gib deine Hand her«, befahl er. »Handfläche nach oben.« Kaltes Metall berührte ihre Haut. Er hielt ihre Hand in seiner und schloss ihre Finger um das Heft.

»Fühlt sich das gut an?«

Sie berührte den Knopf. Die Klinge flutschte in das Heft zurück und dann wieder heraus.

»Fühlt sich das gut an?« Sie hielt das Messer in ihrer Hand.

»Es fühlt sich gut an.«

Er ließ es los und lehnte sich zurück. »Du kannst es behalten.«

Sie sah auf das Messer hinunter. Ein so schönes Messer.

»Brauchen Sie es nicht?«

»Du brauchst es dringender. Betrachte es als Geschenk. Du hast, glaub ich, gesagt, dass du gern Geschenke bekommst.«

»Ich bin Ihnen dankbar.«

»Das solltest du auch sein.«

»Ich hab das vorhin nicht so gemeint.«

»Was vorhin?«

»Die Beschimpfungen. Schall und Rauch.«

»Ich glaub schon, dass du sie so gemeint hast, aber es macht nichts.«

Sie wartete. Er ließ sich nicht weiter aus. »Haben Sie das gemeint, was Sie über mich gesagt haben?«

»Dass du für jeden ein offenes Loch warst?«

Sie nickte.

Er zuckte mit spöttischem Bedauern die Achseln. »Mehr oder weniger.«

Sie strich mit einem Finger über die Schneide der Klinge.

»Sagen Sie mir, was ich tun soll. Ich brauche eine Antwort.«

»Du hältst die Antwort in der Hand.«

»Ich versteh nicht.«

»Nein, anscheinend nicht.«

»Dann erklären Sie's mir.«

Er reichte ihr eine Zigarette und nahm sich selbst eine. Sein Feuerzeug war ein Wegwerffeuerzeug. Ein Ding zum Wegwerfen für einen Mann zum Wegwerfen.

»Für die meisten Leute«, sagte er, »ist die Menschheit in Mörder, Opfer und Zuschauer aufgeteilt. Falls sie eine Wahl haben, können sie sich dafür entscheiden, Zuschauer zu sein. Sie können am Rand stehen und jubeln oder buhen. Sie können vom hohen Ross herab Werturteile abgeben, den Verbrecher verdammen und den Tugendhaften loben. Sie können ihre Hände einigermaßen sauber und ihre Gedanken einigermaßen rein halten, weil sie nichts riskieren und nichts dabei verlieren. Kannst du mir so weit folgen?«

»So weit, so gut.«

»Das Problem, mein Kind, ist, dass manche Leute diese Wahl nicht haben. Leute wie du. Die kleinen Leute, Bella. Kleine Leute mit großen Träumen. Du hast keine Wahl, weil du ein Lamm bist. Du bist das, was wir lammfromm nennen. Und beim Anblick eines Lamms bekommen manchmal sogar Zuschauer Lust, Mörder zu werden. Sie sehen ein Lamm, und schon läuft ihnen das Wasser im Mund zusammen. Lämmer erinnern sie daran, wie ausgehungert sie sind. Du bist eine wandelnde Verlockung, Bella. Du verlockst sie mit deiner Schwachheit.«

»Was kann ich tun?«

»Du musst wählen, was du sein möchtest.«

»Ich möchte Zuschauer sein.«

»Die Möglichkeit hast du nicht.«

»Also habe ich keine Wahl.«

»Doch, du hast eine Wahl.«

»Welche denn?«

»Die einzige.«

Sie lauschte dem Geräusch seiner Uhr. Sie lauschte der Uhr, die die Sekunden heruntertickte.

»Ich bin keine Mörderin.«

»Mörder oder Opfer. Du kannst dir's aussuchen.«

»Vielleicht irren Sie sich.«

»Ich irre mich nie.«

»Ich kann es nicht.«

»Du kannst.«

»Woher wissen Sie das?«

»Weil ich es weiß.«

Sie sah das Messer in ihrer Hand an. Die Klinge glühte rot vom Schein des elektrischen Heizofens. Sie hielt es zärtlich in der Hand. Es fühlte sich so gut an. So richtig. Sie drückte auf den Knopf, und die Klinge schnappte zurück. Sie schüttelte den Kopf. Sie hatte Angst. Sie hatte Angst vor dem, was ihr angetan werden würde. Sie hatte Angst vor dem, was sie tun würde.

»Nimm das Messer«, drängte er. »Nimm das Messer, und nimm Rache.«

»Es gibt keinen anderen Weg?«

»Keinen.«

»Mörder oder Opfer?«

Er nickte langsam.

»Schlächter oder Lamm.«

5

Es war Freitagabend. Am Freitagabend fängt das Wochenende an. Am Freitagabend fängt das Vergnügen an. Sie saß in ihrer Küche und trank einen eisgekühlten Wodka, während sie auf seinen Anruf wartete.

Sie wollte, dass er anrief. Sie konnte es nicht tun, wenn er nicht anrief. Er musste sich rühren. Sie musste sein Raunen durch die Leitung hören. Sie musste sein böses Raunen durch die Leitung hören. Sie würde den Mut nicht finden, wenn seine Stimme nicht aus der Leitung tropfte.

Später, viel später, Jahre später, zwei Tage später sollte sie wissen, dass man nicht warten darf. Innerhalb von zwei Tagen sollte sie gelernt haben, dass man nicht zu lange warten darf, bis man handelt. Wenn man zu lange wartet, geht man unter. Frauen wie sie können es sich nicht leisten zu warten. Frauen mit zerbrechlichen Knochen sind nicht dazu geschaffen, Schläge abzufangen. Wenn man Bella ist, darf man nicht zu lange warten. Wenn man Bella ist, hat man keine Reserven. Sie hat zu lernen, dass sie zuerst losschlagen muss. Für Frauen wie sie gibt es nur eines – zuschlagen und nichts wie weg. Frauen wie sie dürfen nicht abwarten. Keiner rettet sie, wenn sie bloß dasitzen und warten.

Aber das kam ein Lebensalter später, im allerletzten Augenblick eines sehr blutigen Wochenendes. Am Freitagabend stand sie am Anfang. Da steckte sie noch in der Zwangsjacke wie in einer toten Haut. Da glaubte sie noch, es gebe Grenzen, die man nicht überschreiten darf; es gebe Tiefen, die man nicht ausloten darf. Da wusste sie noch nicht, dass man nur eines tun kann, sich im Dunkeln aufmachen wie ein tollwütiger Hund.

Darum saß sie am Freitagabend in ihrer Küche und wartete. Sie trank eisgekühlten Wodka und wartete auf seinen Anruf.

Bis Mitternacht hatte sie ein Drittel der Flasche getrunken. Stolitschnaya. Sie trank ihn mit Eis und Zitrone, rauchte dazu und wartete auf den Anruf. Saß da, trank, rauchte und wartete. Es ist ein geschmackloses, geruchloses, farbloses Getränk, das sie nicht trinkt, um zu vergessen, sondern um sich zu erinnern.

Denn je mehr sie trinkt, desto klarer wird ihr Kopf, desto lichter ihr Denken, desto schärfer ihre Einsicht. Je mehr sie trinkt, desto besser kann sie denken.

Sie saß und trank und rauchte und dachte nach. Sie dachte über Persien und Pentonville nach, über das Exil und über zweispiralige Elektroheizer. Er hatte Recht gehabt, der Flüchtling. Der Heimatlose hatte es richtig erkannt. Er hatte Klarheit geschaffen. Er hatte das Durcheinander in ihrem Kopf entwirrt, so dass sie sehen konnte, welche Verbindungen sie machte und welche nicht.

Er hatte ihren Kopf in beide Hände genommen – die verstümmelte und die gesunde Hand – und etwas zum Leben erweckt, das in ihrem Hirn begraben gewesen war. Er hatte sie neu belebt und ihr das Gefühl einer Möglichkeit, einen plötzlichen Energieschub mitgegeben. Er hatte ihr den Schlüssel in die Hand gedrückt und sie fortgeschickt. Heim in ihren Keller, wo sie nun wartete. Auf den, der ihr seinen Fuß ins Gesicht gedrückt hielt. Auf den, der am Fenster stand, der im Schatten lauerte und das Licht scheute.

Mit ihren Nylonpantoffeln an den Füßen saß sie da und rauchte und trank und wartete, und um fünf nach zwei, als sie den Zitronenschnitz aussaugte, den sie aus dem Glas gefischt hatte, nachdem sie den Aschenbecher gerade das dritte Mal geleert hatte, als ihr die Zunge wie ein Klumpen Tabak im Mund lag, begann das Telefon zu läuten.

Sie hob ab. Sie wartete auf seine Stimme.

»Hallo«, sagte er.

»Ach, hallo!«, sagte sie.

»Ich bin's wieder«, sagte er.

»Ich weiß«, sagte sie und hauchte ihm ihren Wodka-Atem entgegen.

»Du klingst ja sehr locker.«

»Ich habe meditiert.«

»Wo warst du heute Nachmittag?«

»Unterwegs.«

»Und was hast du getan?«

»Dies und das.«

»Ich hab das Gefühl, ich bin dir zur Gewohnheit geworden.«

»Das Gefühl hab ich auch«, sagte sie. »Zur ekligen Gewohnheit.« Schneidige Bella. Sie merkte, dass es ihn entwaffnete, so von ihr angeföhnt zu werden. Von einer Bella erwartet man nicht, dass sie zurückföhnt.

»Ich weiß Ihren Namen gar nicht«, sagte sie.

Sie konnte seiner Stimme ein Gesicht geben, aber seinem Gesicht keinen Namen. Sie wollte seinen Namen wissen. Nur seinen Namen, sonst nichts. Er interessierte sie nicht. Sie fand ihn nicht interessant. Er war eine Belanglosigkeit, die bald zur Nichtigkeit werden würde. Er war ein Juckreiz, der nach Kratzen verlangte. Ein Geschwür, das sie aufstechen musste. Ein Statist in einem Drama, das sie in Szene setzen würde. Und Lanzenträger, Choristen und Statisten sind zutiefst uninteressant, wenn man auf dem Weg zum Starruhm ist.

»Sagen Sie mir Ihren Namen«, sagte sie.

Sie lauschte dem Schweigen. Es war ein anderes Schweigen. Jetzt war es ihr Schweigen. Sie hatte es geschaffen. Sie hatte ihn zum Schweigen gebracht. Einen Nachmittag bei einem krausen Wrack von einem Flüchtling, mehr hatte sie nicht gebraucht, um die Kraft zu finden, ihn zum Schweigen zu bringen.

»Tim.«

»Timothy?«

»Tim«, sagte er. »Ich heiße Tim.«

»Was für ein netter Name.«

Die Küche war voller Qualm. Er hing in blaugrauen Schwaden um ihren Kopf. Die Küche stand vor Qualm. Sie hätte ihn schneiden können, so dick war er. Sie hätte ihn mit Nimrods Springmesser aufschlitzen können. Sie hätte ihn mittendurch schlagen können. Sie hätte ihn dort, wo er sich über dem Herd bauschte, durchbohren können.

»Du klingst ganz anders«, sagte er.

»Wie anders?«

»Als würdest du glauben, dass du wer bist.«

»Bin ich das nicht?«

»Natürlich nicht, das weißt du doch. Das sieht doch jeder Idiot. Ich dachte, das hättest du begriffen. Das muss sogar eine schwachsinnige Schlampe merken, wenn sie ein Nichts ist.«

Die Uhr auf dem Eisschrank stand auf zehn nach zwei. Es war ein Reisewecker zum Zusammenklappen, so wie sie früher mit Lederetui hergestellt worden waren.

»Sie halten nicht viel von mir«, sagte sie.

»Ich halte überhaupt nichts von dir.«

»Aber immerhin denken Sie an mich.«

»Die ganze Zeit.«

»Es tut gut zu wissen, dass man jemand anderem nicht ganz gleichgültig ist.«

»Wenn du mir gleichgültig wärst, hätte ich keine Lust, dich zu quälen.«

»Sie wiederholen sich.«

»Na und?«

»Das ist langweilig.«

»Pech.«

Sie konnte ihn atmen hören. Vorher hatte sie ihn nie atmen hören können. Es klang, als wären seine Atemwege leicht verstopft. Man müsste ihm die Nebenhöhlen durchspülen. Man müsste den Rotz absaugen, den er dauernd hochzog und runterschluckte.

»Sie müssen eine ganz schöne Telefonrechnung haben.«

»Die zahlst du«, sagte er. »Du zahlst bald alle meine Rechnungen.«

»Ich habe nicht viel Geld.«

»Ich kassiere in Naturalien.«

»Ich brauche mehr Zeit.«

»Es gibt keine mehr. Das ist die letzte Mahnung. Die Androhung der Vollstreckung. Diesmal komm ich rüber und kassiere.«

»Und wenn ich nicht zahle?«

»Dann geht's so wie beim Gas und beim Strom. Wenn du nicht zahlst, wird was abgedreht.«

»Ich glaube, Sie haben ein Problem, Timothy.«

»Tim.«

»Ich glaube, Sie haben ein Problem, Tim.«

»Was du glaubst, interessiert mich nicht.«

»Ich glaube, Sie haben das, was man ein psychosexuelles Problem nennt.«

Sie sah im Geist sein Gesicht vor sich, während sie sprach. Sie sah, wie die Zunge hastig über blutleere Lippen huschte. Bella hat zum ersten Mal die Regeln durchbrochen. Langsam, vorsichtig, Schritt für Schritt hat Bella begonnen, sämtliche Regeln zu brechen, die je aufgestellt wurden, um sie unten zu halten.

»Ich komm demnächst bei dir vorbei«, sagte er.

»Ich glaube, Sie sind impotent.«

»Halt den Mund.«

»Ich glaube, Sie kriegen ihn nicht hoch.«

»Halt dein blödes Mundwerk.«

»Sie sollten es mal mit Handanlegen versuchen.«

»Dreckiges Luder.«

»Sie sollten es mal mit Lutschen versuchen.«

»Ich mach dich fertig.«

»Sie sollten es mal mit Bestechung versuchen.«

»Halt endlich dein Scheißmaul.«

»Mein Mund scheißt nicht«, sagte sie. »Ich scheiße nicht mit dem Mund.«

Muss schlimm sein, wenn man einer ist wie Tim. So ein ganz gewöhnlicher, braver Bursche, einer von denen, die das Salz der Erde heißen, der gern mit den Kumpeln am Stammtisch sitzt und mit seinen Eroberungen angibt. So einer, der sich eine sprachlose Frau sucht, der er seine Fantasien überstülpen kann, der sich den schwer hängenden Sack streichelt, während er schlüpfrige Obszönitäten durch die Leitung flüstert. So einer, der ihr auf der Straße nachgeht und sich wie ein Mann vorkommt, wenn er sieht, wie sie immer kleiner wird.

Er stellt sich nicht in Frage, er bezweifelt seine Männlichkeit nicht, er denkt keine zwei Mal darüber nach. Er hat ja einen Schwanz, und der Schwanz ist König.

Und da macht sie plötzlich, erschreckend und abstoßend, den dreckigen Mund auf und flüstert dreckige Wörter. Wo es doch ganz anders sein soll. So läuft es doch in den Träumen nicht ab. Er weiß nicht mal, ob er es überhaupt noch will, wenn es so kommt. Dieses dreckige Luder. Dieses dreckige, stinkige, aufreizende Luder, sie sind alle gleich.

Er will sie doch nur quälen, er will sie doch nur kaputtmachen, mehr will er ja gar nicht. Er will sie so gründlich niedertreten, dass sie nie wieder den Kopf hebt. Er muss sie unterdrücken. Ihr den Fuß ins Gesicht und das Gesicht in den Boden drücken. Das braucht er, um sich lebendig zu fühlen. Der ganze Witz, der springende Punkt an der Sache ist doch, dass es ihm hilft, sich lebendig zu fühlen. So hat Gott ihn erschaffen, und so ist er nun mal. Es ist nicht seine Sache, nach dem Warum zu fragen. Blasphemie, nach dem Warum zu fragen. So ist er eben.

»Soll ich dir mal was sagen«, sagte er. »Manche Leute regen mich echt auf.«

»Ach ja?«

»Sie bringen mich echt auf Touren.«

»Tatsächlich?«

»Ich mein, die wollen's nicht anders, die wollen's echt nicht anders.«

»Ja?«

»Und wenn sie's dann kriegen, verstehen sie die Welt nicht mehr.«

»Ich geh jetzt schlafen.«

»Ich bin noch nicht fertig.«

»Ich muss los.«

»Leg ja nicht auf.«

»Es war wirklich ein reizender Abend.«
»Ich hab dir was zu sagen.«
»Ein andermal vielleicht.«
»Was du von mir kriegst.«
»Sie haben ein Geschenk für mich?«
»Speziell für dich.«
»Wie nett.«
»Du kriegst es bald.«
»Ich kann es kaum erwarten.«
»Rat mal, was es ist.«
»Da komm ich bestimmt nie drauf.«
»Man kauft es in der Flasche.«
»Ich trinke keinen Wein.«
»Man gießt es auf die Haut.«
»Ich kauf mir mein Parfum selbst.«

Wenn sie das Licht ausmachte, würde die Uhr im Dunkeln leuchten. Als hätte man eine Katze, so grün glühte sie in der Dunkelheit.

»Sagen Sie mir, was es ist.«
»Du musst raten.«
»Ich komm um vor Spannung.«

Er lachte leise.

»Heraus mit der Sprache«, sagte sie. »Was ist es?«

Sie hörte, wie er die Luft einsog.

»Säure.«

Das Wort sprang ihr noch im Hirn herum, als das Wimmern des Freizeichens begann.

Sie legte den Hörer auf. Sie hatte eigentlich noch ein wenig nachdenken wollen, ehe sie handelte. Vielleicht noch ein wenig grübeln wollen. Sich noch ein wenig vorbereiten wollen, ehe sie tat, was sie tun musste.

Aber er hatte sie angerufen. Er hatte sie über die Leitung berührt. Er hatte sich angehört, was sie gesagt hatte, und er hatte sich angehört, wie sie es gesagt hatte, und dann hatte er das dünne Gespinst der Schlagfertigkeit zerrissen und sie an das erinnert, was sie beide wussten. Er hatte sie daran erinnert, dass sie ein Lamm war, und er hatte die letzte Verbindung hergestellt, die alles entschied. Und jetzt hatte sie wirklich keine Wahl mehr. Sie konnte es nicht länger aufschieben. Nicht eine Nacht länger. Es war so, wie Nimrod gesagt hatte, ihr standen zwei Wege offen. Und was ihr blieb, war die einzige, die unausweichliche Wahrheit – besser der Schlächter als das Lamm.

Sie ging ins Bad, knipste das Licht an und stellte sich vor das Waschbecken. Sie ließ das Wasser ein paar Sekunden laufen, ehe sie sich hinunterbeugte und es sich ins Gesicht spritzte. Das Wasser war eiskalt, so dass ihre Haut sich zusammenzog. Sie griff nach dem Handtuch, trocknete das Gesicht ab und cremte sich die Hände ein. Dann hob sie den Kopf und sah sich im Spiegel an. Ihr Bild blickte unverwandt zu ihr zurück. Ein unversöhnliches Gesicht mit unversöhnlichen, nachtschwarzen Augen. Bitterkalten Augen, wie das bitterkalte Wasser.

Sie hatte Nimrod gesagt, in ihrem Inneren sei nichts. Sie hatte ihm gesagt, es sei alles verpufft, und eine Leere sei zurückgeblieben, die sie nicht füllen konnte. Sie hatte ihm gesagt, es sei nichts mehr da, und als sie es gesagt hatte, da hatte sie es auch geglaubt. Aber jetzt wusste sie, dass sie sich getäuscht hatte. Jetzt wusste sie, dass sehr wohl etwas da war. Etwas Hartes, das Wurzeln geschlagen hatte.

Sie wusste, was es war, als sie in ihre Augen sah. Sie sah in ihre Augen und spürte, wie es wuchs. Ein hartes, kleines Körnchen Wut wuchs in ihrem Schoß.

Sie brauchte nicht lange zum Anziehen. Sie zog eine dicke, gerippte Strumpfhose an, Socken darüber, Jeans und einen Rolli. Seltsames Gefühl, sich in den frühen Morgenstunden anzukleiden. Beinahe unanständig, sich in den frühen Morgenstunden anzukleiden. Sie schnürte die knöchelhohen Turnschuhe und schob die Hände in dünne Samthandschuhe. Gott segne dich, Bella. Gott segne dich dafür, dass du dir die Nacht zurückerobert hast.

Sie hatte den ganzen Tag nicht viel gegessen. Ihr Hunger musste warten. Ihr Hunger auf Nahrung musste warten. Sie schlüpfte in den schwedischen Anorak, den sie in der Gloucester Road gekauft hatte, zog den Reißverschluss bis zum Hals hoch und wickelte sich einen karminroten Schal um das Gesicht.

Eine Wollmütze mit Augenschlitzen hätte sie aufsetzen sollen. So eine Hasskappe wäre besser gewesen. Aber Hasskappen sind für den kurz geschorenen Kopf gedacht. Sind für die Jungs gedacht. Gleich, wer sie sind. Gleich, wo sie sind. Hasskappen sind für die Jungs.

Aber die Jungs in ihren Hasskappen konnten sich Bella in ihrem Keller nicht vorstellen. Wie sie sich aufrüstete, Handschuhe überzog, die Jacke bis zum Hals schloss. Bella in ihrem Keller, das überstieg ihre Vorstellungskraft. Sie ist unglaublich. Sie ist eine böse Videobraut mit Samthandschuhen. Die tollwütige Bella hat sich von der Leine losgerissen.

Sie brauchte etwas, um das Fenster aufzustemmen. Sie brauchte einen harten Gegenstand, um zum Fenster hineinzukommen. Sie ging in den Flur, zog einen Karton heraus und kramte darin herum, bis sie fand, was sie suchte.

Der dicke Holzstiel des Hammers lag so bequem in ihrer Hand, als hätte er immer schon dahin gehört. Er lag schwer in der Hand. Sie hielt ihn gern in der Hand. Spürte gern sein brutales Gewicht in ihrer Hand. Sie hielt gern die Brutalität in der Hand.

Sie schob ihn unter die Jacke und schloss die Schranktür. Sie ging in die Küche und stellte sich im Dunkeln vor das Fenster. Zum ersten Mal seit Wochen zog sie den Vorhang zurück und sah in einen öden und leeren Hinterhof hinaus.

Sie starrte durch das Fenster in die Dunkelheit. Sie dachte daran, wohin sie jetzt gleich ging. Sie dachte daran, was sie jetzt gleich tat. Und aufreizende Bilder zogen ihr durch den Sinn. Ein verführerisch stummer Film, der in körnigem Schwarzweiß in ihrem Kopf ablief, jedoch vor dem Höhepunkt stets ausblendete.

Vorgreifen ist sinnlos. Man kann nicht erraten, wie es ausgehen wird. Man muss dranbleiben und darf die Hoffnung nicht aufgeben. Und im Dranbleiben ist sie sehr gut. Eine sehr geduldige kleine Person, die immer abwartete, was passiert. Aber diesmal ist es anders. Diesmal wird sie jemandem passieren. Inwiefern unterscheidet sich diese Nacht von allen anderen Nächten? Heute Nacht wird zum ersten Mal Bella stattfinden.

Sie tastete sich durch die verdunkelte Küche und zur Hintertür hinauf. Sie beugte sich hinunter und schob den unteren Riegel zurück. Sie langte hinauf und schob den oberen zurück. Sie nahm den Schlüssel vom Nagel in der Speisekammer, schob ihn ins Schloss, drehte ihn gegen den Uhrzeigersinn, und die Tür sprang auf. Sie trat hinaus und zog sie hinter sich zu.

Nachtluft ist besondere Luft. Saubere Luft. Die Abgase haben sich verzogen, der Verkehrslärm ist gedämpft. Sie stieg die Stufen hinauf, blieb im Garten stehen und atmete tief ein.

Das ist etwas Neues für Bella. Eine Premiere für Bella. Ein einziger kleiner Schritt für Bella, aber ein Riesensprung für die Frauen der Welt. Nie zuvor hat sie dies getan. Nie zuvor hat sie den Riegel an ihrer verriegelten Tür zurückgezogen und ist in einer unfreundlichen Winternacht die Treppe hinaufgestiegen.

Sie stand im Gras, die Sterne leuchteten herab, und sie lächelte sich zu, während sie die Luft einsog. Die milde Nachtluft, wenn alles still ist und nichts sich regt und die gesetzestreuen Bürger in ihren Betten liegen.

6

Die Erde unter ihren Füßen war gefroren. Harte, unnachgiebige Mutter-Erde unter ihren kleinen Füßen. Sie ging über das verwahrloste Grundstück. Am Ende der Häuserreihe glomm trübe eine Nachtlampe. Ein Licht brannte, um den schwarzen Mann zu vertreiben.

Sie stieg auf eine ausrangierte Wanne und spähte über den Zaun. Sein Fenster war dunkel. Ein dunkles, ruhiges Rechteck. Der Schieberahmen hing eine Handbreit über dem Fensterbrett. Mann, hast du ein Glück, Mann, hast du es gut mit deinem furchtlos offen stehenden, unverschlossenen Fenster, durch das die Luft reinströmen kann.

Sie zog sich über den Zaun und ließ sich auf der anderen Seite vorsichtig hinunter. Sie kletterte über Bauschutt, ging um einen vor sich hin rostenden Kinderwagen herum, tauchte unter einer leeren Wäscheleine durch und gelangte zur Feuertreppe. Eine raue, mondlose Nacht und der bitterkalte Wind, der ihr beißend ins Gesicht wehte, ihr Atem in Wölkchen vor ihren Augen und die Furcht, die Spannung und die Freude, als sie das eiserne Geländer umfasste.

Sie stieg lautlos zum zweiten Stock hinauf. Sie blieb auf dem Treppenabsatz stehen und starrte zu ihrem Haus hinüber, das schwarz vor dem grauen Himmel aufragte. Es heißt, dass Reisen den Horizont erweitert. Man bekommt eine andere Perspektive, wenn man den Standort ändert. Man fängt an, die Dinge anders zu sehen, wenn man mitten in einer frostigen Nacht auf der Feuertreppe des Nachbarhauses steht. Sie blickte zu ihrer Wohnung zurück, und etwas in ihr krampfte sich zusammen.

Sie starrte zu ihrem Küchenfenster hinunter, wie er das so viele Male getan hatte, wie aus großer Höhe. Als beobachte er einen Vogel in einem Käfig, wie er hinter den Stangen herumhüpfte und sich einbildete, er sei lebendig. Sie sah zu ihrem Keller zurück. Dorthin zurück, von wo sie gekommen war.

Ein Loch im Boden. Eine Grube im Bauch der Erde. Und sie ist dabei, herauszuklettern. Das Wasser steht ihr bis zum Hals, und sie ist dabei, herauszuklettern.

Das Fenster ließ sich leicht und geräuschlos anheben. Sie schob es halb hinauf und stieg durch die Öffnung in sein Badezimmer. In einem fremden Badezimmer ist es wie in einer fremden Küche. Man nimmt den Geruch des anderen auf, er scheint einen zu überfallen, und man kommt sich vor wie ein Tier in der Höhle eines anderen. Der Raum stank nach seinen Sachen. Seinem Rasierwasser und seiner Seife, dem feuchten Handtuch, das über dem Heizkörper hing, und dem Körperpuder, mit dem er sich puderte, seinem Rasierschaum und seinem Haargel und der frühlingsfrischen Substanz, die er in die Kloschüssel goss. So ein reinlicher Mann. So ein reinlicher, parfümierter, penibler Mann.

Sie griff nach der Türklinke, öffnete die Tür und spähte in einen dämmrigen Flur. Das gelbe Licht einer Straßenlampe drang durch ein fächerförmiges Oberlicht. Sie ging über den Teppich und blieb neben einer Tür stehen, die angelehnt war. Sie konnte ihn in seinem Bett atmen hören. Es waren die schweren, raspelnden, schleimigen Atemzüge, bei denen sie am liebsten den Telefonhörer aufgeknallt hätte.

Sie ging durch den Flur zurück ins Wohnzimmer. Nach der hart gefrorenen Erde schien der Teppich an ihren Füßen zu saugen. Sie ging durch das Zimmer, prüfte die Vorhänge, schaltete dann die Stehlampe ein und sah sich um.

Nicht übel das Zimmer, wenn man so was mag. Pflanzen, Kassettendeck, Drucke an den Wänden. Interessanter kleiner Designer-Schnickschnack in den Regalen. Schicke Zeitschriften auf niedrigen Tischen. Eine einzige Reihe Bücher. Keine Leseratte, unser Timothy. Kein Literat. Kein Angehöriger der üppig wuchernden Intelligenzija von Brighton. Sie hätte sie verbrannt, hätten nicht die Nazis Bücherverbrennungen in Verruf gebracht.

Sie sah sich im Zimmer um. Sie wollte es besudeln und beschmutzen. Abbrennen. In die Luft sprengen. In Trümmer legen. Verwüsten. Sie hätte am liebsten ihren Namen in grellen Buchstaben auf die taubengrauen Wände gesprüht. Sie hatte die jungen Leute mit den Sprühdosen bisher nie verstanden. Sie hatte nie verstanden, was sie dazu trieb, sich auf diese ihnen einzig mögliche Weise zu verewigen. Sie sah die Wände an und hätte am liebsten ›Bella war hier‹ darauf gesprüht, und zwar so, dass das B seinen Druck von Paris verschandelt hätte. Sie hätte gern ihre Spur über alle seine Wände versprüht. Sie hätte am liebsten das Sofa aufgeschlitzt und die Stereoanlage zertrümmert, die Vorhänge zerfetzt und zugesehen, wie ein Hund auf den anthrazitgrauen Teppich kackte.

Sie seufzte bedauernd. Sie ist keine Vandalin. Die Zerstörungswut des Vandalismus ist ihr fremd. Die mutwillige und sinnlose Zerstörung lebloser Objekte, das Abreagieren leidenschaftlicher Impulse an leblosen Dingen erscheinen ihr besonders pervers.

Und ihre Kraft ist nicht unerschöpflich. Bella sprudelt nicht über vor Tatendrang. Selbst jetzt, selbst heute Abend, selbst mit ihrem neuen Blick auf das eigene Leben und das von anderen ist ihre Kraft entschieden begrenzt, und sie darf sie nicht vergeuden. Sie trägt alles, was sie an Kraft besitzt, in einem kleinen, doch randvollen Becher und muss darauf achten, dass sie nicht zu heftig ist, sonst schwappt er über, und alles versickert.

Das Licht aus dem Wohnzimmer strömte in den Flur und beleuchtete dämmrig sein Schlafzimmer. Er lag auf dem Rücken, die Glieder bequem nach den vier Ecken ausgestreckt. Er schlief nicht so, wie sie geschlafen hatte, zu einem kleinen Bündel fötaler Angst zusammengerollt. Sie beobachtete die Decke, wie sie sich hob und senkte, hob und senkte. Sein Kopf war eine dunkle Form auf dem Kissen.

Hier wären wir also, dachte sie. Hier wären wir.

Sie ging näher. Ihr Magen war leer. Sie fühlte sich schwach vor Hunger und schwach vor Hass. Sie sah auf den Mann hinunter. Diesen flüsternden Mann. Diesen flüsternden, bedrohlichen, schlummernden Mann. Diesen bösen Mann, der ihr Leben verseucht hatte.

Sie stand an seinem Bett. Sie war in seine Wohnung eingedrungen, und sie stand an seinem Bett. Sie war maskiert und bewaffnet und furchtlos.

7

Seine Augen bewegten sich unter den Lidern. Sie beobachtete seine Augen. Sie bewegten sich mit seinem Traum. Er träumte von ihr, während er in seinem Bett schlief. Er träumte, er nehme sie mit roher Gewalt auf ihrem eigenen Boden. Nehme sie auf ihrem Badezimmerboden. Gösse ihr Flüssigkeit auf die Haut. Er träumte, er höre das Zischen und rieche den Brand und sehe zu, wie sie sich auf ihrem Badezimmerboden auflöste. Sie schrie in seinem Traum, und sie starb in seinem Traum, und dazu bewegten sich fortwährend seine Augen unter den Lidern.

Sie zog den Hammer heraus und betrachtete sein Gesicht. Wegen dieses Mannes zitterte sie in ihrer Höhle. Wegen dieses Mannes sperrte sie das Licht aus. Sie betrachtete das schlafdurchtränkte Gesicht. Dieses nichtssagende Perversengesicht.

Sie hielt den Hammer in der Hand mit dem Samthandschuh. Sie hob den rechten Arm. Lass ihn einfach runterfallen. Lass ihn einfach herunterfallen auf seinen Kopf. Schwing ihn abwärts. Lass ihn einfach fallen. Tu es jetzt. Tu es, solange du kannst.

Aber sie konnte nicht. Sie konnte es nicht, solange er schlief. Sie mag alles Mögliche sein, ein Ungeheuer ist sie nicht. Und eine Irre auch nicht. Auch keine Psychotikerin. Sie hat die Fesseln noch nicht so restlos durchtrennt, dass sie ihn im Schlaf auslöschen kann. Denn Bella ist ein nettes junges Mädchen. Bescheiden wie das Veilchen und wie die Lilie rein. Und wenn nette junge Mädchen gemeine Buben zusammenschlagen wollen, wecken sie sie vorher. Albern vielleicht. Aber so ist es nun mal.

Timothy schlief weiter. Ein unbekümmerter Geist, in unbekümmerter Ahnungslosigkeit dessen, was ihn erwartete: der Anblick Bellas in seinem Schlafzimmer, mit dem Hammer in der hocherhobenen Hand.

Mit halb geschlossenen Augen beugte sie sich hinunter und legte ihre fein gezeichneten Lippen an sein Ohr. Ihre Zunge schoss heraus und leckte das Läppchen. Die Baumwolldecke über seinen

Lenden regte sich. Sie atmete heißen Atem in sein Gesicht, und er lächelte im Schlaf, umgeben von ihrem Duft.

Böse, böse Bella. Verführerin in Samt und Seide. Nekrophile Nymphe der Nacht. Weltenvernichterin.

Der Dreckskerl sah so selig aus. Er hätte diese Seligkeit für immer haben können. Er wäre glücklich gewesen, und sie wäre glücklich gewesen. Er hätte sein unbedeutendes Leben leben können. Er hätte seine natürliche Lebensspanne durchlaufen können. Er hätte alt werden und im Schlaf lächeln können, während er seine schmutzigen Träume träumte. Er hätte es alles in seinem Kopf behalten können. Er hätte es in seinem Kopf tun können, wie die meisten Leute. Er hätte es in seinem Kopf einsperren und die Welt draußen halten können.

Aber das reichte nicht. Das reichte Timbo nicht. Er musste sich eine Frau suchen und sie mit seinem ekligen Körper bedrängen. Er musste sich ins Hirn greifen und die Fäulnis herausziehen und ihr ins Gesicht schmieren. Das war sein Bedürfnis. Er konnte nichts dafür. Das Bedürfnis stillen war alles, was er wollte.

Und unter allen Frauen, die er hätte wählen können, unter allen Frauen, die klein beigegeben hätten, hatte der Narr ausgerechnet sie gewählt. Sie, deren Bedürfnisse noch finsterer waren als die seinen.

Sie beobachtete ihn und sah die Decke feucht werden. Sie beobachtete ihn, während die Minuten vergingen. Sie hatte das Spiel gewonnen. Sie hatte ihn geschlagen. Sie hatte es geschafft, in seinen Bau einzudringen, und stand an seinem Bett. Hochherzig im Sieg, gönnte sie ihm ein paar flüchtige Augenblicke der Ekstase, jener Ekstase, die nur erreicht, wem Bella das Ohrläppchen leckt.

Hätte er gewusst, dass er verdammt war, wäre das gewiss sein letzter Wunsch gewesen: im Dunkeln diesen Genuss zu finden, im Dunkeln diese Befriedigung zu finden, im Dunkeln den Berg zu erklimmen und auf der anderen Seite hinabzugleiten. All das gab sie ihm, obwohl er es nicht wert war.

Aber Bella gibt und Bella nimmt.

Nach dem Fest muss die Zeche bezahlt werden. Es gibt eine Zeit zu kommen und eine Zeit zu gehen. Eine Zeit der Freude und eine Zeit, gerichtet zu werden. Die Feierlichkeit des Augenblicks ergriff sie. Hätte sie für Rituale etwas übrig gehabt, sie hätte ihren karminroten Schal abgelegt und durch ein akkurates kleines Quadrat in Schwarz ersetzt.

Bellas Gerechtigkeit nämlich ist nicht biblische Gerechtigkeit. Niemals könnte sie ein Auge für ein Auge und einen Zahn für einen Zahn nehmen. Bei solch schlapp-schlaffer Gleichmacherei würde ihr höchstens das Kotzen kommen.

Sie will ein Auge für einen Zahn und ein Leben für ein Auge.

Und darum – sosehr es ihr widerstrebte zu stören, so ungern sie in seinen privaten Lustgarten einbrach – ergriff sie in dem Bewusstsein, dass *tempus* unerbittlich *fugit*, mit der linken Hand den Zipfel der Bettdecke.

»Pardon«, sagte sie und riss die Baumwolldecke weg. Er öffnete die Augen, sah sie und spritzte wie ein Wal.

Es war ein grausames Erwachen.

Er starrte die vermummte Gestalt an seinem Bett an. Das Entsetzen in seinen Augen, das langsam aufgehende Entsetzen in diesen Augen, das war etwas, was sie in manch langer Nacht erquicken sollte. Zum ersten Mal in ihrem Leben blickte sie in das Gesicht eines Mannes und sah Furcht vor sich aufflackern.

»Endlich allein«, sagte sie. »Nur wir drei.«

Stellen Sie sich vor, stellen Sie sich nur einmal vor, Sie wachen auf und sehen sie an Ihrem Bett. Die Frau Ihrer schmutzigen Träume steht an Ihrem Bett. Die Frau Ihrer schleimigen Fantasien, die Frau Ihrer dunklen Begierden, steht – mit einem Hammer – an Ihrem Bett.

Sie nimmt den karminroten Schal ab und grinst, während sie Sie anschaut. Sie haben sie nie zuvor grinsen sehen. Sie haben sie ja kaum lächeln sehen.

Sie grinst, wie der Bauer grinst, bevor er den Gutsherrn absticht. Ein Lächeln, wie wenn das Gefängnis in Trümmer fällt. Ein Lächeln, wie wenn der Wurm aus dem Dreck aufsteht. Und Timothy, der arme Timothy, sieht im Erwachen dieses Lächeln.

Sie schlug ihm mit dem Hammer auf die Wange. Ein lockerer Streifschlag, der nicht zu heftig war. Gerade ausreichend, um den Knochen zu brechen. Sie schlug ihn wieder, um ihm einzuhämmern, dass er nicht mehr träumte. Sie schlug ihn wieder, um nicht aus dem Schwung zu kommen. Und sie schlug ihn wieder, weil sie schlagen wollte.

Selbst Bella, selbst die zerbrechliche kleine Bella kann einen Hammer heben. Selbst sie kann ihn in ihren Händen halten, hoch hinaufschwingen und heruntersausen lassen. Das Knirschen von Metall auf Knochen war ein relativ ungewöhnliches Geräusch. Hätte sie Cricket gespielt, es hätte sie vielleicht an Leder auf Holz erinnert. Aber sie spielte nicht.

Die Grundfesten dieser Welt wurden so grausam erschüttert, dass es ihm kaum einfiel zu schreien, und einen schrecklichen Moment lang glaubte sie, er könne in einen Zustand katatonischen Schocks verfallen, wodurch ihr die menschliche Interaktion verwehrt worden wäre, die sie so sehr schätzte.

Aber dann hob er eine Hand zu seinem Gesicht und berührte die Nässe dort. Er hielt die Hand vor seine Augen und starrte auf das Erdbeerrot, das von seinen Fingern tropfte. Sein Mund klappte auf, und ein merkwürdiger Laut quoll aus ihm hervor, ein Grunzen der Ungläubigkeit, das sie nicht recht mitbekam und das daher für die Nachwelt verloren war. Sein Gesicht verzog sich, und er fing an zu flennen. Er heulte wie ein kleines Kind. Sie lächelte ihn liebevoll an und blickte hinunter zu der zarten und rapide welkenden Blume, die scheu zwischen seinen Schenkeln kauerte.

Sie verspürte ein überwältigendes und unerklärliches Verlangen, mit ihm zu sprechen, die Lücken zu füllen, den zu humanisieren, den sie gleich pulverisieren würde.

»Nun«, sagte sie munter. »Das ist lustig, nicht?«

Small Talk war nicht ihre Stärke.

Sie schlug ihn wieder und brach ihm die Nase. Blut schoss heraus. Seine Tränen verwässerten das Blut, das ihm in den offenen Mund rann. Er hatte sich im Bett aufgesetzt. Saß in seinem eigenen

Schleim. Und er wusste nicht, ob er seinen Kopf, seine Nase oder seine Lenden schützen sollte. (Nicht dass sie sein vor Furcht zitterndes Genital malträtiert hätte. Sie ist nicht die Frau, die einem Mann unter die Gürtellinie schlägt.)

Es stand nicht gut um Timothy. Timothy befand sich in einem Zustand abgrundtiefer Verwirrung. Und Bella, die ein einfühlsamer Mensch ist, die ein fühlendes Wesen ist, dessen Nervenenden auf die feinste Berührung ansprechen, verstand das kosmische Entsetzen, das ihn ergriffen haben musste.

Sie verstand die Angst, die seine Eingeweide zu Butter werden ließ. Sie verstand die wilde Panik, die Panik bis zum Erbrechen, die ihn schüttelte. Sie verstand das alles, weil sie es selbst durchgemacht hatte, weil sie genau diesen Weg gegangen, durch diesen Tunnel gekrochen und auf der anderen Seite herausgekommen war.

Was sie nicht verstehen, was sie nicht recht begreifen konnte, war, warum er nicht versucht hatte, ihr den Hammer aus der Hand zu reißen. Womit sie nicht so recht fertig werden konnte, war, dass er nur so dasaß, völlig saftlos, in einer kleinen Pfütze seiner eigenen Ausscheidungen.

Er sagte nichts. Befremdlich, wie er da vor sich hin schluchzte und blutete und kein Wort sagte. Befremdlich und doch vertraut. Als könnte er es nicht ändern und müsste es darum ertragen.

Bella fragte sich flüchtig, welcher Gang der Ereignisse Timothy in eine so jammervolle Situation geführt haben mochte. Vielleicht hatte seine Mutter ihm beigebracht, was für ein hübscher Junge er sei, während sie ihn mit Fischstäbchen voll stopfte. Vielleicht hatte sie ihm beigebracht, keine Frau sei gut genug für ihren Jungen, und vielleicht hatte er es geglaubt.

Oder vielleicht war sie die andere Sorte Mutter gewesen. So eine Mutter, der die Mutterschaft aufgebürdet wurde. Vielleicht hatte sie Bauchweh gehabt und war auf die Toilette gegangen, und ruck, zuck, da war er schon, plumpste heraus, rosig und runzlig und aus sämtlichen Löchern triefend.

Vielleicht war es auch einfach nicht ihr Fall gewesen, dieses ganze Geglucke. Vielleicht hatte sie ihn in den Kohlenkeller gesperrt oder ihn mit dem Drahtschwamm versohlt, oder sie hatte sich mit der Nachbarin über seine Unterhosen unterhalten oder sich an seinem sechzehnten Geburtstag über ihn hergemacht.

Man kann es drehen und wenden, wie man will, Mama ist immer schuld.

Der arme kleine Timothy. Der arme kleine Timmy. Er kann doch überhaupt nichts dafür. Er kann wirklich überhaupt nichts dafür. Man kann sie ständig in der Glotze sehen, die armen kleinen Timmys. Die Insassen der geschlossenen Anstalten. Die Lebenslänglichen, die Leben zerstört haben.

In ihrer frisch gewaschenen Wäsche hocken sie vor der Kamera und bemühen sich, ihr blödes Grinsen zu unterdrücken. Sie tischen einem den ganzen Jargon auf. Sie erzählen einem in Mitleid heischendem Ton von der Therapie, die sie gemacht haben, wie sie alles durchgesprochen und sich mit ihrer Tat auseinander gesetzt haben. Und aus dem Ganzen hört man, wie ein ständiges Raunen unter der Oberfläche, die weinerliche Selbstrechtfertigung des unverbesserlichen Vergewaltigers heraus, der nichts bereut.

Sie glauben, durch ihre Haftstrafe hätten sie ihre Sünden an der Gesellschaft abgebüßt. Aber sie haben ja nicht die Gesellschaft zum Opfer gemacht. Jedenfalls nicht die ganze Gesellschaft. Nicht den Teil, der zählt. Sie haben nicht die Gesellschaft beschädigt. Sie haben nicht der Gesellschaft solche Angst gemacht, dass die Leute sich nicht mehr allein auf die Straße trauten. Es ist nicht die Gesellschaft, der sie Angst gemacht haben.

Wenn Sie sie sagen hören, es tue ihnen Leid, dann glauben Sie es nicht. Es tut ihnen niemals Leid, und es würde nichts ändern, wenn es ihnen Leid täte. Aber wenn sie es sagen, wenn sie je wagen sollten, es zu behaupten, glauben Sie es nicht. Es sind verlogene Schweine, die mit Kastration am besten bedient wären.

Es ist Zeit, Timmy auf den Weg zu schicken. Zeit, Timothy in die Kloake im Himmel zu befördern. Sie packte den Hammer mit beiden Händen und schwang ihn hoch über ihren Kopf.

»Gott befohlen, miese Laus, ab mit dir ins Leichenhaus.«

Mit diesem kurzen Abschiedsgruß, diesen wenigen angemessenen Worten, diesem kurzen Reim, den die stets kreative, stets lyrische Bella praktisch an Ort und Stelle prägte, zog sie den Hammer abwärts, schwang ihn abwärts und schlug mit ihrer ganzen Kraft zu.

Der Schlag traf ihn auf dem Scheitel, sein Körper schnellte in die Höhe, und ein leises Stöhnen quoll über seine Lippen. Wässrige Flüssigkeit benetzte ihre Hände. Dunkle Flecken sprenkelten die Wand und breiteten sich aus wie Tinte auf Löschpapier.

Sie schlug noch einmal zu, und es war, als schlüge man ein Ei auf, als klopfe man mit dem Löffel gegen die Schale, als genösse man ein frühes Frühstück in Brighton. Sie zog die Klaue des Hammers aus seinem Schädel, kaute auf der Lippe und drosch auf ihn ein. Sie hämmerte ihm ihre Botschaft auf die einzige Weise ein, die ihr zur Verfügung stand. Sie zerschmetterte ihn für all ihre stummen Schwestern. Sie zertrümmerte die Knochen, die sein Hirn schützten, und während sie fast anfing zu weinen, fing er an zu sterben.

Ihre Hand hielt den Hammer, und der Hammer sauste abwärts. Sie schlug seinen Kopf zu Brei. Sie zertrümmerte ihn. Sie zermalmte, was in ihm war. Sie hörte ein letztes, ersticktes Stöhnen. Er hörte auf zu zucken und lag still. Timothys Leben endete mit einem satten Schlag und einem dünnen Pfeifton. Mit ihrem letzten Schlag bereitete sie diesem besonderen Zyklus der Deprivation ein ewiges Ende.

Es gibt gewisse Naturgesetze, dachte sie, gewisse eherne Gesetze, die man auf eigene Gefahr missachtet. Leute, die in Glashäusern sitzen, sollten nicht mit Steinen werfen. Männer mit dünnen Schädeldecken sollten nicht versuchen, willkürlich ausgewählte Frauen in ihre Fantasien einzubeziehen.

Sie sah ihn an. Sie sah die Bescherung an, die sie aus ihm, und die Bescherung, die er in seinem Bett gemacht hatte. Wäre seine Seele nicht schon aus seinem leblosen Körper geflohen, er wäre gewiss angewidert zurückgewichen vor dem Dreck, in dem er lag.

Seine Laken waren beschmutzt von nächtlichen Ausflüssen, in denen sich das Weiß mit dem Rot mischte wie bei Vanilleeis mit heißen Himbeeren.

Sie legte ihre Finger auf seine Haut. Sie fühlte sich warm an. Sein Gesicht war erstaunt, wenn nicht verblüfft. Er musste Mitte zwanzig gewesen sein. Sie konnte es nicht erkennen. Es heißt, die Besten sterben jung, was nur beweist, wie gescheit die Leute sind. Am Ende zerbrach er ihren Hammer. Der Kopf sprang ab. Er hätte sie vielleicht verletzt, wenn sie es nicht hätte kommen sehen.

Sie sank auf der Bettdecke zusammen. Sie fühlte sich ausgepumpt. Es ist nicht leicht, was sie getan hat. Sie wollte nach der plötzlichen und ungewohnten Anstrengung wieder zu Atem kommen und schob sein linkes Knie weg, damit es sie nicht anstieß. Sie war müde und schwach und hungrig. Er hatte sie erschöpft. Wie sie es geahnt hatte.

Sie beugte sich vornüber und legte den Hammer auf seinen Nachttisch. Sein Bett war weich. Ihr war schleierhaft, wie man in einem so weichen Bett schlafen konnte. Das Bett war wie eine Hängematte. Er lag in der Mulde seiner Hängematte, den Blick zum Schrank. Sie wünschte sich, sie hätte warten können, bis er langsam zerfiel. Er versickerte in seiner Hängematte. Sie schüttelte bedauernd den Kopf. Sie hätte ihn fragen sollen, wie er an ihre Nummer gekommen war.

Sein Schrank war mit Kleidern voll gestopft. Er war mit Jacketts voll gestopft. Sie ließ ihre Finger durch seine Taschen wandern und legte ihre Funde auf den Boden. Ein Häufchen seiner persönlichen Dinge wuchs wie eine Warze auf seinem Teppich. Kleingeld, Plastikkarten, Schlüssel. Eine Brieftasche aus Kalbsleder. Sie klappte sie auf. Sie war mit Geldscheinen angefüllt. Sie konnte die Scheine nicht übersehen. Bündel verlockender Zwanziger. Sie nahm sie alle. Es war die Kriegsbeute, und sie nahm sie ganz.

Seine Küche gefiel ihr. Sie war schöner als ihre Küche. In ihrer Küche hatte sie Neonlicht, das harte, kalte Licht, das einen nackt auszieht. Seine Küche war eine warme Küche. »Gemütlich« war das

Wort, das sie gebraucht hätte, hätte sie sie beschreiben wollen. Sie nahm braunes Brot aus dem Brotkorb. Der Kühlschrank war voll, was zeigte, dass er vorausplante.

Das halbe Brathuhn ließ sie liegen. Zu viel Bakterien in kaltem Fleisch. Sie schlitzte das Päckchen mit dem frischen Cheddarkäse auf. Es war reifer Cheddar, den sie am zweitliebsten aß. Sie hoffte, sie würde keine Albträume davon bekommen. Sie schnipselte den Eisbergsalat und schnitt zwei grüne Tomaten auf. Sie gab Brot und Käse und Salat auf einen der großen Teller und setzte sich an den Küchentisch.

Sie aß langsam und methodisch. Ihre Hand schmerzte, wenn sie das Brot zum Mund führte. Die Haut an ihrer Handfläche war wund gerieben. Wie vom Tauziehen. Der dünne Samt ihrer Handschuhe hatte nichts genützt. Es war nichts da, was sie hätte lesen können, während sie aß, und niemand, mit dem sie hätte reden können. Ein einsames Mahl.

Sie ließ den Kessel voll laufen, warf einen Teebeutel in einen beige-braunen Becher und gab drei Löffel Zucker hinein. Spare nicht, verschwende nicht. Sie brauchte die Energie. Sie goss kochendes Wasser ein und drückte den Teebeutel mit dem Löffel, bis das Wasser braun wurde. Sie gab einen Tropfen Milch dazu und rührte um.

Timothy war einmal gewesen und war nun nicht mehr. Timothy war nun ein Gewesener. Sie hob den Becher wie zum Toast, und sah lächelnd zum Herd. Ferne Freunde, und sie trank auf sein kürzlich erfolgtes und unfreiwilliges Ableben.

Sie hatte ihn verschwinden lassen. Sie hatte ihn verschwunden. Sie war in seine Wohnung gekommen und hatte ihn niedergehämmert. Sie hatte an seinem Bett gestanden und zugesehen, wie er blutete. Sie trank den Tee und dachte an ihn. An seine gespreizte und zersplitterte Gestalt, an das milchige Blut, das aus ihm herausströmte.

Es machte ihr Angst, an ihn zu denken. Sie fühlte nichts, wenn sie an ihn dachte, und das machte ihr Angst.

8

Sie schlief den Schlaf der Gerechten und wachte auf mit dem Gedanken an Gewehre, wie das so geht.

Sie dachte an ihren Glanz, wenn Licht auf sie fiel. Den dumpfen, metallischen Glanz einer gut polierten Waffe. An die blitzende Pracht eines Automatikgewehrs. Die Macht, die aus seinem Lauf hervorbricht. Diese verbotene Frucht einer zivilisierten Gesellschaft. Das Gefühl von schwerem Metall, wenn man sie in der Hand hält.

Sie dachte daran, wie dringend sie eine Knarre brauchte. Irgendeine. Eine Muskete. Eine Jagdbüchse. Einen Karabiner. Eine Geld-her-und-weg-Waffe. Eine Krieg-mich-doch-wenn-du-kannst-Waffe.

Sie dachte an Sprengstoff. Sie dachte an etwas Abgesägtes. Flammenwerfer, Kanonen und Kordit. Dynamit, TNT, tut richtig weh. Sie dachte taktisch. Sie dachte strategisch.

Bellas Denken hatte offensichtlich einen Hauch martialischer Energie. Es spielte ins Militante. Bella dachte an Ballistik, als sie erwachte. Während sie sich in ihrem Bett streckte und gähnte, dachte sie an Brownings, Brens und Bazookas. Bella dachte in bemerkenswert großen Dimensionen.

Es war nach Mittag, als sie erwachte. Es war nach Mittag an einem Samstag in Brighton. Ein Samstag in Brighton ist anders als alle Samstage anderswo. Vielleicht liegt es an der Meeresluft. Vielleicht liegt es daran, dass einem das Salz in der Meeresluft zu Kopf steigt.

Ganz gleich, woran es liegt, man merkt es sofort, wenn in Brighton der Samstag zuschlägt. Am Samstag werden alle Ketten ein wenig gelockert. Die Ketten, die einen die ganze Woche über fast einbinden, werden am Samstag ein bisschen gelockert.

Selbst Bellas Ketten, die sowieso schon ein wenig lockerer waren als die der meisten heute, sollten sich an diesem Samstag noch weiter lockern.

Es gibt mehrere Waffengeschäfte in Sussex. Ein paar verkaufen auch Anglerbedarf. Sie sind nett zu den Anglern, als wären Waffenfreaks und Angelfreaks Fleisch von einem Fleisch. Sie verkaufen schenkellange Gummistiefel und Haken und Schnüre und Klamotten für draußen.

Aber das Geschäft, das Bella wählte, war ein lupenreines Waffengeschäft, ein keusches Waffengeschäft, ein Waffengeschäft, das noch nicht vom Glauben abgefallen war. Es war ein fundamentalistisches Waffengeschäft, kein ökumenisches Waffengeschäft. Es biederte sich bei niemandem an, und es machte keine Versprechungen. Was man sah, bekam man auch, und das, was man bekam, wollte man auch.

Sie trat ein, unangemeldet, und sah sich in staunender Ehrfurcht um. Scheibenpistolen und Jagdmesser und Einzelschuss-Luftgewehre und doppelläufige Flinten. Ein Warenhaus voller Waffen.

Bella war im Paradies.

Gewehre, die wie Ikonen die Wände schmückten. Pistolen auf Samtkissen in Glasvitrinen. Der Geruch von Gewehröl und Schmiere, von Tabak und Schweiß. Die gaffenden Strolche mit ihren Survival-Heften, von der Straße weg in den Laden gesogen von Angst und Ekel.

Männer mit leisen Stimmen, deren Hass die Luft schwängerte. Tätowierungen in Blau und Schwarz auf Flecken reiner weißer Haut. So viel Misstrauen in den Augen, so dick gepolsterte Jacken, so dumpf brütende Blicke, solche Paranoia im Nacken. Sie war hergekommen, um sich vor den Irren zu schützen, und jetzt waren die Irren schon vor ihr da.

Ein Mann in einem Anorak beobachtete sie. Sie beobachteten sie alle, aber er beobachtete sie aufmerksamer, frecher und mit mehr Interesse als die anderen. Er hielt einen in Leinwand gewickelten Gegenstand unter dem Arm. Er sah aus wie einer der Männer, die sie in ihren Albträumen heimzusuchen pflegten.

»Waren Sie schon mal hier?«

Seine Haare waren kurz geschoren. Er roch nach Hund. Sie

schüttelte den Kopf. Sie war noch nie hier gewesen. Sie war eine Jungfrau in der Welt der Waffen.

»Ich glaub, ich hab Sie schon mal hier gesehen.«

Seine Haut spannte sich straff über hohen Wangenknochen. Ein Blick aus blassen Augen züngelte über ihr Gesicht, auf der Suche nach Merkmalen der Andersartigkeit. Er stand steif, als fürchte er einen Hinterhalt.

»Das muss eine andere gewesen sein«, sagte sie.

Es waren die ersten Worte, die sie sprach, seit sie Timothy Lebewohl gesagt hatte. Sie fragte sich, ob er es ihrer Stimme anhören konnte. Es war der Nachmittag nach dem Abend zuvor, und sie fragte sich, ob man es ihr ansah.

»Sie müssen mich verwechseln.«

»Ich bin sicher, dass Sie es waren.«

»Das glaube ich nicht«, sagte sie. »Tut mir Leid.«

Alte Gewohnheiten wird man so leicht nicht los. Bella war zur Höflichkeit erzogen worden. Sie war darauf dressiert worden, ihr Nein mit einem selbstverleugnenden Lächeln und einem entschuldigenden Kopfschütteln zu begleiten. Was immer du verlierst, niemals darfst du die guten Manieren verlieren.

»Trotzdem –« sagte er.

»Tut mir Leid.«

Es überraschte sie, wie er auf eine aggressive Weise gekränkt aussah. Sie ist im Grunde ein freundlicher Mensch, und sie wollte ihn nicht kränken. Sie wollte ihn nicht verletzen. Sie wollte nicht, dass er sie – das verhüte der Himmel – für einen Snob hielt. Sie fand es daher nur höflich, den Dialog aufrechtzuerhalten.

»Waren Sie bei der Armee?«

»Hätt hingehen können«, sagte er. »Hätt hingehen können, wenn ich gewollt hätte.«

Er zwinkerte selten. Es hätte ihm ja etwas entgehen können.

»Kaufen Sie oder schauen Sie nur?«

»Ich möchte mich nur umsehen.«

»Ich kaufe«, sagte er. »Heutzutage muss man kaufen.«

Muss man? Bestimmt muss doch nur Bella kaufen. Bestimmt ist sie die Einzige, die sich von ihrem sauer verdienten Geld trennen muss, um sich dafür den einzigen Phallus einzuhandeln, den zu haben sich lohnt, den glattesten, schnittigsten und verbraucherfreundlichsten Phallus, den es gab.

»Und warum müssen Sie kaufen? Habe ich da vielleicht etwas nicht mitbekommen?«

Er sah sie mitleidig an.

»Man muss kaufen«, erklärte er, »um gewappnet zu sein. Wenn man nicht selber für sich eintritt, tut's keiner. Wir müssen zusammenhalten. Verstehen Sie, was ich meine?«

Sie nickte. Sie wusste, was er meinte. Sie wusste immer, was jeder meinte.

»Die buttern uns unter, wenn wir nicht zusammenhalten. Jedem das Seine, sag ich immer. Die haben ihrs, und wir haben unsers. Keine Vermischung. Ich halt nichts von Vermischung.«

Sie lächelte ihn an. Es war ihr besonderes Lächeln. Ein Lächeln, das sagte, bitte verzieh dich, du beschissener Proll. Ein feines Lächeln, dessen Feinheiten ihm entgingen.

»Getrennt, aber gleich, wie es heißt.« Er tippte sich an die Stirn. »Ist ja auch nur natürlich. Den Grips haben wir.«

Er senkte die Stimme.

»Die sollen mir mal in die Quere kommen, das wird ihnen Leid tun. Ich mach kurzen Prozess, wenn die mir in die Quere kommen.«

»Das glaube ich gern.«

»Worauf Sie sich verlassen können.«

Und dann hielt er inne, sah sie an und presste seine schlaffen Lippen fest aufeinander. Grimmig und verdrossen wie einer von den Einzelkämpfern, die gerade einen harten Einsatz hinter sich haben, den Sündenfall. Wehe, wenn sie sich erdreistete, ihm zu widersprechen!

»Tja«, sagte sie schließlich, um das Schweigen zu brechen. »Tja, das ist sehr interessant.«

»Stan.«

»Das ist sehr interessant, Stan«, sagte sie. »Wirklich sehr interessant. Ja, ausgesprochen interessant.«

Gewissen Leuten sollte man, wenn sie einen ansprechen, keine ermunternden Antworten geben. Man sollte wirklich überhaupt nichts sagen. Stan gehörte zu diesen Leuten.

Stan sprach oft Frauen an. Er sprach Frauen an der Bushaltestelle, im Wartezimmer und im Aufzug an. Ganz besonders gern sprach er Frauen im Aufzug an, wenn er ganz allein mit einer war. Er drückte dann auf den Halt-Knopf, und der Aufzug blieb zwischen den Etagen hängen. Er hatte in Aufzügen schon einige seiner besten Unterhaltungen genossen.

Frauen sprachen gern mit Stan. Das war Tatsache, er wusste es, weil sie es ihm sagten. Wenn er die Aufzugstür aufgehen ließ, fragte er immer, ob ihnen die Unterhaltung gefallen hatte, und sie sagten immer Ja. Stan konnte sich nicht erinnern, je einer Frau begegnet zu sein, die nicht gern mit ihm gesprochen hatte.

Er zog ein Taschentuch heraus, hustete hinein und hielt es ein wenig von sich ab. Bella starrte auf das Klümpchen gelben Schleims in seiner Mitte. Auch das ist interessant, Stan, hätte sie gern gesagt. Sie will so vieles sagen, was ungesagt bleiben muss.

Er fing wieder an. »Muss nicht sehr angenehm sein, eine Frau zu sein …«

»Es hat seine Schwierigkeiten.«

»– jedenfalls eine anständige Frau –«

»Sie haben ja so recht, Stan.«

»– wo die doch überall reindrängen –«

»Stan, wir sind hier in Sussex.«

»– kann man sich ja in seinem eigenen Bett nicht mehr sicher fühlen …«

»Ich verstehe wirklich nicht –«

Er glotzte sie misstrauisch an.

»Es gibt natürlich Frauen«, sagte er, »denen solche lieber sind. Hab ich jedenfalls gehört. Scharwenzeln um sie rum wie läufige Hündinnen.«

Er trat näher und zischte ihr die Worte entgegen.

»Bei denen ist er auch nicht größer, verstehen Sie? Das ist ein Märchen.«

»Wenn Sie es sagen.«

»Genau. Ich sag's.«

Und er stach mit zornigem Zeigefinger durch die Luft vor ihrem Gesicht.

Eine himmlische Vision kam ihr in den Sinn: Stan zermatscht und zerschlagen, Stan zerquetscht auf seinem Kissen. Stan zermahlen, zerdrückt, durch den Wolf gedreht. Stan, Stan, der Hackfleisch-Mann.

Sie würde ihm seine Scheißhausphilosophie aus dem Hirn kratzen. Sie würde ihm eine Migräne verpassen, die er nicht vergessen sollte. Sie würde seinen Schädel aufbrechen. Sie würde ihm die Hirnlappen wegschneiden. Sie würde ihn ausschaben, sie würde –

»Warum lächeln Sie?«

»Wie?«

»Ich sagte, warum lächeln Sie?«

»Lächle ich?«

»Ja, Sie lächeln.«

»Dann denke ich wahrscheinlich gerade an was Schönes.«

»Es ist unhöflich zu lächeln.«

»Ich bin niemals unhöflich.«

»Finden Sie mich komisch?«

»Ich finde Sie tragisch.«

»Was soll das heißen?«

»Das heißt, dass ich Sie nicht komisch finde.«

Er warf ihr einen Blick zu. Er hatte das vage Gefühl, sie könnte sich über ihn lustig machen. Dieses Lächeln auf ihrem Gesicht. Dieses aufreizende Lächeln. Als wüsste sie etwas, das er nicht wusste. Aber Stan ließ sich von niemandem auslachen. Ein Blick genügte, und sie wussten, dass sie lieber nicht lachten. Sie wussten, was er tun würde, wenn sie lachten.

Er erkannte mit Erleichterung, dass sie dumm war. Sie lächelte, weil sie eine dumme Person war. Schwer von Begriff. Unterbelichtet. Schwachköpfig. Typisch Frau.

Er verlagerte sein Gewicht auf das andere Bein.

»Ich hab den Eindruck, Sie brauchen Hilfe«, sagte er. »Ich hab den Eindruck, Sie wissen nicht, was Sie tun sollen. Sie sind verwirrt. Darum grinsen Sie so. Weil Sie verwirrt sind. Nun erzählen Sie mir mal, was für ein Problem Sie haben, erzählen Sie's Stan, und dann sag ich Ihnen, was Sie tun sollen.«

Sie hätte es ihm erzählen können. Sie hätte Stan ihr Problem erzählen können. Wäre sie mit ihm allein gewesen, hätte sie Stan ihr Problem wahrscheinlich mitgeteilt. Aber nicht hier. Nicht ohne Waffe. Sie ließ die kühnen Worte unausgesprochen, sie schluckte ihre Bitterkeit hinunter und wischte sich das Lächeln ab, das sie alle so erboste.

Denn Bella war noch in ihrer gutbürgerlichen Phase. Bella steckte noch in den Fesseln von Etikette und guter Erziehung und der Vorstellung, seinen Stiefel in den Bauch bekommen zu können.

»Sie sind ein sehr gescheiter Mann, wie, Stan?«

»Ich würde nicht sagen, dass ich *sehr* gescheit bin –«

»Ich meine, Sie wissen eine Menge.«

»Ich weiß einiges, ja.«

»Sie wissen einiges über Waffen.«

»Ich weiß alles über Waffen.«

»Sagen Sie mir, was für eine Waffe ich kaufen soll.«

»Wozu brauchen Sie sie?«

»Zum Schießen.«

»Worauf?«

»Schwer zu sagen«, antwortete sie.

»Es gibt Tontauben, Zielscheiben, man kann im Hof herumballern. Wenn Sie mir sagen, worauf Sie schießen wollen, sag ich Ihnen, welche Waffe Sie kaufen sollen.«

Sie dachte nach. Sie überlegte. Sie erwog. Wie formuliert man es am besten?

»Ich wohne in einer Souterrainwohnung, Stan. Es ist kein sehr hübsches Souterrain. Es ist ein ziemlich dunkles und ein ziemlich feuchtes Souterrain. Ich krieg manchmal ziemliche Depressionen in meinem Souterrain, Stan.«

»Das tut mir Leid.«

»Und der Gipfel, die Krönung, das Allerhöchste ist, dass ich noch ein Problem habe.«

Sie machte eine Pause. Er wartete. »Das, was man als Ungezieferplage bezeichnet.«

»Mäuse und so was?«

Sie lächelte. »Und so was.«

Stan machte ein besorgtes Gesicht.

»Sie brauchen eine Flinte. Das ist genau das Richtige. Ich hab selber zwei. Mit einer Flinte liegt man nie schief, sag ich immer.«

Er kratzte sich am geschorenen Kopf.

»Macht allerdings ein bisschen viel Wirbel in einer Wohnung. Eine Flinte in einer Wohnung«, – er sog die Luft durch die Zähne ein –, »das gibt ein bisschen viel Wirbel.«

»Was würden Sie mir dann raten?«

»Kaufen Sie sich ein Luftgewehr.« Er überlegte schwer. »Oder Gift.«

»Gift?«

»Blausäure, Paraquat. Irgendwas in der Art.«

»Ich glaube, das brächte ich nicht fertig«, sagte sie.

»Warum nicht?«

»Ich möchte nicht, dass sie …«, sie suchte nach dem rechten Wort, »unnötig leiden müssen.«

Bella, die Moralische. Bella, die plötzlich Gewissen zeigt. Bella, die großherzige Henkerin.

»Herrgott noch mal, es sind doch nur Ratten.«

»Das weiß ich. Aber trotzdem …«

Er schüttelte den Kopf.

»Ihr Frauen seid zu weich.«

»Und doch nicht totzukriegen.«

»Deshalb wird auf euch herumgetrampelt.«

»Weil wir weich sind?«

»Weil ihr Frauen seid.«

»Mögen Sie Frauen, Stan?«

»Geht schon.«

Er warf ihr einen misstrauischen Blick zu. Vielleicht hatte sie es auf seinen Körper abgesehen oder gar auf seine Büchse.

»Hören Sie«, sagte er. »Hören Sie –«

»Ja, Stan?«

»Ich muss jetzt gehen.« Sie nickte.

»Ich muss Paisley füttern.«

»Ein Schäferhund?«

»Pitbull.« Er klemmte das Leinwandbündel unter den anderen Arm. »Mögen Sie Hunde?«

Bella überlegte. Für sie sind alle Hunde männlich, so wie alle Katzen für sie weiblich sind. Hunde jagen in Rudeln und verstänkern das Haus und kriechen vor ihrer Herrin. Sie sind die geborenen Faschisten unter den Tieren. Streichle sie, und sie beißen dich in die Hand. Schlag sie, und sie lieben dich immerdar.

»Sie haben einen gewissen Reiz«, sagte sie. »Eine hündische Ergebenheit, die Balsam für die Seele sein kann.«

Er sah sie mit hartem Blick an. Mit dem härtesten seiner harten Blicke.

»Na gut«, sagte er. »Dann ist's ja in Ordnung.«

Er robbte rückwärts zur Tür und kramte in seiner Tasche nach den simplen Wahrheiten, mit denen er hereingekommen war.

»Es war trotzdem eine sehr nette Unterhaltung«, sagte er.

Und schob sich seitwärts hinaus wie ein Krebs. Die Tür schloss sich hinter Stan, dem Mann. Das allgemeine Wahlrecht, erkannte sie, war ein großer Fehler gewesen.

»Suchen Sie was Bestimmtes?«

Sie wandte sich der neuen Stimme zu. Einer der Verkäufer, der gerade ein Gewehr auseinander nahm, hatte sie angesprochen. Die Schmierdose stand offen bereit. Sie ging zum Ladentisch.

»Sie sucht eine Saturday-Night-Special«, rief jemand.

Leises Gelächter wallte zur Decke auf. Die Saturday-Night-Special.

Freundin der Yankee-Frauen. Die handliche, erschwingliche kleine Taschenwaffe, die einem über die Nacht hilft.

Amerika. Land der unbegrenzten Möglichkeiten, der Selbstdarstellung und der Serienmorde. Wenn man da hinfährt, verliert man sich erst mal, und dann findet man sich. Glory halleluja. Die endlosen Möglichkeiten der Straßen, die sich durch die Wüste ziehen.

»Sagen Sie mir, was Sie wünschen, Liebchen.«

Was Bella sich wünscht. Was Bella sich wünscht, kann sie nicht haben. Sie wünscht sich offene Fenster in Sommernächten. Einsame Spaziergänge am Strand. Keine Angst bei der Panne auf der Autobahn. Keine Angst vor der Dunkelheit. Keine Angst vor der Meute. Keine Anmache auf der Straße. Keine verstohlenen Berührungen in der Untergrundbahn. Ihnen nicht mehr das Ego massieren zu müssen aus Angst vor der Faust im Gesicht, der gebrochenen Nase, dem Blut und dem Rotz, die einem in den Mund rinnen. Bella ist frei geboren und ist überall in Ketten. Usurpatoren haben ihr Erbe an sich gerissen, und sie muss es sich zurückerobern.

»Es ist nicht fair«, sagte sie.

»Das weiß ich.«

»Ich möchte, dass sie mich in Ruhe lassen. Das ist alles.«

»Haus- und Hofschutz«, sagte er. »So nennen wir das in der Branche.«

Er stellte eine kleine braune Schachtel auf die Theke und nahm den Deckel ab.

»Die gehen weg wie warme Semmeln. Wir können sie nicht schnell genug nachbestellen.«

Er nahm eine kurzläufige Waffe mit einem Holzkolben heraus. Sie griff hinüber und strich mit einem Finger leicht über den Lauf.

»Das ist ein Luftdruckrevolver«, erklärte er. »Sie haben fünf Schuss auf jeden Eindringling. Scheibenpistolen taugen nichts, weil Sie nach jedem Schuss neu laden müssen. Mit der hier können Sie ruhig sein. Wenn Sie beim ersten Mal nicht treffen – und beim ersten Schuss trifft man nie –, erwischen Sie ihn mit dem zweiten oder dritten.«

»Und wenn er sich bewegt, während ich schieße?«

»Sagen Sie ihm, er soll ruhig stehen.« Er hielt die Waffe in seiner Hand. »Sie sind bei Taxifahrern sehr beliebt. Und bei Frauen, die allein leben. Allein erziehenden Müttern und so. Sie müssen sich nur überlegen, ob Sie einen Zehn-Zentimeter-Lauf wollen oder einen Fünf-Zentimeter-Lauf. Das hier ist ein Fünfer. Handlich und unauffällig. Gute Balance.«

Er klappte die Trommel heraus und drehte sie mit dem Daumen.

»Frauen mögen ihn«, sagte er. »Warum versuchen Sie es nicht mit ihm?«

Er nahm eine rote Dose mit Projektilen und führte Bella zu der Übungswand in der gegenüberliegenden Ecke des Raums. Er schraubte die Messinghülsen auf.

»Sie klappen die Trommel raus, stecken das Projektil rein, machen wieder zu, und los geht's.« Er lud die Waffe und legte sie auf den Tisch. »Versuchen Sie's.«

Sie nahm den Revolver in die Hand. Er war schwerer, als sie sich vorgestellt hatte. Glatt und massiv. Ein kurzer Lauf mit mattem Glanz. Sie hielt den Revolver mit beiden Händen, kniff ein Auge zu und visierte die Zielscheibe an.

Eine Reise von tausend Meilen beginnt mit nur einem einzigen Schritt. Ruhig, Bella, ruhig. Komm schon, mach mir keine Schande. Geht ja nur um einen kleinen Ausgleich. Es gibt Mörder, Opfer und unbeteiligte Zuschauer, und mich lassen sie nicht Zuschauer sein. Besser der Schlächter als das Lamm. Nichts ist Bestimmung. Ganz gleich, was ich anhabe, ganz gleich, wohin ich gehe. Mein Todeswunsch erwartet euch. Ruhig, halt ihn ruhig …

Zittern sollen sie, wenn wir hinter ihnen gehen. Anfangen zu laufen sollen sie, den Kopf einziehen und in der Dämmerung nach Hause rennen. Ab nach Hause, ihr Hunde. Schaut weg, wenn wir vorbeikommen. Die Angst soll an euch hochkriechen und euch ins Ohr flüstern …

Gemästete Schweine. Schleimige Kröten. Syphilitisches Gesindel. Nichts wart ihr, und nichts sollt ihr werden. Das Staubkorn in meinem Auge. Die Scheiße auf meinen Schuhen …

Sie hielt den Atem an und drückte ab. Leichter Druck, nicht reißen. Sachte Bella, sachte. Die Druckluft trieb das Projektil heraus, und es sauste zur Zielscheibe. Das Erschrecken beim Knall, der Aufwärtsruck des Revolvers in ihrer Hand.

»Das war gut. Entspannen Sie sich, und feuern Sie den Rest ab. Es sind noch vier da. Gut so. Sie machen das sehr gut.«

Sie zog den Abzug zurück. Die Trommel drehte sich. Sie drückte ab. Das Krachen des Schusses hallte in ihrem Schädel wider. Sie drückte ab, bis kein Knall mehr kam. Sie hätte immer wieder abdrücken können, ewig. Sie hätte immer weiter abdrücken, immer weiter schießen können. Sie hätte dieses Krachen immer wieder hören können.

Die Zielscheibe kam surrend zurück. Er nahm das Blatt herunter und zählte die Einschüsse.

»Vier und fünf. Der erste Schuss ging daneben, weil Sie verkrampft waren. Sie haben gut geschossen. Zwei Treffer im Innenkreis und zwei im Schwarzen.«

Er grinste sie an, zufrieden mit seiner Schülerin.

»Da kann Ihnen gar nichts passieren. Wenn bei Ihnen einer durchs Fenster steigt, zielen Sie einfach auf sein Gesicht und geben's ihm fünfmal.«

Sie gingen zur Theke zurück. Er nahm die Hülsen heraus und versiegelte die Kammern wieder.

»Wollen Sie ihn nehmen?«, fragte er.

»Wie viel kostet er?«

»Hundertzwanzig. Und ich pumpe Ihnen die Kartusche auf.«

Die Kartusche aufpumpen?

»Sie pumpen mir die Kartusche auf?«

»Sie bekommen eine Handpumpe dazu. Sie müssen die Kartusche wieder aufpumpen, ehe Sie ein neues Projektil einlegen.«

»Und wo sind die Kugeln?«

Er hob langsam den Kopf.

»Kugeln gibt's nicht.«

Er tippte auf die rote Dose.

»Das ist die Munition, so genannte Diabolos. Die Diabolos werden mit Druckluft abgefeuert. Darum heißt es Druckluftrevolver.«

»Aber ich möchte mit Kugeln schießen, nicht mit Diabolos.« Er sah sie an. Er seufzte. Er schüttelte den Kopf. Er legte den Revolver in den Kasten zurück wie ein Juwelier, der festgestellt hat, dass der Kunde sich den Preis nicht leisten kann.

»So was können wir nicht über den Ladentisch verkaufen. Das sind keine Bonbons, verstehen Sie. Die sind gefährlich. Da könnten Sie versehentlich jemanden töten.«

Das zu Bella, die nie in ihrem Leben jemanden versehentlich getötet hat. Die Vision von der Schusswaffe begann zu verglimmen wie eine tropfende Kerze.

»Und außerdem brauchen Sie einen Waffenschein«, fügte er hinzu, während er ein Gummiband um die Schachtel zog und sie wieder unter den Ladentisch legte. Ein Mann im Kaschmirmantel stand in der Nähe.

»Wir können sie nicht jedem verkaufen. Wenn wir die jedem Beliebigen verkaufen könnten, könnte Stan auch einen haben.« Dieses Argument war von stählerner Logik.

»Wo bekommt man einen Waffenschein?«

»Bei der Polizei«, antwortete der Verkäufer mit ruhiger Genugtuung. »Erst stellt man bei der Polizei einen Antrag, dann wird man überprüft, und wenn man brav war und nicht vorbestraft ist und triftige Gründe vorbringen kann«, – er betonte das »triftige« –, »bekommt man einen Waffenschein.«

»Und wenn nicht, kriegt man keinen«, fügte der Kaschmirmantel hinzu.

Der Verkäufer zuckte die Achseln.

»Ja, so ist das«, sagte er. »Sie wollen doch nicht mit scharfer Munition schießen.«

»Nein.«

Sie lächelte dankbar.

Gib mir den Revolver, du Affe.

»Nein, das soll ich nicht machen.«

9

Draußen vor dem Laden blieb sie stehen. Schneeflocken fielen leise auf ihre Haare. Die Luft war raus. Der Schwung plötzlich weg. Das Adrenalin verströmt. Sie ging los, die Straße hinunter, ohne Ziel.

Zum Teufel mit ihnen. Zum Teufel mit ihnen allen. Zum Teufel mit allen Gesetzgebern und ihrer gut geschützten Intimsphäre. Zum Teufel und zur Hölle mit ihnen und ihren verdammten Waffenscheinen.

Hol sie der Teufel dafür, dass sie sie schutzlos ließen. Hol sie der Teufel, dass sie ihr verboten, eine Pistole, ein Messer oder Reizgas in ihrer Handtasche zu haben. Hol sie der Teufel, dass sie sie unter Ausgangssperre stellten, sie ins Frauenhaus sperrten, ihr den unsichtbaren Tschador um den Körper legten, damit er nur ja keinen Anstoß erregen konnte. Hol sie der Teufel, diese Schweine von Gesetzgebern samt ihren Richtern und ihrer Kraft, die ihnen Sicherheit garantierte.

Bella auf der Straße, lautlose Verwünschungen in den sanft rieselnden Schnee speiend. Bella matt gesetzt, am Rande. Blutige Bella. Blutig, verwegen und entschlossen. Die Rache winkte wie ein Leuchtfeuer am Horizont, das sie nicht erreichen konnte.

Bella auf der Straße. Kalt und nass und ohne Waffe. Wirklich komisch. Finden Sie es komisch? Lachen Sie nur nicht zu laut. Lachen Sie nicht zu laut, sonst hört sie Sie. Fragen Sie nicht, wem Bella schlägt. Vielleicht schlägt sie Ihnen.

Schritte hinter ihr. Sie erstarrte. Die Schritte kamen näher. Sie drehte sich nicht um. Schritte neben ihr, und sie wartete, dass sie an ihr vorübergehen würden, aber sie wurden langsamer und blieben an ihrer Seite. Sie blickte starr geradeaus und ging weiter.

»Wollen Sie mich überfallen, Sie Untermensch?«

»Ich hörte zufällig …«

Sie warf einen versteckten Seitenblick auf ihren Mitgänger. Es war der Mann im Kaschmirmantel. Sie ging weiter die Straße hinunter.

»Ich hab zufällig gehört, was Sie da im Laden gesagt haben«, fuhr er fort. »Sie haben es ganz falsch angefangen, wissen Sie.«

Er ging mit langem, federndem Schritt, den er mit Mühe zu kürzen versuchte.

»Wenn man eine Kanone braucht, geht man nicht in ein Waffengeschäft.«

Sie war gar nicht auf die Idee gekommen, dass das, was sie suchte, eine Kanone war. Gangster schossen mit Kanonen. Schurken, Schufte und Taugenichtse schossen mit Kanonen. Mafiosi. Schlimme, brutale Leute, die ihre Steuern nicht zahlten.

Aber wenn man sich's mal recht überlegt, was sagt schon ein Wort? Die Gesetzemacher haben ihre gesetzlichen Schusswaffen. Die Gesetzesbrecher haben ihre Kanonen. Sie haben ihre Barrikade aufgerichtet, und sie haben sie auf die andere Seite hinübergestoßen, und semantische Spitzfindigkeiten können sie jetzt nicht mehr bremsen.

»Wohin geht man denn?«

»Zu mir.«

Und er schwenkte zu einem weißen Kombi ab, der auf der anderen Straßenseite parkte. Er schob den Schlüssel ins Schloss und blickte zu ihr zurück.

»Kommen Sie?«

Sie fröstelte in der Kälte. Sie beobachtete, wie er in den Wagen stieg. Sie beobachtete den potenziellen Waffenschieber, wie er hinter das Steuer rutschte. Vielleicht ein Waffenschieber und vielleicht auch nicht. Das ist in der Tat hier die Frage. Hat er es nur auf ihr Geld abgesehen? Sind seine Absichten also ehrenhaft? Sie beobachtete ihn, wie er es sich hinter dem Steuer bequem machte.

Komische Art, Kunden zu fangen. Aber Geschäft ist nun mal Geschäft. Vielleicht ist er echt. Vielleicht aber ist er ein Schwindler. Sie beobachtete, wie er sich anschnallte. Dies ist für sie der Moment der Entscheidung. Jetzt muss sie entscheiden, wie sehr sie eine Kanone braucht. Wie stark ihr Verlangen nach einer Kanone ist. Wie viel sie zu riskieren bereit ist, um sich ihre Kanone zu beschaffen.

Sie überquerte die matschige Straße und ging zur Tür auf der Beifahrerseite. Er beugte sich herüber und stieß sie auf. Sie starrte ihn an und zögerte einen Moment.

Sie versuchte, in seinem Gesicht zu lesen, aber sein Gesicht verriet nichts. Er war ein großer Mann, und er hatte große Hände. Große, eckige Bauernhände. Sie stellte sich diese Hände an ihrem Hals vor. Wie diese großen, eckigen Hände langsam zudrückten.

Sie weiß, dass ihre Zerbrechlichkeit sie erregt. Sie weiß, dass ihre Schwachheit ihre Begierde weckt. Sie brauchen sie nur anzusehen, und schon hören sie das Geräusch splitternder Knochen. Sie brauchen sie nur anzuhauchen, und schon hat sie blaue Flecken.

Darum zögerte sie einen Moment. Sie sah seine Hände und zögerte. Sie sah sein Gesicht und zögerte. Aber nur einen Moment, denn wer zaudert, ist verloren. Wer zaudert, wird niemals einem Mann im Kaschmirmantel eine schicke, kleine, mattschwarze Kanone abkaufen.

Sie stieg ein und zog die Tür zu. Er gab Gas. Der Wagen fuhr an, die leere Straße hinunter.

10

»Ich habe Ihren Namen nicht verstanden«, sagte sie, während sie seine Hände am Steuer beobachtete. Alle paar Sekunden flog sein Blick zum Rückspiegel hinauf.

»Mr. Brown.« Er gab Gas und überfuhr ein gelbes Licht. »Und Sie sind –«

»Miss Jones.«

»Freut mich, Miss Jones.«

»Ganz meinerseits, Mr. Brown.«

Er fuhr schnell und rücksichtslos. Ein Mann, der es eilig hatte. Er stand mit dem Fuß auf dem Gaspedal und powerte die Straße hinunter. Die Geschwindigkeit drückte sie in den Sitz wie beim Start eines Flugzeugs. Sie mag das Gefühl. Sie mag das Gefühl, das man bekommt, wenn ein Flugzeug startet und man in den Sitz gedrückt wird.

Sie hatte noch nie einen guten Orientierungssinn. Sie war schon immer ziemlich orientierungslos gewesen. Nach ungefähr einer Viertelstunde hatte sie die Orientierung verloren. Als er links abbog, dann rechts und dann wieder links, um auf ein leeres Grundstück zu fahren, tat er das so schnell, dass sie, als er anhielt und die Scheinwerfer ausschaltete, noch an ihrem Gurt fummelte.

Er wies auf einen kleinen Schalter am Armaturenbrett.

»Wissen Sie, wozu der da ist, Miss Jones?«

Er drückte ihn hinunter.

»Zentralverriegelung. Das ist ein Auto mit Zentralverriegelung, Miss Jones.«

Schmecken Sie die ungeheure Verletzbarkeit von Bella? Um die Waffe zu bekommen, muss sie in das Auto eines Fremden steigen. In das Auto eines Fremden steigen heißt alles riskieren. Alles riskieren kann alles verlieren sein.

In der dichter werdenden Dunkelheit saßen sie in ihren Sitzen. Er tippte mit dickem, behandschuhtem Finger auf den Knauf des Schalthebels. Sie beobachtete den Finger, der sich auf und ab bewegte wie ein Stöckchen, das den Takt angibt. Wirklich riesige Hände hatte er.

»Sind Sie von der Polizei, Miss Jones?«

»Pardon?«

Er drehte sich in seinem Sitz und packte sie bei der Schulter.

»Sind Sie ein Mitglied der weiblichen Truppe?«

Er schaltete die Innenbeleuchtung ein, so dass jeder die Augen des anderen sehen konnte. Er hatte leere, starre, farblose Augen. Sie hatte nie so farblose Augen gesehen. Sie wusste nicht, dass es so farblose Augen überhaupt gab. Sie fragte sich, wer die Farbe aus diesen farblosen Augen gesogen hatte.

»Nein«, sagte sie. »Bin ich nicht.«

»Das ist eine doppelte Verneinung, Miss Jones.«

»Es stimmt trotzdem.«

Er zog über kräftigen gelben Zähnen die Lippen hoch. Ihr Magen begann zu flattern.

»Vielleicht sind Sie verwanzt?«, sagte er. »Vielleicht senden Sie in diesem Augenblick zu ein paar Kollegen in einem unauffälligen Lieferwagen. Das wäre sehr unartig, Miss Jones, sehr unartig, wirklich.«

Seine Finger gruben sich in ihre magere Schulter.

»Sie sind aber misstrauisch, Mr. Brown. Ich möchte eine Waffe kaufen. Sie wollen mir eine Waffe verkaufen. Wir sind füreinander geschaffen.«

»Ich fürchte nein, Miss Jones. Frauen gehören nicht zu meinen Schwächen. Die weibliche Form ist nicht nach meinem Geschmack.«

»Wieso?«

»Kurven langweilen mich.«

»Sie meinen, ich habe es mit einem Schwulen zu tun, Mr. Brown?«

Er machte ein pikiertes Gesicht.

»Ich bin keine Schwuchtel, Miss Jones. Ich bin ein dominanter Mann. Bitte geben Sie mir Ihre Handtasche.«

Sie reichte sie ihm hinüber. Er zog die Handschuhe aus. Er öffnete die Tasche und leerte ihren Inhalt in seinen Schoß. Er tastete mit den Fingern über das Futter, inspizierte dann ein paar Minuten lang die Gegenstände, die er herausgenommen hatte, ehe er sie wieder hineinwarf und die Tasche zuklappte.

»In Ordnung, Miss Jones.«

Er legte die Tasche auf das Armaturenbrett.

»Bitte legen Sie Ihre Hände auf Ihren Kopf.«

Sie verdrehte die Augen in einer Äußerung von Genervtheit, einer kleinen Demonstration von Protest, in einer kleinen symbolischen Geste des Widerstands. Aber er war sehr groß. Und sie war sehr klein. Darum tat sie, was er sagte, und legte ihre Hände auf ihren Kopf.

Er tastete sie sehr schnell und sehr gründlich ab, mit leichtem, bestimmtem Druck an all den Stellen, wo man ein Mikrofon erwarten würde, und an einigen, wo man keines erwarten würde.

Als er fertig war, zog er seine Handschuhe wieder an, reichte ihr die Handtasche zurück und ließ den Wagen an.

»Ich bitte um Verzeihung«, sagte er. »Ich kann Ihnen versichern, das war mir noch unangenehmer, als es Ihnen gewesen sein muss.«

Er fuhr wieder auf die Straße hinaus und bog nach etwa zehn Minuten in die Straße nach Newhaven ein. Sie brausten über die Downs die Küste hinauf und wandten sich dann nach Westen, wo Brighton lag. In der Nähe von Rottingdean fuhr er auf den Vorplatz eines Pubs. Sie betrachtete das Reetdach und die Fachwerkmauern. Es war ein altenglischer Pub. Tudor oder elisabethanisch. Etwas von der Sorte. Sie hat nicht viel Ahnung von Architektur, aber sie weiß, wie man sagt, was ihr gefällt.

»Ich setze Sie hier ab«, sagte er. »Warten Sie drinnen auf mich.«

»Wie lange wird es dauern?«

»Nicht lang.«

»Wie lang ist nicht lang?«

»Drängen Sie mich nicht, Miss Jones.«

Sie machte den Sicherheitsgurt los, nahm ihre Handtasche und sah ihn zornig an.

»Sie wissen ja noch nicht einmal genau, was ich will.«

»Wissen Sie denn, was Sie wollen?«

Sie überlegte einen Moment.

»Ich möchte eine Handfeuerwaffe«, sagte sie. »In gutem Zustand. Geölt und schussfertig und vorzugsweise automatisch.«

»Wie viel Munition?«

»Massig. Haufenweise. Bergeweise. Ich möchte scheppern vor Patronen. Ich möchte strotzen vor Patronen. Ich brauche Vorrat für ein Jahr. Ich brauche Vorrat für mindestens ein Jahr. Wenn nicht mehr.«

»Ich kann Ihnen einen Streifen geben.«

»Wie viele Patronen sind in einem Streifen?«

»Sechs.«

»Wie sollen mir sechs Patronen ein ganzes Jahr reichen?«

»Sie feuern alle zwei Monate eine ab.«

»In Ordnung.«

»Das macht vierhundert.«

»Ziemlich teuer.«

»Die Nachfrage macht den Preis.«

Er entsicherte die Zentralverriegelung. Sie stieg aus dem Wagen. Er wendete und kurbelte sein Fenster herunter.

»Sie haben das Geld bei sich?«

»Natürlich.«

»Wo haben Sie es versteckt?«

Warmes Licht schimmerte hinter den Fenstern. Sie brauchte dringend einen Drink.

»An einer Stelle, wo Sie lieber nicht nachsehen würden, Mr. Brown.«

Und sie lächelte ihm zu, und er lächelte ihr zu, und sie sah den beiden roten Rücklichtern nach, die davon glitten und die Straße hinab verschwanden.

Sie ging in den Pub. Sie trat über die Schwelle und ging an der

Garderobe vorbei in das Gastzimmer. Der Pub war ganz Rottingdean. Proper wäre das Wort. Mit der Art schäbigen Komforts, den die besseren Angelsachsen bevorzugen. Keine Bierflecken auf dem Boden, keine Musikbox in der Ecke, keine Trunkenbolde, die sich gegenseitig ins Bier spuckten. Ein sehr adretter Pub. Ganz im Geschmack von Rottingdean.

Ein paar einsame Trinker sassen an getrennten Tischen, damit sie mit niemandem sprechen mussten. Ein Pärchen hockte flüsternd, kichernd, Händchen haltend in einer Ecke. Sie ging in die Damentoilette und schloss die Tür der Kabine hinter sich.

Der gute alte Tim-Tim, dachte sie. Sie zog eine dicke Rolle feuchter Geldscheine aus ihrer geheimsten Nische. Der gute alte Tim. Sie schälte die Plastikfolie ab, in die sie eingewickelt gewesen waren, und zählte vierhundert ab. Die restlichen dreihundertzwanzig steckte sie ins Reißverschlussetui ihrer Handtasche, dann betätigte sie die Spülung. Der *Guardian* von gestern lehnte neben dem Waschbecken an der Wand. Es war ein sehr netter Pub.

Wieder in der Bar, setzte sie sich so nahe wie möglich ans Feuer und zündete sich eine Zigarette an. Sie spielte mit dem Gedanken, etwas zu trinken zu bestellen, beschloss dann aber zu warten. Sie würde warten, bis ihr Waffenschieber zurückkehrte. Sie würde sich von ihm einladen lassen. Sie würde warten, bis er die Hand in die Tasche steckte und ein paar Scheine herauszog und sie fragte, was sie wünsche. Was möchten Sie gern?, würde er sagen. Woran hätten Sie Freude?

Bellas Freude. Bella macht es Freude, sich von ihnen Drinks spendieren zu lassen. Bella macht es Freude, den Dreibeinen zuzusehen, wie sie ihr Geld ausgeben. Bella macht es Spaß, sie zu animieren, einen Fünfer oder zwei auszuspucken. Sie kann es nicht ändern. Sie lässt sie gern für sich zahlen. So ist das nun mal: Frauen lassen zahlen. Ein armseliger kleiner Triumph vielleicht, aber so süß.

Er kam zwanzig Minuten später, den Kaschmirmantel über dem Arm und ein angespanntes kleines Lächeln im Gesicht. Er hängte den Mantel sorgfältig über einen Stuhl, richtete sich auf und strich sich mit der Hand über die Haare. Sie nickten einander mit vorsichtiger Vertraulichkeit zu.

»Möchten Sie etwas trinken, Miss Jones?«

»Gern, danke. Ein Glas Babycham vielleicht, Mr. Brown.«

Die kleine Unschuld. Die kleine Miss Babycham. Die nicht bis drei zählen kann. Sie blies Rauch zur Decke hinauf und sah zu, wie er sich träge um dunkle Holzbalken ringelte. Sie wurde langsam ein bisschen müde und ein bisschen nervös. Es gab so viel zu tun, und die Zeit war so kurz.

Er ging zum Tresen. Er sprach leise mit dem Barkeeper und reichte ihm einen Geldschein. Der Barkeeper gab murmelnd Antwort, und sie lachten beide. Männerbande, dachte sie, sind etwas Wunderbares. Er kam zurück, stellte ihr Glas auf den kleinen quadratischen Untersatz und setzte sich. Er rückte seinen Stuhl an den Tisch heran, und plötzlich konnte sie nicht länger warten.

»Kommen wir zum Geschäft.«

»Geduld ist eine Tugend, Miss Jones.«

»Aber zu meinen Tugenden gehört sie nicht, Mr. Brown. Nicht mehr.«

»Alles zu seiner Zeit, Miss Jones.«

Er hielt ein volles Glas hoch. Goldene Flüssigkeit drehte sich darin.

»Wer wartet, wird erhört.«

Stahlgraue Haare lagen in dünnen Strähnen auf seinem Schädel. Sie konnte die Form seines Schädels ganz klar sehen. Sie hatte ein ausgeprägtes Bewusstsein für die Form von Männerschädeln entwickelt.

Sie paffte an ihrer Zigarette und sah, wie er das Gesicht verzog. Sie stöhnte innerlich. Schon wieder ein Nichtraucher. Keine Vorträge bitte. Nicht heute. Nicht jetzt.

»Eine üble Angewohnheit, Miss Jones, wenn ich das sagen darf.« Sie lächelte ihn an und sog den Rauch tief in ihre Lungen.

»Dann rauchen Sie also nicht, Mr. Brown?«

Er trank von seinem Scotch und schnitt eine Grimasse. »Ich habe nie eine Notwendigkeit dazu gesehen. Ein gesunder Geist in einem gesunden Körper, daran werde ich mich auch weiterhin halten.«

»Sie wirken ziemlich fit«, bemerkte sie.

»Ich bin ziemlich fit.«

»Sie joggen wohl?«

Er schnitt ein Gesicht.

»Joggen ist albern. Ich mache Übungen. Vierzig Minuten jeden Tag. Kniebeugen. Liegestütz. Knickstütz. Seitstütz. Ein herrliches Gefühl. Da kommt man so richtig ins Schwitzen. Was Besseres gibt es nicht.«

Wie schön für dich, Baby.

»Es heißt, Raucher wollten zurück an die Brust«, sagte er. »Heißt es.«

Sie zog ein letztes Mal an ihrer Zigarette, stieß langsam und nachdenklich den Rauch aus.

»Ach was?«

»Es heißt, Raucher seien orale Typen«. fuhr er fort. Winzige blaue Äderchen zeichneten seine Wangen. »Sind Sie ein oraler Typ, Miss Jones?«

»Anscheinend.«

Sie drückte den Stummel im Aschenbecher aus.

»Während Sie offensichtlich anal sind.« Wie die Polizei schlägt sie am liebsten gleich zurück.

Seine steinernen Augen verengten sich flüchtig, aber das Lächeln blieb. Sie war schließlich eine Kundin.

»Mit so einem Mundwerk brauchen Sie dringend eine Waffe, Miss Jones.«

Sie zog eine frische Zigarette aus der Packung und steckte sie sich zwischen die Lippen. Er nahm ihr Feuerzeug und knipste es an. Er hielt die Flamme ans Ende der Zigarette. Sie hätte ihm sagen können, dass das Rauchen sie nicht umbringen würde. Was immer sie ins Grab brachte, das Nikotin bestimmt nicht.

»Wie sind Sie zu diesem Sport gekommen, Mr. Brown?«

»Zu welchem Sport?«

»Zum Waffensport. Dem Handel mit Waffen.«

»Das ist eine Spur zu persönlich, Miss Jones. Nur eine Spur.«

»Ich wollte nicht neugierig sein –«

»Natürlich nicht.«

»– es hätte mich nur interessiert.«

Er trank wieder von seinem Scotch.

»Es ist wie bei jedem Geschäft. Man sucht sich seine Quelle. Man sucht sich seinen Markt. Man bringt beide zusammen und gibt ihnen, was sie brauchen.«

»Einfach so?«

»Einfach so.«

»Verkaufen Sie an jeden?«

»An jeden, der das Geld hat.«

»Und wenn Ihnen seine politischen Ansichten nicht gefallen?«

»Mir gefallen die politischen Ansichten der meisten Leute nicht, Miss Jones. Die Ihren würden mir wahrscheinlich auch nicht gefallen.«

»Sie sind ein überzeugter Konservativer, Mr. Brown?«

»Durch und durch. Ich habe mich selbst hochgearbeitet und bin stolz drauf.«

»Dann halten Sie nichts von den Gewerkschaften.«

»Ich verabscheue die Gewerkschaften. Unruhestifter, Miss Jones. Saboteure. Der Feind im Inneren.«

»Und wie steht es mit dem kleinen Mann?«

»Zum Teufel mit dem kleinen Mann.«

»Sind Sie so geboren, Mr. Brown, oder sind Sie erst so geworden?«

»Von beidem ein bisschen, Miss Jones. Hab mich freiwillig gemeldet. Bin zum Militär gegangen, in den Dienst der Königin, hab meinen Beitrag geleistet. Zwölf Jahre, meine Liebe. Zwölf gute Jahre. Das Militär hat mich gemacht. Als ich eintrat, war ich ein Ignorant. Ein Einfaltspinsel, der sich für einen Schlaumeier hielt. Als ich rauskam, war ich Hauptfeldwebel.«

Er trank wieder einen Schluck.

»Ich war bei der Militärpolizei, Miss Jones. Bei den Rotmützen.« Er lächelte bei der Erinnerung.

»Dann waren Sie also nicht im Einsatz.«

Er sah sie mit seinen farblosen Augen an.

»Selbstverständlich war ich im Einsatz.«

Sein Gesicht blieb völlig ausdruckslos, während er sprach. Als berührte ihn im Grunde nichts. Als wäre er gefroren bis ins Mark und würde nie wieder warm. Als würde er jedes Gesetz brachial brechen, bloß um sein Feuer herauszuschlagen.

»Im Einsatz, um dem Gesindel Beine zu machen, das sie uns reinschicken. Im Einsatz, um die feigen Drückeberger zu vertrimmen, dass ihnen Hören und Sehen verging. Das waren meine Einsätze. Ich hab meinen Beitrag geleistet, Miss Jones, keine Sorge.«

»Es scheint Ihnen Spaß gemacht zu haben, Mr. Brown.«

»Und wie.«

»Und der Abschied ist Ihnen schwer gefallen?«

»Verdammt schwer.«

»Ständig diese Disziplin …«, murmelte sie. »Diese Macht …«

»Alles vorbei …«

Er seufzte wehmütig.

»Das waren noch Zeiten, Miss Jones.«

»Ja, das kann ich mir vorstellen, Mr. Brown.«

»Einer war mal dabei«, sagte er. »Seaton hieß er oder Heaton oder so ähnlich. Ein rotzfrecher Kerl. Ein Superkluger. Solche gab's häufig unter den Rekruten. Er meinte, weil er den Schulabschluss gemacht hatte, hätte man ihn gleich zum Offizier machen müssen. Ein eingebildetes Bürschchen. Keine Spur von Respekt. Was hat er mich oft hochgebracht, und das hat meiner Verdauung gar nicht gut getan.«

Er legte eine Hand auf seinen Magen, um ihr zu zeigen, wo Seaton ihn hochgebracht hatte.

»Er hatte eine Menge Buchwissen, aber wie's im praktischen

Leben zugeht, davon hatte er keine Ahnung. Und davon, wie's im Knast zugeht, schon überhaupt keine. So hübsche Knaben sollten lieber zusehen, dass sie nie im Knast landen.«

Er grinste die Wand an.

»Er war das hübscheste Früchtchen im C-Trakt. Alle waren sie hinter ihm her, aber er war ein Hundertprozentiger, er wollte nichts davon wissen. Da haben wir ihn eines Abends in Einzelhaft gesteckt. Um ihn ein bisschen schmoren zu lassen. In der Nacht ließen wir fünf von den *Argyll and Sutherlands* zu ihm rein. Fronturlaub für die Jungs.«

Er nahm einen Bierdeckel zur Hand und betrachtete die Jagdszene, die er zeigte.

»Stellen Sie sich das mal bildlich vor, Miss Jones. Fünf Raubeine. Einen nach dem anderen.«

»Das wird ihn gelehrt haben, Sie nicht mehr hochzubringen«, sagte sie.

»Ja, das kann man sagen«, sagte er.

»Hatten Sie nicht Angst, Sie könnten ihm draußen mal wieder begegnen?«

»Ach wo.«

»Nach seiner Entlassung, meine ich. Nachdem er seine Dienstzeit abgeleistet hatte und wieder draußen war.«

»Seaton-Heaton wurde rausgetragen, Miss Jones.« Er sah auf die Uhr über dem Kamin.

»Seaton-Heaton war Flieger.«

Er inspizierte den Kork unter dem Bierdeckel.

»Seaton-Heaton flog vom dritten Stock die Treppe runter.«

Er knallte den Bierdeckel auf den Tisch. Die Gläser sprangen hoch.

»Er fiel, Miss Jones. Er fiel für Königin und Vaterland.« Der Barkeeper blickte auf. In der Ecke hustete jemand. Sie hätte am liebsten gekotzt.

»Und jetzt, wo Sie mich kennen gelernt haben, schlage ich vor, wir kommen zum Geschäft.«

Sie legte den gefalteten *Guardian* auf die glänzende Tischplatte. Sie legte ihre Hand auf die Zeitung und fühlte die Ausbuchtung des Geldpackens darunter. Er verdrehte den Hals in dem Bemühen, die auf dem Kopf stehende Schlagzeile zu lesen. Irgendwas über Geheimdienste und Waffenverträge und Computer. Die Schlagzeilen im *Guardian* neigen zur Geschwätzigkeit.

»Ich hoffe, Sie sind keine *Guardian*-Leserin, Miss Jones.«

»Würde Ihnen das was ausmachen, Mr. Brown?«

»Na, wenn ich jetzt schon mit Leuten Geschäfte mache, die den *Guardian* lesen, dann steht's wirklich schlecht.«

Was für ein kaltblütiges Gesicht er hatte – mit seinen toten Augen und seiner geschrubbten Haut.

»Was ist an denen auszusetzen?«

»Sie quengeln, Miss Jones. Sie nörgeln. Sie beklagen sich. Und sie bilden sich ein, sie wären zum Herrschen geboren.«

»Sie mögen sie also nicht.«

»Ich sage nicht, dass ich sie nicht mag«, entgegnete er. »Ich sage nur, dass sie mir stinken.«

Es war vier Uhr nachmittags. Landauf und landab, in Gasthäusern groß und klein wurden Geschäfte gemacht, Schicksale besiegelt, Leben gekauft, Namen ausgelöscht. In Eichen-Pubs und Plastik-Pubs, Pubs mit Konservenmusik und Pubs ohne, bei Brandy und warmem Bier kauften die Leute und verkauften, feilschten und fintierten, schlossen schmutzige kleine Vereinbarungen, gaben sich die Hand drauf und machten sich rasch davon. Und es war so kultiviert, so europäisch, so kontinental, sich nicht auf einer Parkbank oder in einem Bushäuschen oder an einer Straßenecke treffen zu müssen. Wer auch immer die Ganztagsöffnung durchgesetzt hatte, dachte sie, müsste heilig gesprochen werden.

Was hatte er gesagt?

»Entschuldigen Sie, was sagten Sie gerade?«, fragte sie.

»Ich sagte, Sie möchten mir vielleicht verraten, wofür Sie sie brauchen.«

»Wofür ich was brauche?«

»Die Ware, Miss Jones. Ich würde gern wissen, wozu Sie meine Ware brauchen. So arbeite ich. Und wie arbeiten Sie, Miss Jones?«

»Ich arbeite nach dem Prinzip der Notwendigkeit, Mr. Brown«, antwortete sie, »und es ist nicht notwendig, dass Sie mehr wissen.«

Er trank den letzten Rest Scotch und presste seine feuchten Lippen zusammen.

»Ich würde Ihnen gern einen guten Rat geben, Miss Jones. Ganz kostenlos.«

»Schießen Sie los.« Sie nippte an ihrem Glas. »Das Wortspiel ist rein zufällig.«

»Ganz gleich, was Sie tun, behalten Sie die Ware nicht länger als unbedingt notwendig. Die Nummer ist entfernt worden, sie kann also nicht zurückverfolgt werden. Genauer gesagt, sie kann nicht zu mir zurückverfolgt werden. Das ist mir wichtig, und dabei soll es bleiben.«

Er strich mit dem Finger rund um den Rand seines Glases.

»Fassen Sie sie nicht ohne Handschuhe an. Tragen Sie sie nicht entsichert mit sich herum. Richten Sie sie nicht auf einen Menschen, wenn Sie nicht die Absicht haben, sie zu gebrauchen, und gebrauchen Sie sie nur, wenn Sie wissen, dass Sie nicht erwischt werden.«

»Sonst noch was?«

»Ja«, sagte er. »Geben Sie nicht mir die Schuld, wenn Sie erwischt werden.«

»Ich werde nicht erwischt.«

Er zuckte die Achseln. Das war nicht seine Sorge. Er war sowieso aus dem Schneider. Er langte über den Tisch und zog die Zeitung zu sich heran. Er schob eine Hand zwischen die Seiten und begann, das Geld zu zählen.

»Es ist ganz pappig«, maulte er.

»Besser ein pappiger Profit als gar keiner.«

»Es ist ein Vergnügen, mit Ihnen Geschäfte zu machen, Miss Jones.«

»Das weiß ich.«

»Okay«, sagte er nach etwa zwei Minuten. Er zog seine Hand heraus. Sie war voller Druckerschwärze. Er faltete die Zeitung wieder und klemmte sie unter den Arm. Sie legte ihm die Hand auf den Ellbogen, als wären sie ein Liebespaar.

»Haben Sie nicht etwas vergessen?«

»Verlassen Sie sich auf mich, Miss Jones.«

Sie folgte ihm aus der Bar, durch die Flügeltür hinaus auf den Vorplatz. Er ging zu seinem Wagen, der im Licht einer Wolframlampe gelb leuchtete. Er schob den Schlüssel ins Schloss, drehte ihn und öffnete die Tür.

»Zeit, Adieu zu sagen, Miss Jones.«

Er ließ sich in den Sitz hinter dem Steuer fallen. Wenn er ihr damit einen Stich versetzen wollte, war das gut gemacht. Das musste sie ihm lassen. Aber mehr würde sie ihm bestimmt nicht durchgehen lassen, falls sie sich je wieder sehen sollten.

Zum zweiten Mal heute sah sie zu, wie er das Fenster herunterkurbelte und den Kopf herausstreckte.

»Hinten auf dem Parkplatz steht eine Mülltonne«, sagte er. »Wenn Sie tief genug reingreifen, finden Sie es in einem Plastikbeutel von Waitrose. Mit einem Magazin. Es ist eine italienische Automatic, und die Sicherung ist links, gleich über dem Abzug.«

Er legte den Gang ein.

»Ich habe Sie nie gesehen, und ich will Sie nie wieder sehen.«

Sie sah ihm nach, als er mit ihren vierhundert davonfuhr.

Dann drehte sie sich um und ließ ihren Blick über den Platz schweifen. Es waren zwei Mülltonnen da. Sie ging zu der, die im Dunklen stand. Schnell jetzt, Bella. Sie ging zu der Tonne und rammte ihre Hand hinein, als wäre es ihr eine tägliche Gewohnheit, im Müll zu wühlen. Beim Preisefischen hatte sie immer Glück gehabt.

Mit fünf hatte sie beim Schulfest ihre Hand in eine Kiste Sand getaucht und den schönsten Preis herausgezogen, den sie darin versteckt hatten. Die Sonne hatte geschienen, und das Gras war grün gewesen, und alle hatten lächelnd auf sie herabgeblickt, weil sie erst fünf war und den schönsten Preis gewonnen hatte, den sie in der Kiste versteckt hatten.

Und ihr kleines Herz, ihr kleines Kinderherz war übergeflossen vor Liebe und Lebenslust, weil das Leben voller Preise war und man nur die Augen zu schließen und sie aus dem Sand zu ziehen brauchte.

Diesmal ließ sie die Augen offen. Sie ließ die Augen offen und bemühte sich, normal zu wirken, während sie leere Zigarettenpackungen und schmierige Chipsbeutel, Apfelbutzen und einen Wollhandschuh und ein gebrauchtes Kondom herausfischte. Du Scheißperverser, Brown. Sie tauchte tiefer. Nichts. Diebische Schwuchtel, dich krieg ich.

Noch tiefer schob sie die Hand hinunter, und ihre Finger berührten den Metallboden. Nichts. Sie musste sie in der Hand halten. Sie musste ihre warmen Finger um den kalten Lauf legen und ihr Gewicht in ihrer Hand fühlen. Sie musste sie in der Hand halten.

Du mieses Schwein, Brown. Du verdammter Lustmolch. Du verlogenes, verdorbenes Stück Dreck. Und als sie schon glaubte, alles sei verloren, als sie glaubte, sie müsse bersten und brüllen vor Not, streckte sie sich tiefer, berührte und – Gott ist groß – fand ihren heiligen Gral. Sie fühlte die glatte Plastikhaut und den harten Gegenstand darunter. Sie hob die Plastiktüte heraus und ging, ohne zu warten, ohne weiterzusuchen, ohne das Schicksal länger herauszufordern, eilig auf die Straße hinaus.

11

Sie wissen, wie es ist, wenn man einen Mann braucht? Wenn einen dieses plötzliche Verlangen überkommt, einen Mann in den Armen zu halten? Wenn man vor Hitze brennt nach einem Mann?

So ging es ihr am Samstagabend.

Sie brauchte. Sie verlangte. Sie brannte. Brandheiß ging sie in den schneekalten Abend hinaus, und sie fragte sich, ob sie es ihr anmerkten, wenn sie sie ansahen. Sie fragte sich, ob sie an der Glut ihrer Augen merkten, dass sie vor Hitze brannte.

Sie fegte wie eine Hexe die Marine Parade hinunter. Ihre hohen Absätze klapperten auf dem eisbedeckten Asphalt. Sie, in ihrem billigen Baumwollmantel und ihrem roten Satinkleid und ihren hauchdünnen, nuttenschwarzen Seidenstrümpfen.

Es ist halb elf an einem Samstagabend. Sie stöckelt an den Discos an der Main Parade vorbei. Der Wind reißt ihren dünnen Sommermantel auf. Sie sehen das scharlachrote Kleid darunter. Der Meereswind reißt ihren Sommermantel auf, und sie schaudern beim Anblick des roten Kleides darunter.

Auf ihrem Weg die Straße hinunter fängt sie alle Blicke ein. Die Blicke, die eine Frau einfängt, wenn der Wind ihren Mantel aufreißt und sie sehen, was sie anhat, an einem Samstagabend. Die Blicke, die eine Frau einfängt, wenn sie auf der Straße geht und der Wind in ihren Haaren spielt, an einem Samstagabend. Die Blicke, die eine Frau einfängt, wenn sie allein ist und ihre hohen Absätze klappern, an einem Samstagabend.

Sie fordert es heraus. Sie fordert es förmlich heraus. Das werden sie sagen, wenn man sie fragt: Sie fordert es ja heraus. Das nuttige Luder schwänzelt die Straße hinunter. Sie schwänzelt dahin und lächelt sich selbst zu. Sie ist ganz allein, und es ist Samstagabend, und wenn sie vorbeigeht, verschlucken sie sich am Bier vor Gier.

Sie ist ganz allein in einem Kurort am Meer, in ihrem dünnen Sommermantel, den der Wind peitscht. Und sie brennt so heiß, dass sie die Kälte nicht fühlt. Sie brennt so heiß, dass sie meint, sie verglüht. Sie brennt vor Verlangen nach einem Mann.

Bei einem Lokal standen sie vor der Tür. Starrten sie an in ihrem weinfarbenen Kleid. Sahen das Kleid und nannten sie Nutte. Sahen rot und nannten sie Nutte. Sie hörte das Wort und ging einfach weiter. Es zerriss ihr das Hirn, aber sie ging einfach weiter.

Tollwütige Hunde suchen die Mittagssonne. Nutten suchen die Nacht. Sie standen da und sahen ihr nach. Nannten sie Nutte, da vor der Tür. Sie nannten sie Nutte, und sie hörte das Wort, und es zerriss ihr das Hirn, aber sie ging weiter die Marine Parade hinunter.

Fast hätte es sie erwischt, an diesem Samstagabend. Sie hatten keine Ahnung, was für ein Glück sie hatten. Was für ein Glück sie hatten, dass sie weiterging. Sie sahen, wie sie glaubten, nur eine von der Straße. Eine grinsende Schlampe. Ein Stück Fleisch. Sie sahen ihre Augen nicht. Die Augen der tollwütigen Hündin. Während sie brennend, schwänzelnd, grinsend die Straße hinunterging, an einem Samstagabend.

Wenn sie mit allem fertig war, würden sie versuchen, einen Plan zu entdecken. Sie würden versuchen, ein Muster zu entdecken. Sie würden alles, was sie getan hatte, zusammenstückeln und versuchen, ein Muster daraus zu machen. Sie sollte ihnen sagen, dass sie sich keine Mühe zu geben brauchten. Sie sollte ihnen sagen, dass sie damit nicht ihre Zeit zu vergeuden brauchten.

Es gab keinen Plan. Es gab kein Muster. Es gab nichts zusammenzustückeln. Es gab keinen Sinn, wenn man nicht entsprechend disponiert war.

Alles war willkürlich. Alles war sinnlos. Einziger Sinn war, den Brand zu löschen. Und selbst das war sinnlos: Sie hatte ihn in der Nacht zuvor gelöscht, und er war wieder aufgeflammt.

Selbst das Hotel, das sie aussuchte. Warum gerade dieses Hotel? würden sie denken. Warum nicht? würde sie achselzuckend fragen.

Sie ging durch ein goldverziertes Foyer. Es war eines der besseren Hotels. So eines, wo man fürs Frühstück extra zahlen muss. Gedämpfte Farben und gedämpfte Stimmen und in der Ecke Klaviergeklimper. Sie sah ihr Bild in einem antiken Spiegel. Ein behexender Anblick. Eine Vision von Liebreiz in Lurex. Bella war im Sonntagsstaat.

Sie hatte getupft, gecremt und vorsichtig massiert. Sie hatte gepudert, getönt und getuscht. Sie hatte sich bemalt, sich verwandelt, sich neu erfunden, bis sie zu ihrer blühendsten Fantasie geworden war. Eine dunkeläugige Sirene aus der Tiefe. Die Lilith ihrer Träume.

Sie berührte ihren Bauch mit den Fingern. Das geschnürte Korsett umfasste sie fest. Fester als jeder Mann sie umfassen konnte. Sie lächelte ihrem herrlichen Spiegelbild zu, denn sie wusste, was sie wusste: keiner würde Bella je so lieben, wie Bella Bella liebte.

Sie ging in die Bar. Bella ist hier. Bella ist gekommen. Sie setzte sich auf einen lederbezogenen Hocker und lächelte den Barkeeper an. So ein hübscher Junge. Engelhaft beinahe. Er machte ihr Wodka mit Eis und Zitrone, wie sie ihn mag.

Sie hoffte, dass der Geschäftsführer sie nicht sah. Sie dachte immer an Joey, wenn sie einen Hotelgeschäftsführer sah. Sie hasste Szenen, und Geschäftsführer machten Szenen. Sie machten immer Szenen, wenn sie sie sahen.

In den guten alten Tagen, als Bella noch sündig und noch nicht mündig war, ließen die Geschäftsführer sie immer hinauswerfen. Sie warfen sie immer hinaus wie ein Stück stinkender Müll. Und die Tränen. Die Tränen, die sie vergossen hatte. Die Tränen, die sie geweint hatte, wenn sie die Treppe hinuntergekommen war. Und Joey in seinem Wagen. Ihr Beschützer und Verteidiger, ihr Lehrmeister und Folterknecht.

Es amüsierte ihn so, dass er lachte, während sie weinte. Er sang ihr immer das gleiche Lied vor: Jedem Tierchen sein Reviercher, und dein Revier ist der King's-Cross-Bahnhof. Er machte Verluste und fand es trotzdem lustig.

Sie nickte dem schmalhüftigen Cherub zu, und er machte ihr noch einen. Schamlose kleine Bella, ganz allein in der Bar. Das kleine Flittchen. Die kleine Schlampe.

»Bringen Sie gleich zwei«, sagte jemand. Mit einer tragenden Stimme. Nicht mit einer gedämpften Stimme. Man hätte meinen können, er sei jemand, mit so einer Stimme.

Er setzte sich auf den Hocker neben ihr. Sein Schenkel presste sich an sie. Der Geruch von Schweiß waberte über dem Tresen.

»Ich bin Norman«, sagte er.

»Hallo, Norman.« Sie hielt ihr Glas an die Lippen. »Ich bin Bella.«

Er schob sich eine Olive in den Mund.

»Warten Sie auf jemanden, Bella?«

Sie drehte den Kopf, um ihn anzusehen. Er hatte einen großen, kantigen Schädel. Einen kahlen und verschwitzten Schädel. Einen Preußenschädel. So einen Schädel würde sie nicht gebären wollen. Die Geburt Normans konnte nicht angenehm gewesen sein.

»Nein«, sagte sie. »Auf niemand Besonderes.«

Seine Schweinsäuglein musterten sie. Glitten in schneller, geschmeidiger Bewegung auf und nieder. Registrierten die Haare, das Kleid, die Verheißung.

»Ich hoffe, Sie haben nichts dagegen«, sagte er. »Sie sehen so bezaubernd aus in diesem schönen roten Kleid. Ich hoffe, Sie haben nichts dagegen, dass ich mich zu Ihnen setze.«

»Aber nein.«

»Sie haben nichts Besonderes vor heute Abend?«

»Ich schlage nur die Zeit tot.«

Der Barkeeper stellte ihre Gläser hin. Norman schob ihr eins hinüber.

»Dann schlagen wir sie doch zusammen tot.«

»Ja«, sagte sie. Sie fischte die Zitrone aus dem Glas. »Tun wir das.«

Sein Anzug war braun, und sein Becken war breit. Sie hat Braun nie gemocht. Sie mag schwarze Anzüge oder dunkelblaue oder graue Anzüge. Braune Anzüge hasst sie. Er hätte einen anderen Anzug tragen können, aber für sein Becken konnte er nichts. Sein Becken war so breit, er hätte Kinder gebären können. Ein fantastisch gebärfreudiges Becken. Wenn ein Mann ein so breites Becken hat, kann man sicher sein, dass er ein denkender Mann ist.

»Sind Sie im Urlaub hier?«

»Ich lebe hier.«

»Eine Einheimische! Das ist ja faszinierend. Nennt man Sie Brighton Bella?«

Sie lächelte. Was für ein zurückhaltendes Lächeln.

»Noch nicht.«

»Ich bin auf einer Tagung hier«, sagte er. »Wissenschaftliches Seminar. Klinische Psychologie, aber ich möchte Sie nicht mit den grausigen Details langweilen. Das ist viel zu öde. Dazu sind Sie viel zu hübsch. Ich möchte Sie keinesfalls mit den Details langweilen.«

Sie befand sich in der Gegenwart eines Intellektuellen. Eines Mannes, der in der Welt der Ideen wandelte. Eines Mannes, der in Momenten der Muße nicht schlicht mit sich selbst spielte, sondern mit großen Gedanken.

Wenn Intellektuelle die Nacht miteinander verbringen, reiben sie nicht nur die Körper aneinander. Sie reiben auch ihren Verstand aneinander. Mitten im Orgasmus halten sie inne, um die Feinheiten der Friedman'schen Wirtschaftstheorie zu erörtern. Sie haben Gehirne von riesigen Dimensionen, die mit interessanten Erkenntnissen aufgeladen sind.

Sie befand sich in der Gegenwart eines Intellektuellen, und wenn sie das Wort »Intellektueller« hört, möchte sie am liebsten zur Knarre greifen.

»Sind Sie Professor, Norman?«

»Ja«, sagte er.

Er leerte sein Glas.

»Gewissermaßen.«

»Was ist das, ein Gewissermaßen-Professor, Norman?«

»Jemand, der Professor hätte werden müssen. Jemand, der Professor geworden wäre, hätte es keine Intrigen gegeben. Ein Gewissermaßen-Professor, Sie exquisite inquisitorische junge Dame, ist ein Professor, dem nur der Titel fehlt.«

»Ich verstehe«, sagte sie.

Sie hätte es dabei bewenden lassen können. Sie hatte ihn an einem wunden Punkt getroffen, das wusste sie. Und es spielt schließlich keine Rolle. Sie ist in solchen Dingen kein Snob. Aber sie wollte es einfach gern genau wissen.

»Sie *sind* also ein Professor?«

Er war irritiert.

»Nicht ganz. Ich bin *beinahe* ein Professor.«

»Sie sind also *kein* Professor?«

»Wenn man ganz genau sein will, wenn man präzise sein will, wenn man pedantisch sein will – nein, ich bin kein Professor. Ich bin Dozent, auf der obersten Stufe, das kommt praktisch einem Professor gleich.«

»Das wusste ich nicht, Norman.«

»Dann wissen Sie es jetzt.«

Sie lutschte an ihrer Zitrone.

»Ich bin froh, dass wir das geklärt haben, Norman.«

Er ackerte sich rasch durch die Oliven. Sie waren groß, schwarz und saftig.

»Nein, danke, für mich nicht«, sagte sie. Ziemlich überflüssigerweise.

Der Aschenbecher füllte sich mit Steinen.

»Und auf welchem Gebiet sind Sie tätig?«, fragte er zwischen zwei Oliven.

»Ich bin im Hygienewesen.«

»Oh.«

»Ich sorge für Hygiene.«

»Aber nicht eine von den Frauen, die in Overalls auf Müllautos durch die Straßen fahren?«

»Ich bin, sagen wir mal, in der Exekutive.«

Er sah erleichtert aus.

»Sie meinen, Sie treffen die Entscheidungen.«

»Richtig. Erst entscheidet man, dann führt man die Entscheidung aus.«

»So eine Art Beraterin?«

»So in der Art.«

»Das muss ziemlich anspruchsvoll sein.«

»Ist es, Norman. Ziemlich anspruchsvoll, ja.«

Saft spritzte ihm aus dem Mund, als er die letzte Olive kaute.

»Aber es macht Ihnen doch sicher keinen Spaß, mit Abfall umgehen zu müssen.« Er wischte sich die öligen Lippen mit einem Taschentuch. »Das kann ich mir nicht vorstellen.«

»Merkwürdig, dass Sie das fragen, Norman, ich glaube nämlich, es macht mir tatsächlich Spaß. Das Schlimme ist, dass die Leute sich so an den Schmutz gewöhnen, dass sie sein Vorhandensein gar nicht mehr wahrnehmen. Und das ist ein schlimmer Fehler. Das ist ein sehr schlimmer Fehler. Wenn man zulässt, dass der Müll sich häuft, wird man früher oder später darunter begraben. Wenn man den Müll nicht unter Kontrolle hält, wird man eines Tages vom Müll kontrolliert.«

»Ich muss sagen, Sie wirken unglaublich engagiert.«

»Das bin ich auch, Norman. Ganz unglaublich. Es ist eigentlich mehr eine Berufung. Ich fühle mich dazu berufen, den Dreck wegzuschaffen.«

»Eine Kampagne?«

»Ein Kreuzzug.« Sie trank von ihrem Wodka. »Und ich mache keine Gefangenen.«

Sie lachten beide ein wenig über Bellas kleinen Scherz.

Er bestellte noch eine Runde und zwinkerte dem Barkeeper zu. Er weiß nicht, dass sie vom Trinken einen klaren Kopf bekommt. Je mehr sie trinkt, desto besser kann sie denken.

Sie hatte ihn nicht ausgesucht. Sie hatte ihn nicht auserkoren, ihm das Mal auf die Stirn gezeichnet und gesagt, du wirst es sein. Sie hatte ihn nicht gegen seinen Willen abgeführt. Sie hatte ihn nicht mit Gewalt aus der Reihe gezerrt. Sie hatte nicht gesagt: Pech gehabt, du trägst Braun.

Sie hatte nichts weiter getan, als in ihrem tiefroten Kleid auf einem Lederhocker zu sitzen. Er war zu ihr gekommen. Er hatte sie gesucht und gefunden. Er hatte gesagt: Ich! Ich! Ich muss es sein! Wie ein Hund war er ihr zugelaufen, wie ein Lemming hatte er sie gesucht. Er war dahergekommen, mit seinem kantigen Schädel und seinem breiten Becken und hatte sich neben sie gesetzt.

Er hätte es nicht sein müssen. Es hätte jeder Beliebige sein können. Es hätte jeder von ihnen sein können, jeder von denen mit ihren dicken Brieftaschen und ihrer Whiskyfahne und ihrem hochmütigen Gang. Es hätte jeder von denen sein können, die sie an der Bar gesehen und die sich beinahe an sie herangemacht hätten.

Sie hätte jeden von ihnen genommen, er hätte nur zu fragen brauchen. Sie wäre mit Freuden mit jedem von ihnen gegangen. Sie hätte jedem von ihnen alles gegeben, was sie zu geben hatte. Aber er war derjenige gewesen. Er hatte sie gesehen, und er hatte sie gewollt. Und er würde sie bekommen.

»Sind Sie verheiratet, Norman?«

»Getrennt, Gott sei Dank.«

»Ich vermute mal: Ihre Frau hat Sie nicht verstanden?«

»Sie hatte weder Verständnis noch Wärme. Eine sehr kalte Frau. Ich habe mich nach Kräften bemüht, ihr zu helfen. Ich wollte sie ermutigen, mehr aus sich zu machen. Bildungsmäßig, meine ich. Nicht dass das eine Rolle gespielt hätte, aber es hätte ihrer Selbstachtung gut getan. Ich denke, ihr Grundproblem war ihr Mangel an Selbstachtung.«

»Ich denke, da haben Sie wahrscheinlich recht.«

»Sie war nicht dumm. Ich sage nicht, dass sie dumm war. Ich hätte sie nicht geheiratet, wenn ich sie für dumm gehalten hätte. Aber sie zeichnete sich nicht gerade durch besondere Wahrnehmungsfähigkeit aus. Sie zeichnete sich nicht gerade durch selbstständiges Denken aus. Seicht war sie. Auf intellektueller Ebene seicht. Ich fand, man müsse ihr das sagen, drum sagte ich es ihr.«

»Das war aufrichtig von Ihnen, Norman.«

»Aber sie war nicht bereit, es zu akzeptieren. Sie war nicht bereit, sich damit auseinander zu setzen. Sie doch nicht! Einen emotionalen Krüppel nannte sie mich, ob Sie's glauben oder nicht. Eine sehr kindische Person. Eine sehr kindische, boshafte Person.«

»Frauen können so grausam sein …«

»Oh, das weiß ich«, sagte er. »Das weiß ich. Aber vor allem tut es mir Leid. Es ist traurig, wenn man einem Menschen helfen möchte und der ist nicht einmal dankbar dafür. Sie behauptete immer, ich wolle sie unterminieren, aber die Lakuna in dieser Behauptung war natürlich, dass es nichts zu unterminieren gab.«

»Die was?«

»Bitte?«

»Die was in der Behauptung?«

»Oh. Die Lakuna. Das Loch.«

»Lakuna heißt Loch?«

»So sagt man.«

Sie war höchst erstaunt.

»Wie interessant, Norman.«

Sie hörte ihm zu, während er fort und fort sprach. Sie war eine gute Zuhörerin. Sie war immer eine gute Zuhörerin gewesen. Sie beobachtete seine Lippen, die die Worte formten, und sie beobachtete die Worte, die aus seinem Mund sprangen. Er war ein denkender Mann, der viele Worte machte. Er war ein sehr wortreicher Mann.

»Bei Frauen bin ich sehr eigen, Bella. Das war ich immer. Das werde ich immer sein. Sie müssen stark ausgeprägte menschliche Qualitäten besitzen. Ich finde, das ist letztendlich das Wichtigste. Ihre menschlichen Qualitäten. Ich stelle meine Frauen auf ein Podest. Ich verehre sie. Ich würde alles für sie tun. Nennen Sie mich altmodisch, wenn Sie wollen.«

»Sie sind altmodisch, Norman.«

Er drückte ihre Hand. Ihr drehte sich fast der Magen um.

»Ich spüre, dass Sie eine zutiefst warmherzige Frau sind, Bella. Es ist so ungewöhnlich, einer so attraktiven Frau zu begegnen, die gleichzeitig so offenkundig warmherzig ist. Es gibt bestimmt nicht viele von Ihrer Sorte.«

»Nein, das glaube ich auch nicht.«

»Es ist etwas Wunderbares, einer wirklich warmen, sinnlichen, verständnisvollen Frau zu begegnen. Einer fraulichen Frau.«

Der Schweiß von seiner Kopfhaut rann an seinen Ohren vorbei abwärts und tropfte ihm vom Kinn. Sie brauchte ihn nur anzusehen, um sich bewusst zu werden, wie heiß sie war. Ihr war schwach vor Hitze. Die Hitze und der Rauch trieben ihr die Tränen in die Augen. Man hätte meinen können, sie weine.

»Es ist heiß hier drin«, sagte sie. »Ich vertrage die Hitze nicht.«

»Sollen wir rausgehen? Draußen ist es kühl.«

»Zu laut«, sagte sie. »Ich vertrage den Lärm nicht.«

Er berührte zärtlich ihre Wange.

»Sie sind ein ganz besonderer Mensch«, sagte er. »Ein besonders warmherziger, besonders sensibler Mensch. Das habe ich sofort gemerkt, als ich Sie gesehen habe. Glauben Sie mir. Wer selbst so ist, hat ein Gespür dafür. Sie besitzen menschliche Qualitäten. Zutiefst menschliche Qualitäten. Ich könnte ein Gedicht über Ihre menschlichen Qualitäten schreiben.«

Wieder legte er eine feuchte Hand auf die ihre.

»Ich finde, wir sollten in mein Zimmer hinaufgehen. Keine Erwartungen, keine Absichten. Wir können auf den Balkon gehen und aufs Meer schauen. Einen Augenblick stiller Gemeinsamkeit mitten in der Hetze und Hektik des Lebens teilen.«

»Sie laden mich zu sich ein?«

Oh, du voreiliger, voreiliger Norman. Du blöder Heini. Auf deine Verantwortung.

»Wir haben beide gelitten. Wir haben für unsere Weichheit gelitten. Wir haben für unsere Sanftmut gelitten. Ich möchte Sie in meine Arme nehmen und für alles Leid trösten, aber es ist zu früh, ich weiß. Ich verlange nichts von Ihnen. Ich bitte Sie nur, mit in mein Zimmer zu kommen und mit mir auf den Balkon zu gehen. Nur darum bitte ich Sie.«

Er ließ ihre Hand los.

»Sie möchten das auch«, sagte er. »Das spüre ich.«

Ihre Hand war feucht. Sie hätte gern seine Nässe von ihrer Hand gewischt. Mit einem Papiertaschentuch. Es zusammenknüllen, dann in sein Glas tunken. Sie hätte ihm gern den Schweißfilm mit doppellagigem Küchenkrepp vom Gesicht gesogen. Sie hätte ihn gern ausgewrungen wie einen Lumpen und in den Mülleimer geschmissen.

Er glotzte sie mit tiefer Hingabe an.

»Seite an Seite, Arm in Arm …«

»Das klingt richtig erhebend«, sagte sie.

Er schob ihr die Hand unter den Ellbogen, als sie vom Hocker rutschte. Norman-ische Ritterlichkeit, Galanterie.

Die anderen Trinker sahen ihnen nach. Die Vertreter. Die Abgeordneten. Die Jungs in der Fremde. Sie musterten sie mit milder Verachtung. Ihre Gedanken waren klar zu erkennen: Wir wissen, was du bist. Wir wissen, was du bist und was du zu bieten hast. Es musste nicht unbedingt er sein. Jeder von uns hätte sich nehmen können, was du zu geben hast.

Und sie zwang sie mit einem kalten, gelangweilten Blick nieder. Sie ging an ihnen vorbei und zwang sie nieder: Ihr habt Glück gehabt, Männer. Es hätte nicht unbedingt er sein müssen. Es hätte einer von euch sein können. Jeder von euch hätte das bekommen können, was er bekommen wird.

Ihr habt Glück gehabt, Männer, glaubt mir. Ihr wisst nicht, was ich bin, und ihr wollt nicht abkriegen, was ich austeile.

12

Sie nahmen den Aufzug in den dritten Stock. Er führte sie durch den Korridor und blieb vor Zimmer 23 stehen. Er schloss die Tür auf, öffnete und ließ sie vorausgehen. Er trat nach ihr ein. Sie konnte seine Nähe in der Dunkelheit spüren. Ein Schalter knackte.

»Es werde Licht.«

Leicht zu verstehen, dass er es beinahe zum Professor gebracht hätte.

Das Zimmer gefiel ihr. Die Anonymität gefiel ihr. Es gefiel ihr, dass es jedes beliebige Zimmer hätte sein können. In jedem beliebigen Hotel. Es brauchte nicht Zimmer 23, Hotel Samara zu sein.

»Ich ziehe mir nur etwas Bequemeres an«, sagte er und knöpfte sein Hemd auf. Das Fett seines Halses wallte über seinen Kragen. Sie fand, dass es ihm stand.

»Möchten Sie auf den Balkon hinausgehen, während ich mich umziehe?« Er kratzte sich mit Gusto durch das Netzunterhemd.

Sie trat durch die Glastür hinaus, und er zog den Vorhang hinter ihr zu. Es war ein schmaler Balkon mit einem Ziergeländer. Ein Julia-Balkon. Sie sah zum Palace Pier hinüber, dessen bunte Lichter vor dem Nachthimmel flimmerten. Die Gerüche von Zuckerwatte und Hamburger und Brathuhn wehten zu ihr herauf.

Der Pier ragte ins Meer hinaus, aber das Meer war unsichtbar. Man konnte es nicht sehen, und man konnte es nicht riechen. Das ist der Nachteil an Brighton. Das ist einer von Brightons Nachteilen. Brighton hat so viel Eigengeruch, dass man manchmal das Meer nicht riechen kann, selbst wenn man ihm so nahe ist, dass man hineinspucken könnte.

Auf der Straße näherten sich Stimmen. Laute, anmaßende Bierstimmen. Samstags-Draufmacher-Stimmen.

»He, du Wichser, gib das wieder her.«

»Leck mich doch.«

»Die Stiefel hat mir meine Alte gekauft.«

»Von meinem Schlafzimmerfenster aus kann man bis nach Crawley sehen.«

»Scheißnonnen. Nonnen stinken mir echt.«

»Gute Maschine.«

»Risley hab ich fertig gemacht. Risley ist fertig.«

»Also, hab ich zu ihr gesagt: Du kannst's dir leicht machen, oder du kannst's dir schwer machen. Gemacht wird's auf jeden Fall.«

Sie sind zu fünft, und wie die Maden verbreiten sie den Eindruck, überall gleichzeitig zu wimmeln. Springen über Mülltonnen, trommeln auf Autodächer, stolzieren großspurig wie die Cowboys ohne Pferde daher, um zu zeigen, dass sie große, starke Männer sind.

»Ist ja öde hier.«

»Schade, dass keine Pakis da sind.«

»Hinterher konnte sie drei Tage nicht mehr laufen.«

Und während sie unter ihr vorbeigingen, verspürte sie zum erstenmal in ihrem Leben eine Aufwallung reinsten Penisneids. Als sie die da unten vorbeigehen sah, war ihr klar, dass ein Pimmel in der Tat etwas Wunderbares gewesen wäre. Denn sie war von ihrer Anatomie her nicht fähig, sich in der Weise auszudrücken, wie sie es gern getan hätte.

Sie konnte sich nur vorstellen, wie es sein musste, auf einem Balkon zu stehen und die Blase zu entleeren. Auf das niedrige Leben hinunterzuurinieren. In anmutigem Bogen die Pisse auf ihre Schweinsköpfe hinunterzischen zu lassen. Sie in ihren heiligen Wassern zu waschen und ihnen Glück zu wünschen, während sie ihnen Adieu winkte.

Seufzend ging sie in das verdunkelte Zimmer zurück und schloss die Vorhänge hinter sich. Nicht murren, sagte sie sich. Es gibt Schlimmeres. Sieh immer die guten Seiten. Mach das Beste draus. (Diese einfachen Allgemeinplätze waren ihr immer eine Hilfe.)

Eine Tischlampe flammte auf.

Norman stand am Bett.

Er hatte den haarlosesten Torso, den sie je an einem postpubertären Mann gesehen hatte. Sein Körper sah aus wie gesengt, gewachst und glasiert, als müsse man ihn nur noch mit zerlassener Butter einreiben und mit einem Apfel im Maul bei vollem Gas ins Rohr schieben.

Sie hatte einmal einen Artikel über Kannibalismus gelesen. Zehn Seiten in einem Fachblatt über die Esskultur der Papuas von Neuguinea. Zehn Seiten über den wahren Grund ihrer Menschenfresserei. Das Geheimnis hinter der heidnischen Schweinerei, die sie auf ihren Tischtüchern hinterlassen.

Es geht demnach nicht darum, den Feind zu verschlingen. Es geht nicht darum, sich seine besten Stücke zu Gemüte zu führen, sie mit gebackenen Kartoffeln zu verspeisen, dann diskret zu rülpsen und sich die fettigen Lippen zu lecken.

Es geht bei der Menschenfresserei in Wirklichkeit überhaupt nicht darum, sich den Feind einzuverleiben, sondern sich in aller Ruhe ein schattiges Fleckchen zu suchen, sich ins Gras zu hocken und den Feind wieder auszuscheiden.

Sie konnte eine gewisse Logik darin erkennen. Eine gewisse organische, biologisch abbaubare, zusatzfreie Bekömmlichkeit einer solchen Grundernährung. Es war ein Weg, Autonomie zu erlangen, ein Weg, sich der Kolonialkultur zu entwöhnen. Eine Art Spare-in-der-Zeit-so-hast-du-in-der-Not-Einstellung denen gegenüber, die man wahrscheinlich sowieso nie besonders gemocht hat.

Aber mochte auch die Vorstellung, Norman könne verspeist, verdaut und zu leicht dampfenden Kothäufchen reduziert werden, ihren oberflächlichen Reiz besitzen, beim Essen war Bella immer heikel gewesen. Ihre Tischmanieren immer kultiviert. Selbst Bella hat ihre Grenzen. Sollen die Hunde in Frieden sterben. Sie würde sie vielleicht zerreißen, aber niemals verspeisen.

Sie beobachtete ihn auf seinen Wanderungen durch das Zimmer. Wie ein Sumoringer schlug er sich ständig auf die haarlose Brust, dass goldene Schweißfontänen in die Luft spritzten. Rosige, marmorierte Haut spannte sich wie Wurstpelle über Wülsten von Hackfleisch. Kaum ein Härchen unter den Armen. Nur ein paar braune Büschel rund um die Brustwarzen konkurrierten mit der dunkleren Vegetation, die um seine Scham, soweit überhaupt vorhanden, wucherte. Sein Mangel an Befangenheit war wirklich umwerfend, wenn man bedachte, wie er bedacht war. Sie war immer der Ansicht gewesen, ein paar gesunde Hemmungen könnten nicht schaden.

Die Nonchalance, mit der seine üppigen Brüste auf dem aufgeschwollenen Bauch ruhten, raubte ihr einen Moment die Fassung. Für so ein Paar hätte sie gemordet. Als er sich umdrehte, um sich zu vergewissern, dass er abgeschlossen hatte, sah sie die kahle weiße Tundra seiner Gesäßbacken, und sie hätte für alle Frauen weinen mögen.

Aber dann geschah etwas mit ihr. Etwas so Grässliches und Schauderhaftes, dass sie sich für immer mit angewiderter Ungläubigkeit daran erinnern würde.

Zu ihrer bleibenden Zerknirschung und ihrer ewigen Beschämung spürte sie einen feinen Hauch von Begierde, ein schwaches Aufflackern entzündeter Leidenschaft. Denn auch sie hat Bedürfnisse. Auch sie hat Wünsche. Auch sie hat sinnliche Sehnsüchte, die gestillt werden wollen.

Aber warum gerade er?, fragte sie ihre Schamlippen, diese Verräter, als der glänzende Kloß auf sie zurollte. Warum gerade er, ihr lüsternen Lauser?

Und warum nicht?, lautete die leicht pikierte Erwiderung.

Und so geschah es, dass Bella, die sich so lange Zurückhaltung auferlegt und auf so vieles bereitwillig verzichtet hatte, ihr Höschen abwarf und sich über das Bett beugte. Sie rollte das Kleid hinauf und schloss ihre Augen und wartete, wider Willen sabbernd, auf Normans schwabbelndes Eindringen.

Zwei feiste Hände packten ihre Hüften. Fette Schenkel drückten ihre Beine auseinander. Etwas Feuchtes und Schwammiges presste sich an ihren Schoß. Er rieb es auf und nieder. Er rieb es rundherum. Er ächzte und stöhnte. Er fluchte und betete. Aber alles umsonst. Ihre feuchten Niederungen fühlten sich an wie von den trunkenen Wanderungen einer Gartenschnecke durchkreuzt.

»Gleich haben wir's geschafft«, ermunterte er. »Gleich ist es geschafft, Percy. Braver Kerl. Vorsichtig! Und hopp, Percy.«

Doch Percy verharrte im Schneckenzustand. Es kümmerte ihn nicht. Es interessierte ihn nicht. Es war ihm schnurzegal. Er ließ sich nicht tyrannisieren und er ließ sich nicht bestechen. Percy blieb ungerührt.

Minuten vergingen.

Bella wartete. Bella war geduldig. Bella hat Verständnis.

Und dann, als es anfing langweilig zu werden, als sie drauf und dran war, den Etagenkellner anzurufen und eine schöne Tasse Schokolade zu bestellen, fühlte sie, wie Percy sich in ihre Ritze schmiegte. Das neue Habitat schien ihm zuzusagen, denn er begann – langsam, doch unleugbar – zu wachsen. Die Schnecke wurde allmählich zum Reptil. Norman schlüpfte ein Aufschluchzen der Dankbarkeit von den Lippen.

»Ja. Ja. So. O Gott! O Mutter! O Percy. Nur noch ein bisschen mehr. Ein kleines bisschen mehr. Gleich haben wir's geschafft. Ja, ja. Gleich haben wir's geschafft. Du schaffst es. Ja, ja. O nein. O Percy! Geh nicht. Noch nicht. Nein, nein ...«

Aber Normans Penis war ein Bolschewikenpenis. Ein einmalig beschränkter und sturer Penis. Er war es zufrieden, gemütlich in ihrer Ritze zu liegen und die Vorgänge durch sein starres Schlitzauge zu beobachten. Und Norman, Mann der Tat, der er war, fing an, ihn noch wilder an ihr zu reiben.

Bella starrte stirnrunzelnd in die gemusterte Bettdecke. Was um alles in der Welt ging da hinten vor sich? Welch widerlichen Perversionen wollte er inmitten ihrer unwilligen Backen frönen? Sie senkte den Kopf und spähte zwischen ihren Schenkeln hindurch. Sie konnte nur seinen runzligen Hodensack sehen, seinen kleinen Krabbelsack, der verwirrt auf und nieder hopste. Norman grunzte, als Percy seine Grabungsbemühungen wieder aufnahm. Aber da reichte es ihr.

»Doch nicht da, du Idiot. In die Lakuna!«

Vielleicht lag es am rauen Ton ihrer Stimme, vielleicht lag es an seinem eigenen Weltüberdruss, seinem Gefühl kosmischer Entfremdung. Was auch immer der Grund war, Percy welkte, Percy schrumpfte, Percy blieb nicht hart.

Sie spürte, wie das Ding entfernt wurde, weich und glitschig wie ein geschmolzenes Suppositorium. Sie hörte, wie er zurücktrat, und sie richtete sich auf und drückte eine Hand in ihr schmerzendes Kreuz. Besten Dank, Norman. Das war eine echte Offenbarung. Wenn Fotografen es im Dunkeln tun und Surfer im Stehen, dann tun Akademiker es offensichtlich überhaupt nicht.

Sie drehte sich nach ihm um und konnte nicht umhin, einen Blick auf den kleinen Nichtsnutz zu werfen. Percy tröpfelte still vor sich hin. An Priapismus litt er nicht. Aber er war auch nicht völlig schlaff. Er schien mitten in einer tiefen Identitätskrise zu stecken, verwirrt, durcheinander, unsicher, ob er sich nach Norden oder nach Süden wenden solle. Er war weder Fisch noch Fleisch, weder hart noch weich, weder das eine noch das andere.

»Es tut mir so Leid«, sagte sie. »Wirklich.« Sie schüttelte bedauernd den Kopf.

»Aber Probieren geht über Studieren«, sagte sie. »Oder?«

Norman hielt das Steinchen des Anstoßes zwischen Daumen und Zeigefinger. Er sah nicht glücklich aus. Norman brauchte Trost. Norman erwartete Trost. Norman wartete mit rührender Zuversicht auf Trost.

»Tatsache ist –«, begann er.

»Ja, Norman?«

Das Grinsen in seinem fetten Dozentengesicht war halb verschämt, halb unverfroren.

»So viel Bedeutung hat so ein Versagen gar nicht.«

»Sagt wer?«

»Mein Therapeut.«

»Na, das ist doch klar, dass der so was sagt, oder?«

Es ist unter solchen Umständen eine gewisse Etikette zu beachten. Ein gewisses Protokoll. Ein verständnisvoller und verlogener Austausch gewisser gegenseitiger Versicherungen zur Heilung des verletzten Stolzes und zur Wiederaufrichtung des geknickten Egos. Die Post-Frust-Diplomatie, die eine Weiterführung des Geschlechterkriegs mit anderen Mitteln ist.

Er durfte nicht andeuten, dass er sie unattraktiv fand und darum unfähig gewesen war, volle Leistung zu erbringen. Und sie durfte keinesfalls vorschlagen, er solle doch lieber beim Selbstmissbrauch bleiben.

Das sind die Regeln. Es sind keine willkürlichen Regeln. Es sind keine arbiträren Regeln. Es sind Regeln, die in dem begründet sind, was jeder am meisten fürchtet, dem Schlimmsten, was einem Mann von einer Frau oder einer Frau von einem Mann widerfahren kann.

Er fürchtet ihren Spott. Sie fürchtet seine Wut. Sie könnte ihn womöglich auslachen. Er könnte sie womöglich umbringen.

Das Maß der Angst ist nicht ausgewogen. Das Maß der Furcht ist nicht ausgewogen. Gerechtigkeit fordert Ausgewogenheit. Ausgewogenheit fordert Bella.

Als sie daher das Zucken ihres Mundes nicht länger beherrschen konnte und in ein so gewaltiges Gelächter ausbrach, dass förmlich die Wände wackelten, wich er voll Schreck und Entsetzen zurück, als wäre sie eine gemeine Ketzerin, die soeben die Göttlichkeit Jehovas geleugnet hatte.

Sie sank auf die Knie, und Welle um Welle sprudelte das irre Gelächter aus ihr heraus. Sie hielt sich die Seiten und wiegte sich hin und her, und die Tränen strömten ihr aus den Augen. Sie lachte, und ihr Gelächter war eine schreckliche Sünde. Es war sündhaft, dieses Gelächter.

Lach ja nicht! Ganz gleich, was sie tun, lach nicht. Ganz gleich, was sie nicht tun, lach nicht. Und lach nie, niemals, wenn du mit einem Fremden allein in einem Hotelzimmer bist. Selbst wenn es ein gebildeter Fremder ist, mit kleinen Füßen und einem breiten Becken. Alles darfst du, nur nicht lachen.

Es sei denn, du bist Bella.

Wenn du Bella bist, darfst du alle Regeln brechen. Wenn du Bella bist und das Adrenalin durch deinen Körper rast, darfst du den Kopf zurückwerfen und mit dem Finger zeigen und den phallischen Gott verspotten, der versagt hat.

Aber nur wenn du Bella bist, wenn du die irre, fiese Bella bist und von innen verglühst.

13

Als ihr der Absatz des Schuhs, den er in der Hand hielt, auf den Mund knallte, flog sie rückwärts auf den Teppich. Es war einer dieser teuren, zwiegenähten Schuhe, wie sie von Leuten, bei denen es zum Professor nicht ganz gereicht hat, mit Vorliebe getragen werden. Sie drückte eine Hand auf ihr Gesicht und fühlte die Platzwunde an der Lippe. Er hat sie blutig geschlagen. Ihre Lippe blutet.

Und warum nicht? Blutet eine Bella nicht?

Sie sieht zu ihm auf und fragt sich, ob er sie jetzt töten wird. Es würde ihr nicht einmal etwas ausmachen. Nein. Es würde ihr wahrhaftig nichts ausmachen. Sie weiß, dass eines Tages jemand kommen und sie töten wird. Sie weiß, dass eines Tages jemand sie wird töten müssen. Es ist nicht so, dass sie nicht darauf vorbereitet ist oder es nicht erwartet hat oder dem nicht ins Auge sehen kann.

Aber nicht jetzt. Das ist nicht der Moment. Das ist nicht der Ort. Norman ist nicht der Mann. Ein Norman könnte niemals eine Bella töten.

Sie lächelte ihn an. Mit ihrem beschwichtigenden Lächeln. Sie lächelt und färbt ihren Blick mit Aufrichtigkeit. Norman braucht Beruhigung. Besänftigung. Entspannung vor der Entmannung.

Sie hielt ihre Hand hoch, und er half ihr auf.

»Es tut mir Leid«, sagte sie. »Ehrlich, es tut mir Leid.«

Bellas Zerknirschung. Welches Herz würde da nicht schmelzen?

Er zog sie dicht an sich heran und drehte ihr die Arme auf den Rücken und drückte seinen Mund, seinen weichen Rosenknospenmund, seinen schwachen, feuchten Frauenmund auf den ihren. Es würgte sie bei der Berührung, aber er hielt sie eisern fest und biss ihr in die Zunge, bis sie beide Salz schmeckten. Dann gab er sie frei, und als er die Lippen öffnete, hatte er ihr Blut auf seinen Zähnen. Er drückte seinen Mund an ihren Hals und seine Lenden an ihren Bauch und flüsterte an ihrem Ohr. Blies ihr seinen heißen, feuchten Atem ins Ohr.

»Musste dir eine Lektion erteilen. Was Hänschen nicht lernt, lernt Hans nimmermehr. Frauen brauchen eine feste Hand. Du weißt, was ich meine.«

»Ich weiß, was du meinst.«

Der Schweiß troff ihm aus allen Poren. Von Hals und Kinn und Brust und Bauch und Schenkeln. Wie kann ein Mann ohne Körperbehaarung so stark schwitzen? Ist das normal? Ist Norman normal?

Hätte er den Schweiß doch auffangen, hätte er ihn destillieren und in Flaschen abfüllen und als Tischwein verkaufen können, er wäre ein reicher Mann geworden. Nur einmal in jeder Generation wird ein Mann geboren, dem es gegeben ist, so zu schwitzen wie Norman schwitzte. Nur einmal in einem Lebensalter wird einer geboren, der so üppig schwitzen kann. Und so selbstlos.

Das musste sie ihm lassen. Ehre wem Ehre gebührt. Aufs Schwitzen verstand er sich.

Sie machten beide Fehler an jenem Abend. Ihr Fehler war es, ihn auszulachen. Zu laut und zu lange zu lachen. Sein Fehler war es, sie dafür nicht umzubringen.

Denn Bella lässt sich nicht mehr einschüchtern. Bella lässt sich nicht mehr ducken. Man muss sie töten oder in Ruhe lassen. Ihr eins auf den Mund geben, dass ihr die Lippe platzt, reicht nicht mehr. Man muss sie auslöschen oder lassen.

Aber tu ihr ja nicht weh. Wage nicht, ihr Schmerz zuzufügen. Wage nicht, sie zu misshandeln, brutal zu Boden zu stoßen, sie blutig zu schlagen und dir einzubilden, sie gehört dir.

Erledige sie einfach, wenn die Gelegenheit günstig ist. Es wird ihr nichts ausmachen. Sie wird es verstehen. Sie wird dir sogar helfen, wenn sie dich mag, auf ihre stets hilfsbereite Art.

Er sagte: Ich hätte dich nicht schlagen sollen. Ich schlage Frauen nur, wenn sie es verdient haben, und du hattest es verdient. Du hast mich provoziert, darum habe ich dich geschlagen. Alles, was recht ist, du hast mich dazu gezwungen. Es ist deine Schuld. Ich bin immer für Kommunikation. Ich bin ein Freund der Kommunikation. Ich pflege die Kommunikation täglich. Ich finde, man sollte immer alles durchdiskutieren. Ich hasse Gewalt. Gewalt ist mir verhasst.

Du hast mich gezwungen, etwas zu tun, das ich hasse. Darum werde ich dich noch einmal schlagen.

Und er schlug sie ein zweites Mal auf die offene Lippe, die noch weiter aufplatzte.

Sie sagte: Ich habe dich dazu gezwungen. Es ist meine Schuld. Mein ist die Schuld, Ich habe dich provoziert. Ich habe es verdient. Ich habe dich gezwungen, etwas zu tun, das du hasst.

Er sagte: Jetzt kommen wir der Kommunikation schon näher.

Sie sagte: Ich habe dich verletzt. Ich habe dich verwundet. Ich möchte es wieder gutmachen.

Er sagte: Spiele ein Spiel mit mir. Ich verzeihe dir, wenn du ein Spiel mit mir spielst.

Sie sagte: Was für ein Spiel?

Er sagte: Das Fesselspiel.

Sie sah, wie seine Schweinsäuglein tief in sein Schweinsgesicht einsanken.

Sie sagte: Ich mache jedes Spiel mit, nur das nicht. Ich mag dieses Spiel nicht.

Er sagte: Aber du hast gesagt, du willst es wieder gutmachen.

Sie sagte: Das will ich, und das werde ich auch. Aber nicht so. Du darfst mich nicht fesseln. Das mag ich nicht.

Er sagte: Ich will dich ja gar nicht fesseln. Ich bin ein kultivierter Mensch. Ich möchte, dass du mich fesselst.

Sie sagte: Ist das dein Ernst?

Er sagte: Das ist mein Ernst.

Sie sagte: Ich glaube, jetzt kommen wir der Kommunikation schon näher.

Er trug den Stuhl aus der Ecke in die Mitte des Zimmers. Der Sitz war aus grünem Dralon, und er hatte eine hohe Rückenlehne aus Holz. Er sah aus wie ein Esszimmerstuhl. Norman setzte sich auf das Dralonpolster des Esszimmerstuhls und verschränkte die Arme.

Sie zog den Gürtel aus den Schlaufen am Bund seiner Hose. Das Leder seines Gürtels war beinahe so edel wie das Leder seiner Lederschuhe. Es war ein sehr weiches Leder, so richtig geeignet zum Fesseln eines gebildeten Mannes.

Er legte die Arme hinter die hohe Holzlehne des Stuhls und kreuzte die Handgelenke. Der Schweiß der Vorfreude troff ihm den Rücken hinunter. Sie beugte sich nieder und band den Gürtel um seine Handgelenke.

»Fester«, drängte er.

Sie wickelte den Gürtel noch einmal herum und zog ihn fest, bis er stöhnte.

»Danke, Herrin.«

Sie ging um ihn herum und stellte sich vor ihn hin. Er glotzte sie mit hündischer Ergebenheit an. Er betete sie an. Er wäre auf die Knie gefallen und hätte ihr die Füße geküsst, hätte sie ihn nicht so fest an den Stuhl gefesselt. Seine Erregung wuchs, bis sein Glied steif war. Und während sie ihn beobachtete, ohne etwas zu sagen, wuchs seine Erregung ins Unermessliche.

»Norman«, sagte sie, »du bist ja enorm.«

»Ich weiß«, stöhnte er. »Ich weiß. Tu etwas. Bitte tu etwas. Tu ganz schnell etwas.«

»Ist mir verziehen, Norman?«

»Ja, Herrin.«

»Erteilst du mir die Absolution?«

»Ja, Herrin.«

»Ich kneble dich jetzt, Norman.«

»Bitte«, lallte er. »Oh, bitte …« Er rollte die Augen. Norman war in Verzückung.

Sie hob sein weißes Polyesterhemd vom Boden auf.

»Du warst ungezogen, Norman.«

»Ich weiß, ich weiß. Norman war sehr ungezogen.«

»Was soll ich tun, Norman?«

»Strafe mich, Herrin. Treib mir die Ungezogenheit aus.«

»Willst du das wirklich, Norman?«

»Ja, ja. Strafe mich. Strafe mich.«

Er riss in höchster Erregung an seinen Fesseln. Sowohl Norman als auch Percy befanden sich, wie sie feststellte, in einem Stadium heftigen Affekts.

»Gut, Norman. Ich werde dich strafen –«

»Danke, Herrin.«

»– aber erst muss ich zur Toilette. Bin gleich wieder da.«

Er stöhnte.

»Beeil dich«, keuchte er. »Ich kann nicht ewig warten.«

»Das brauchst du auch nicht, Norman.«

Im Badezimmer nahm sie die Duschhaube aus dem Plastikbeutel und füllte den Beutel mit eiskaltem Wasser aus dem Kaltwasserhahn. Dann betätigte sie aus Gewohnheit die Spülung und wusch sich danach die Hände, weil die Kette der Spülung immer voller Bakterien ist.

Sie kehrte ins Zimmer zurück und stellte sich hinter ihn. Sein Hemd lag über ihrem Arm wie das Serviertuch einer Kellnerin. Sie neigte sich über seine Schulter und schüttete das eiskalte Wasser aus dem Plastikbeutel über Normans Enormität aus.

»Das wird dir die Ungezogenheit austreiben«, sagte sie. »Und ich werde dir außerdem austreiben, mit fremden Frauen zu gehen.«

Sie zog ihm blitzschnell das Hemd über den schreiend aufgerissenen Mund und band es an den Ärmeln zusammen.

»Aber bevor ich das tue«, sagte sie, »bevor ich das tue, möchte ich dir noch etwas sagen. Ich möchte dir etwas sagen, Norman, und ich möchte, dass du mir gut zuhörst.«

Sie schnippte einen Fussel von ihrem Ärmel.

»Du widerst mich an, Norman. Ich sage das mit aller Aufrichtigkeit. Alles an dir widert mich an. Dein Körper widert mich an. Deine ganze Art widert mich an. Deine Arroganz widert mich an. Deine Dummheit widert mich an. Deine Berührung widert mich an. Und dein Schweiß widert mich an. Ich finde dich, mit einem Wort, widerlich.«

Sie beugte sich vor, um sich zu vergewissern, dass der Knebel fest saß.

»Ich werde dich töten, Norman. Ich wollte es dir eigentlich nicht sagen, aber ich finde, du hast ein Recht, es zu wissen. Du wirst sterben, Norman. Du wirst schon sehr bald sterben. In diesem Zimmer. Von meiner Hand. Du wirst den Tod sterben, den du verdienst. Es wird für uns beide unangenehm werden, darum müssen wir stark sein.«

Sein Hals lief braunrot an, als er versuchte, die Fesseln zu sprengen, die er sie so fest hatte binden lassen.

»Aber du sollst wissen, dass es nicht persönlich gemeint ist. Du wirst nicht sterben, weil du du bist. Du wirst nicht einmal sterben, weil du widerlich bist. Wenn ich jeden töten würde, der mich anwidert, gäbe es nicht mehr viele Menschen auf der Erde. Ich möchte dir darum ausdrücklich sagen, Norman, ehe ich dich auf dein letztes Freisemester schicke, dass du sterben wirst, weil du Pech gehabt hast. Du hast Pech gehabt, weil sich die Regeln geändert haben, und dir niemand was davon gesagt hat.«

Ach, der arme Norman. Diese armen Akademiker, sie haben sich so an ihre intimen kleinen Abendessen im Bistro gewöhnt, wo man halbe-halbe macht und hinterher noch umsonst einen geblasen bekommt, dass sie vergessen, dass man im wirklichen Leben bezahlen muss. Im wirklichen Leben, wo wirkliche Frauen einem die einzige Ware verkaufen wollen, die sie zu bieten haben, muss man immer bezahlen.

»Du hättest es nicht sein müssen, Norman. Du hättest nicht derjenige sein müssen. Aber du wolltest es so. Du hast mich hierher gebracht. Du hast mich in dein Zimmer gelassen. Das hättest du nicht tun sollen, Norman. Du hättest mich nicht in dein Zimmer lassen sollen. Mama hätte dich warnen sollen, Norman. Sie hätte dich ermahnen sollen, vorsichtig zu sein.

Du warst nicht vorsichtig, Norman. Du warst so unvorsichtig, mich mit deinem Schuh zu schlagen. Du hast mir wehgetan, Norman. Du hast mich auf den Mund geschlagen und mir Schmerz zugefügt. Ich mag den Schmerz nicht. Ich habe eine sehr niedrige Schmerzschwelle. Für Schmerz habe ich nichts übrig. Ich versuche, Schmerz zu vermeiden. Und jetzt wirst du für meinen Schmerz bezahlen.

Du wirst für den Schmerz bezahlen, den du mir zugefügt hast, und du wirst für allen Schmerz bezahlen, den du je anderen zugefügt hast. Aber nein, nicht weinen, Norman. Du musst das philosophisch sehen. Der Tod kommt zu uns allen. Früher oder später holt er uns alle. Dich holt er nur ein bisschen früher.«

Adern schwollen ihm an Hals und Schultern. Sie stießen durch Fett und Knorpel und stülpten seine Haut auf. Lang vergessene Muskeln rafften sich zu einem letzten vergeblichen Versuch, den Gürtel zu sprengen, der ihn fesselte.

»Sei tapfer, Norman. Du brauchst dich nicht verlassen zu fühlen. Du brauchst nicht das Gefühl zu haben, dass du der Einzige bist. Du bist nicht der Erste, und du wirst nicht der Letzte sein.«

Sie schüttelte die noch verbliebenen Tropfen aus dem Plastikbeutel und zog ihn ihm über den Kopf, vorsichtig, um ihn nicht zu zerreißen, sorgsam darauf achtend, dass alle seine Luftlöcher bedeckt wurden. Dann ging sie um ihn herum und stellte sich vor ihn hin, denn manche Menschen fühlen sich bedroht, wenn man hinter ihnen steht.

»Was ein Vorspiel ist, weißt du«, sagte sie. »Das hier nennt sich Nachspiel.«

Norman musste in jungen Jahren Schwimmer gewesen sein. Das Schwimmen musste seine Lungen entwickelt haben. Seine Lunge erwies sich als eine große Lunge, die viel Luft brauchte. Kaum eine Minute verging, ehe der Beutel beschlug. Seine Gesichtshaut färbte sich bläulich. Oder vielleicht violett. Durch die beschlagene Plastikhülle war es schwer zu erkennen.

Ein plumpes Bein trat nach ihr. Würde in der Bedrängnis gehörte nicht zu seinen Tugenden. Sie hätte gedacht, das Poltern, als Norman samt Stuhl umstürzte, müsste Leute herbeilocken, aber es kam niemand. Es war eben ein Hotel, wo man an Geschäftsreisende und ihre Marotten gewöhnt war.

Plötzlich war ein Glucksen wie aus einem Abflussrohr zu hören, und ein bekannter Gestank breitete sich im Zimmer aus. Sie rümpfte die Nase. Analretention gehörte offensichtlich nicht zu seinen Leiden. Das Zimmermädchen würde nicht erfreut sein.

Sie kniete auf dem Teppich nieder. Der Plastikbeutel klebte an seinem Gesicht wie eine zweite Haut. Er lag in seinem geknebelten Mund. Er haftete wie Haftleim auf seinen hervorquellenden Augen. Bei näherem Hinsehen entdeckte sie, dass das eine braun und das andere grün war. Das ist ungewöhnlich, dachte sie. Ein Froschquaken entwich seiner Kehle, und er war hinüber. Er hatte geschwitzt. Und jetzt hatte er ausgeschwitzt.

Ihre Lippe war angeschwollen, aber sie fühlte sich gedrängt, einige Worte über seiner Leiche zu sprechen. Sie fand, das gehöre sich so.

Sie tätschelte seinen plastikumhäuteten Kopf.

»Mach's gut, alter Junge«, sagte sie.

14

Sie schlief nicht viel in der Nacht zum Sonntag. Der Schlaf kam nicht und trug sie nicht davon. Sie lag mit offenen Augen in der Dunkelheit. Unbekleidet, entblößt lag sie zwischen den Laken, und der Schlaf mied sie in dieser Nacht zum Sonntag.

Armer Norman. Sie hatte ihn über die Klinge springen lassen. Sie hatte ihn kaltgemacht. Sie hatte ihm den Rest gegeben. Die Artikel, die er geschrieben, die Arbeiten, die er zensiert, die Ausschüsse, denen er angehört, die Briefe, die er unterschrieben hatte, die Bücher in seinem Kopf, der Ruhm der Zukunft. Alles vorbei. Armer Norman.

Er hätte sie eben nicht schlagen sollen. Er hätte sie nicht auf den Mund schlagen sollen. Er hätte sie nicht blutig schlagen sollen, denn wie viele Frauen kann sie den Anblick ihres eigenen Bluts nicht ertragen.

Er hätte sie nicht auf den Mund schlagen sollen. Er hätte ihr nicht die rosenrote Lippe aufschlagen sollen. Er hatte es nicht getan, weil sie gelacht hatte, sondern weil sie schwächer war und dennoch zu lachen gewagt hatte. Wenn man den anderen für schwächer hält, kann man ihm eins aufs Maul geben. Wenn man ihn für stärker hält, lacht man mit.

Er hatte geglaubt, er wäre ihr überlegen. Er hatte geglaubt – dieser Intellektuelle, dieser gebildete Mann, dieser Bibliophile –, er könne sie zerquetschen wie einen Floh. Echt Norman, sich so zu irren. Der Fachidiot. Der kultivierte Kretin. Der belesene Dummkopf, der blind ins offene Messer rannte. Echt Norman! Keine Ahnung, was sie für eine war!

Vielleicht hatte sie zu heftig reagiert. Vielleicht aber auch nicht. Strafe muss sein! Sie war grausam gewesen aus Güte. Sie hatte ihm eine wertvolle Lektion erteilt: Wer durch die Faust lebt, stirbt durch den Plastikbeutel. Dennoch fühlte Bella sich nicht wohl. Bella quälte sich. Ihr Zahn quälte sie. Wenn sie mit der Zunge den Zahn streifte, durchzuckte Schmerz ihre Wange. Wenn sie den Kopf bewegte, durchbohrte Schmerz ihren Kiefer. Wenn sie den Mund öffnete, fuhr der Schmerz hinein. Wenn sie den Mund schloss, ließ der Schmerz sich häuslich darin nieder.

Er hatte ihr sehr wehgetan. Wenn sie gewusst hätte, wie weh er ihr getan hatte, dass sie in dieser Nacht nicht schlafen würde, hätte sie ihn ein wenig länger leiden lassen.

Sie war zu nett. Sie war einfach zu nett. Ihre Nettigkeit war immer ihr Verhängnis gewesen. Die anderen nutzen es aus, wenn man nett ist. Sie dreschen einem den Schuh auf den Mund. Sie glauben, sie könnten es sich erlauben, weil sie wissen, dass man nett ist.

Die netten Menschen verursachen viel Ärger auf der Welt. Wenn sie nicht so nett wären, würde keiner sie schlagen. Und wenn keiner sie schlagen würde, müssten sie nicht zurückschlagen. Und das wäre gut, denn wenn ein netter Mensch zurückschlägt, dann richtig.

Es ist wie mit der nuklearen Abschreckung. Wenn die anderen wissen, dass man ihnen die Bombe reinsetzen kann, fangen sie gar nicht erst an, einen zu bombardieren. Aber wenn man es nicht zeigt, wissen sie es nicht. Hat man also die Bombe, so muss man es auch zeigen.

Logischerweise sollte Bella eigentlich ein Schild mit der Aufschrift tragen: Diese Frau ist gefährlich. Bei Angriffen schlägt sie zurück.

Aber wer würde ihr glauben? Sie würden sie für eine arme Irre halten, und genau das ist sie nicht. Oder mindestens für eine Angeberin, die sie vielleicht ist. Oder für eine Provokateurin, die sie geworden ist. Man würde sie wegen Erregung öffentlichen Ärgernisses festnehmen; wegen Tragens einer Waffe Bußgeld zahlen lassen; wegen Aufwiegelei ins Gefängnis stecken.

So etwas nennt man ein Dilemma, und sie steckte mittendrin. Sie muss die andern wissen lassen, dass sie zurückschlagen wird. Das ist nur fair, und sie ist immer gern fair.

Sie muss ihnen begreiflich machen, dass sie die Hand abhacken wird, die sie verletzt; dass sie ihre Häuser niederbrennen, ihre Autos zertrümmern, ihre Leben auslöschen wird. Dass sie ihnen die Nase in die eigene Scheiße stoßen und frischfröhlich ihrer Wege gehen wird.

Aber sie darf es ihnen nicht verraten. Es verraten heißt sie warnen, und sie warnen heißt sie wappnen. Das ist ihr Dilemma. Das ist das Dilemma, das Bella plagt, während sie, Tim, Norman und fast einen Koitus hinter sich, mit puckerndem Zahn und schmerzendem Kiefer in ihrem Bett liegt und zu schlafen versucht.

Vergeltung, schön und gut. Moral, schön und gut. Aber warum sich einschränken? Was gibt es gegen einen gelegentlichen Befreiungsschlag einzuwenden? Wenn man allein gegen viele steht, kann man sich manchmal nicht mit Verteidigung begnügen; muss man manchmal auch den ersten Schlag tun.

Mit Norman hatte sie Glück. Sie weiß, dass sie nur Glück hatte. Norman hätte ihr Schlimmes antun können, wenn er der Mensch dazu gewesen wäre. Norman hätte ihr den Garaus machen können, wenn er rechtzeitig geschaltet hätte. Er hätte sie wegfegen, vernichten, auslöschen können, wenn er nur einen Funken Verstand gehabt hätte. Mit Norman hatte sie großes Glück.

Das ist das grundlegende Problem, wenn man Bella ist. Man hat eigentlich keine Wahl. Man darf sie nicht zu nahe kommen lassen. Wenn sie einem zu nahe kommen, hat man keine Chance. Wenn sie einem zu nahe kommen, ist man verloren. Ihr Fehler mit Norman war, dass sie ihn zu nahe kommen ließ.

Sie starrte die ganze Nacht mit offenen Augen ins Dunkle.

Sie balancierte auf dem Hochseil. Sie setzte mit weit gespreizten Armen einen Fuß vor den anderen und schob sich schwankend auf einem dünnen Drahtseil vorwärts.

Sie blickte nicht abwärts. Sie würde fallen, wenn sie hinuntersah. Sie würde sehen, dass kein Netz da war, und das Vertrauen verlieren. Sie würde abstürzen und zur Erde taumeln. Sie würde sehen, dass kein Netz da war, sie würde die Nerven verlieren und zur Erde hinabstürzen. Pfeifend, den Mund aufgerissen vom Luftstrom, würde sie nach unten sausen, und tief unten würden die vielen kleinen Menschen grinsend nach oben zeigen und ihren Sturz beobachten. Sie würden voll Schadenfreude zusehen, wie sie stürzte, und nur darauf warten, mit ihren Schabern hinlaufen und sie vom Boden schaben zu können.

Darum darf sie auf keinen Fall die Balance verlieren. Sie darf sich nicht von einem plötzlichen Windstoß umblasen lassen. Sie darf keine Höhenangst bekommen. Sie darf nicht nachlassen in ihrem Glauben daran, dass sie die andere Seite erreichen kann. Sie darf nur nicht die Balance, den Kopf und den Glauben verlieren.

Sie starrte die ganze Nacht mit offenen Augen ins Dunkle und war immer noch wach, immer noch unruhig und immer noch von Schmerzen geplagt, als der Morgen mit schmutzigem Finger ins Zimmer stocherte.

Sie brauchte lang, ehe sie einen Zahnarzt auftrieb. Sie brauchte lang, ehe sie einen auftrieb, der bereit war, sie am Sonntag zu behandeln. In Brightons Branchenverzeichnis gibt es fünf Seiten mit Zahnärzten, und sie brauchte Stunden, um sich durch die Liste durchzuarbeiten. Die meisten ihrer Anrufe verhallten ungehört. Man konnte es ihnen im Grunde nicht übel nehmen. Selbst ein Zahnarzt hat ein Recht auf einen Ruhetag. Selbst ein Zahnreisser kann mal einen Tag mit seinen Lieben verbringen, wenn er welche hat.

Sie hing Stunden am Telefon, ließ es läuten, bis Anrufbeantworter sich einschalteten, um ihr mitzuteilen, sie solle es am Montag wieder versuchen. Sie hätte es beim Krankenhaus versuchen und irgendeinem pickligen Jüngling erlauben können, in ihren Mund einzudringen. Aber wenn es um ihre Zähne geht, ist ihr ein älterer Mann lieber.

Es war drei vorbei, als sie schließlich jemanden erreichte. Er hieß Reginald Mire, und seine Praxis blickte schräg auf den Yachthafen.

»Ich hätte Sie eigentlich nicht annehmen sollen«, sagte er. Er trug ein kurzärmeliges Nehru-Hemd, und seine Arme waren braun und behaart.

»Ich bin Ihnen unheimlich dankbar.«

»Ich wollte eigentlich nur die Abrechnungen machen«, fügte er hinzu.

»Ich habe solche Schmerzen.«

»Schmerzen sind gesund für die Seele.«

»Sehr tröstlich«, sagte sie und setzte sich auf den gepolsterten schwarzen Sessel. Sie schwang die Füße auf die Fußstütze. Er pumpte den Sessel höher und kippte ihn dann so weit rückwärts, dass ihre Füße höher lagen als ihr Kopf. Diese Sessel sollten verboten werden.

»Wo ist Ihre Assistentin?«

»Es ist Sonntag.«

Er fummelte an seinen Werkzeugen.

»Das Mädchen kommt sonntags nicht.«

Er band sich eine Maske um und zog Gummihandschuhe an. Die Instrumente waren der Größe nach von links nach rechts aufgereiht.

»Sie sind eine kleine Sklaventreiberin«, murmelte er, »mich an meinem freien Tag arbeiten zu lassen.«

Sie mag Zahnärzte nicht. Sie mag ihre Einstellung nicht. Es scheint ihnen an der richtigen Einstellung zu fehlen. Allen auf die gleiche Weise.

Er nahm eine mittlere Sonde und hielt sie vor ihr hoch. Seine Augen schienen über der Maske zu glitzern, es konnte aber auch das Licht sein.

Sie öffnete unaufgefordert den Mund und ließ ihn in ihrem Zahnfleisch und ihren Zähnen herumstochern. Sie bemühte sich, nicht zusammenzuzucken, wenn er ihr wehtat. Er runzelte unmutig die Stirn, sobald sie zusammenzuckte, und sie wollte ihn nicht unmutig machen, solange er seine Hand in ihrem Mund hatte.

Er stieß die Metallsonde in die Lücke in ihrem Zahn, und sie hörte, wie ein schwacher Laut des Protestes aus ihrer Kehle drang.

»Das tut doch nicht etwa weh? Das kann nicht sein.«

Er hebelte das Instrument vor und zurück und höhlte das Loch immer weiter aus.

»O ja«. sagte er, »hier haben wir ein Riesenloch, ja. Mein lieber Mann, das sieht ja übel aus! Ich weiß wirklich nicht. Ihr Frauen. Irgendwas ist bei euch doch immer los.« Er legte das Instrument wieder auf die Instrumentenplatte.

»Ein Zahn ist abgebrochen.« Er inspizierte den Schaden durch die Halbgläser seiner Brille.

»Wie ist das passiert?«

»Mich hat jemand geschlagen.«

»Das war aber nicht sehr nett. Ich hoffe, Sie haben den Kerl auch geschlagen.«

Seine Stirn war ungewöhnlich trocken. Schuppen toter Haut schwebten hernieder, wenn er sich bewegte. Er sollte sich die Stirn eincremen. Er sollte sie jeden Abend einfetten. Er sollte sich diese trockene Zahnarztstirn mit Öl einreiben.

»Ich mache Ihnen eine provisorische Füllung.« Er zog das Handstück der Bohrmaschine auf Augenhöhe herunter. Sie hörte das durchdringende Surren einsetzen und sah den Bohrkopf vibrieren.

»Bitte geben Sie mir eine Spritze«, lallte sie durch die Wattebäusche, die er ihr in den Mund gestopft hatte. »Und nehmen Sie den schnellen Bohrer.«

Sie sah, wie die Augen über der Maske sich weiteten.

»Bitte.«

Er neigte sich hinunter, kam mit seiner schuppigen Stirn ihrem Gesicht ganz nahe.

»Für so eine Füllung kann man den schnellen Bohrer nicht nehmen.«

Die Maske blähte sich, wenn er sprach.

»Und eine Spritze brauchen Sie nicht.«

Sie schloss die Augen, und er stieß das Ding in das Loch, das Norman ihr geschlagen hatte. Er bohrte immer tiefer, hob einen sauberen Graben aus, vergrößerte das Loch noch weiter, legte ein kleines Stückchen Lebensraum in ihrem oberen linken Schneidezahn frei. Der Bohrer brummte wie ein Propellerflugzeug. Er vollführte Loopings und Schleifen in ihrem Zahnbein. Es war der langsamste aller Bohrer, und er tat höllisch weh.

Sie schlug im Geist ihr kleines rotes Buch auf, blätterte zu einem unbeschriebenen Blatt und schrieb Reginald darauf. Er hatte Unrecht gehabt mit der Spritze. Er hatte so Unrecht gehabt, dass sie es vermerken musste. Sie machte ein schwarzes Kreuz hinter seinen Namen.

Das war ihr neues System. Es funktionierte wie das Mehrfachtäterpunktesystem bei Autofahrern. Jede Übertretung der Vorschriften wurde mit einem Kreuz geahndet. (Mündliche Warnungen hatten sich längst als unwirksam erwiesen.) Ein Kreuz war Pech. Zwei hießen Vorsicht, du treibst es zu weit. Drei, und man verlor die Lebensberechtigung. Drei Kreuze hieß, für immer aus dem Verkehr gezogen. Sie malte das erste schwarze Kreuz hinter seinen Namen. Der Bohrer hörte auf zu brummen. Sie öffnete die Augen.

»Na, das war doch nicht so schlimm, oder?«, behauptete er.

Er warf eine Tablette in ein Glas mit Wasser. Es sprudelte, und das Wasser färbte sich hellrot.

»Bitte spülen Sie jetzt gründlich.«

Sie bewegte warmes Wasser im Mund hin und her und spie ins Becken. Der Anblick der Zahnbröckchen, die ins Abflussrohr hinuntergezogen wurden, erinnerte sie an Tim und Norm. Sie spülte ihren Mund aus und hing Erinnerungen nach.

Timothy hatte sich bereits massenhaft Punkte eingehandelt gehabt, als er schließlich aus dem Verkehr gezogen wurde. Aber Norman hatte Pech gehabt. Sie hätte ihm höchstens zwei gegeben. Es war Normans Pech, dass er ihr in ihrer vorrichterlichen Phase begegnet war. Norman war vielleicht zu schnell abgeurteilt worden. Eine Schrift erschien vor ihrem geistigen Auge: Norman war unschuldig, o. k.? Eine zweite erschien darunter: Pech gehabt.

Sie legte sich wieder in den Sessel zurück und ließ ihn das Loch füllen. Er füllte es mit einer weichen weißen Masse, schabte den

Überschuss weg, füllte nach, schabte, füllte und schabte. Er nahm das Instrument aus ihrem Mund, entfernte etwas weiße Masse von seiner Spitze, drehte sie zu einem kleinen Kügelchen und schnippte es auf den Boden.

»Das wär's«, sagte er. »Fertig.«

»Wie lang hält so eine provisorische Füllung?«

»Kommen Sie in ein, zwei Tagen wieder. Ich muss vielleicht eine Krone machen. Wir werden sehen, wie es sich entwickelt.«

Aber in ein, zwei Tagen würde Bella fort sein, würde Bella verduftet sein, sich aus dem Staub gemacht haben.

Sie spülte ihren Mund ein zweites Mal. Die frische Füllung kratzte rau an ihrer Zunge. Der Zahn tat immer noch weh vom Bohren. Sie nahm das Papierlätzchen ab, und er ließ den Sessel herunter.

»Danke«, brummte sie. (Widerwillig, ihre Dankbarkeit.)

Er nahm die Maske ab.

»Es war mir ein Vergnügen«, sagte er.

Er ging zum Waschbecken an der Wand. Er drehte den Hahn auf und wusch sich die Hände.

»Was schulde ich Ihnen?«

»Mal überlegen«, sagte er. Die Hände verschwanden unter einem Handtuch mit Grauschleier. »Eine große Füllung. Notbehandlung, privat. Sagen wir fünfzig Pfund.«

Sie zog die Brauen hoch.

Er zuckte die Achseln.

»Ich mag keine Sonntage.«

Sie nahm ihr Portemonnaie heraus und gab ihm fünf Zehner. Die Timbo-Stiftung schrumpfte rapide. Sie gab das Geld wirklich mit vollen Händen aus.

»Wann kann ich wieder essen?«

»In ungefähr zwölf Stunden.«

»Also dann, in ein, zwei Tagen«, sagte sie. »Oder so.«

Er schlüpfte in ein kariertes Sakko mit Lederflicken an den Ellbogen. Der Nehru-Kragen wirkte seltsam darunter.

»Keine Patienten mehr heute?«

»Keine Patienten mehr.«

»Wie schön«, sagte sie.

»Ja, stimmt.«

»Keine Patienten mehr für Mr. Mire«, sagte sie.

»Reginald.«

»Keine Patienten mehr für Reginald.«

»Nicht ein einziger«, sagte er.

Sie schob den Riemen ihrer Handtasche über ihre Schulter. »Haben Sie einen Bruder namens Ronald, Reginald?«

»Wieso?«

»Ronnie und Reggie, Reginald, darum.«

»Ich hätte gedacht, das war vor Ihrer Zeit.«

»Lang davor.«

»Was interessiert Sie dann daran?«

»Wir haben in Sozialkunde über sie gearbeitet.«

»Gemeine Verbrecher.« Er machte ein unwirsches Gesicht. »East-End-Gesindel.«

»Der Kriminelle als Katalysator.«

»Großschnäuzige Revolverhelden.«

»Ich habe damals eine Eins bekommen.«

»Mit einer Pistole in der Hand kann sich jeder als Held aufspielen«, sagte er verächtlich. »Jede kleine Null kann sich als große Nummer aufspielen.«

»Da haben Sie den Nagel auf den Kopf getroffen, Reginald.«

»Ich hör's gern, wenn Sie meinen Namen sagen.«

»Ja?«

»Ja.«

»Nennen alle Patienten Sie Reginald, Reginald?«

»Nur die Privatpatienten. Nur die, die bezahlen. Wenn sie bezahlen, dürfen sie mich beim Vornamen nennen.«

»Das ist es wert, Reginald. Das ist gut und gern seine fünfzig Pfund wert.«

»Über Geld reden ist vulgär. Nette Frauen reden nicht über Geld.«

»Ich verrate Ihnen ein Geheimnis, Reginald: Nette Frauen reden nur über Geld.«

»Sind Sie nett?«

»Ich bin sehr nett.«

»Soll ich Sie mitnehmen?«

»Mitnehmen?«

»Ich bin mit dem Wagen da. Ich könnte Sie mitnehmen.«

»Ich dachte, Sie wohnen hier.«

»Aber nein. Die Räume hier sind nur gemietet. Ich wohne in einem Dorf in West Ceses.«

Sie musterte ihn in seiner Blondheit. Er war sehr blond.

»Der rustikale Reginald«, sagte sie.

Sie lächelte ihn an. Er lächelte nicht zurück. Er beäugte ihre Hüften.

»In welche Richtung müssen Sie?«, fragte er.

Er hätte Schotte sein können, blond wie er war. Er hatte sandblondes Haar und sandblonde Augenbrauen. Augen mit einem Grauschleier wie sein Handtuch. Er hätte aus den Highlands kommen können, aber sein Akzent war reines Highbury.

»In der Nähe vom Brunswick Square.«

»Kein Problem.«

Er räumte seine Instrumente nicht auf. Er steckte nichts in den Sterilisator. Er ließ das alles einfach für die Assistentin liegen, hielt ihr die Tür auf und folgte ihr auf die Straße. Männer hielten ihr dieser Tage häufig die Tür auf.

Der Wagen war ein todschicker Mercedes CE. Mitternachtsblau, schwarze Ledersitze, Automatik. Männer, die Automatik fuhren, machten sie immer misstrauisch. Sie fragte sich, was sie mit der freien Hand taten.

Aber die Musik war gut. Sibelius. Ein Mann mit Kultur, dachte sie beifällig. Sie hatte viel übrig für ein bisschen Kultur. Er gab Gas, und der Wagen brauste los. Ihr Zahn tat immer noch weh.

Sie bogen nach rechts auf den Madeira Drive ab und schnurrten zum Kreisverkehr am Palace Pier hinauf. Er fädelte ein und kreuzte durch die Lanes. Brightons famose Lanes mit ihren famosen Angeboten. Billig, zum halben Preis. Er fuhr die North Street hinauf und bog nach links in die Western Road ab. Die Penner lungerten vor der öffentlichen Bedürfnisanstalt herum. Sie passierten den Brunswick Square.

»Sie können mich da am Zeitungsstand absetzen«, sagte sie.

Er fuhr nicht langsamer. Er fuhr eindeutig nicht langsamer. Aber er fuhr auch nicht merklich schneller. Er fuhr einfach im selben Tempo weiter. Er fuhr, wie er bohrte – ohne besondere Eile, beharrlich, unnachgiebig.

»Irgendwo hier«, sagte sie.

Sie wollte keine Schwierigkeiten machen. Sie war nicht der Typ, der Szenen machte. Wirbel wollte sie tunlichst vermeiden.

»Hier an der Ecke.«

Sie dampften die Church Road hinunter.

»Ich geh gern ein Stück zu Fuß zurück.«

Gleich hinter dem Rathaus bogen sie rechts ab, dann fuhren sie nach links in das unbewachte, halb leere, vielgeschossige Parkhaus in der Norton Road.

Er steuerte den Wagen die Rampe hinauf und zog einen Parkschein. Sie schraubten sich in endlosen Windungen immer weiter aufwärts, bis sie im obersten Geschoss waren. Er schaltete die Zündung aus, stellte die Stereoanlage ab, und sie saßen in der Stille.

Allein in einer Parkgarage an einem Sonntagnachmittag. Ein Augenblick stiller Beschaulichkeit. Reginald und Bella. Zahnarzt und Patientin. Helfer in der Not und Helferin zum Tod.

15

Wasser rann an einer Mauer herunter. Es hätte eine Betonmauer sein können. Es hätte Löschbeton sein können. Oder Backstein, auf den etwas aufgeschmiert worden war. Sie hat von solchen Dingen keine Ahnung. Sie wollte, es wäre anders.

Sie wünschte, sie hätte dem Wasser zusehen können, wie es die Mauer runterrann und sich auf dem Boden in einer Pfütze sammelte, und hätte mit Sicherheit gewusst, aus was für Material die Mauer gebaut war. Es wäre beruhigend gewesen, das zu wissen. Es hätte ihr ein Gefühl von Sicherheit in einer unsicheren Welt gegeben. Sie liebt Sicherheit. Sicherheit ist ihr wichtig.

Sie starrte zur Betontreppe hinüber. »Hübsche Aussicht«, sagte er.

»Ja, nicht wahr?«

»Mal was anderes«, sagte er.

»Das kann man sagen.«

Ein Grinsen spaltete sein Gesicht. Er protzte mit zwei Reihen prachtvoller Jacketkronen, einem goldenen Siegelring und Jackettknöpfen aus Elfenbein. Er war ein schmuckfunkelnder Strahlemann. Ein Mann mit gepflegten Händen und einem gut gezogenen Ehefrauchen.

»Gefällt Ihnen mein Wagen?«

»Ich bin hingerissen von Ihrem Wagen.«

»Ja, ich auch.«

»Das weiß ich.«

»Finden Sie, er entspricht mir?«

»Ob ich finde, dass er Ihnen entspricht?« Sie überlegte einen Moment. »Ich finde, er entspricht eher mir.«

»Ich habe für diesen Wagen geschuftet.«

»Das glaube ich.«

»Ich habe mir diesen Wagen verdient.«

»Und jetzt gehört er Ihnen.«

Winzige Bläschen bildeten sich an seinen Mundwinkeln, wenn

er sprach. Er sabberte nicht gerade. Es war nicht gerade ekelhaft. Er blubberte nur ein wenig beim Sprechen.

»Ich habe für alles, was ich besitze, hart gearbeitet«, sagte er. »Ich habe verdammt hart dafür gearbeitet, und ich arbeite noch verdammt härter, um es zu behalten.«

Sie äußerte ein Murmeln der Teilnahme. Wenn die Freiberufler zu jammern anfangen, kann man nicht viel sagen. Vielleicht hat er sie deshalb hierher gebracht. Vielleicht soll sie ihm nur zuhören, während er redet. Solche Männer gibt es. Sie fahren mit einem ins oberste Stockwerk eines leeren Parkhauses, damit niemand sie stört, während sie reden.

»Sie können sich nicht vorstellen, wie verdammt hart ich arbeite.« Er umfasste das lederbezogene Steuerrad mit seinen Oralchirurgenhänden.

»Mein ganzes verdammtes Leben lang habe ich geschuftet.«

»Und das können nicht viele von sich sagen«, meinte sie.

»Andern Leuten im Mund rumgestochert. Ihren ekligen Mundgeruch eingeatmet. Ihnen die Spucke abgewischt.«

»Ihnen in die Nasenlöcher gestarrt.«

»Ihnen in die Nasenlöcher gestarrt.«

»Sie müssen sehr stolz sein, Reginald.«

»Stolz? Warum soll ich stolz sein? Bei mir landet der letzte Dreck vom National Health. Der absolut letzte Dreck. Die verstänkern mir das Wartezimmer, streuen Asche auf den Teppich und machen mit ihren verfaulten Zähnen und ihren Zahnfleischentzündungen meine Assistentin an –«

»Patienten brauchen Geduld«, besänftigte sie.

»– und ich lege ihnen die Hand auf, ich segne sie und schicke sie gesund wieder von dannen.«

Bella ist schon oft aufgefallen, dass Demut bei Zahnärzten nicht gefragt ist.

»Es ist Ihr Beruf, Reginald«, erinnerte sie ihn. »Viele sind berufen, wenige sind auserwählt.«

Er explodierte förmlich auf seinem Sitz.

»Aber ich hab's satt, verdammt noch mal! Verstehen Sie denn nicht? Sind Sie total vernagelt?«

Er legte seine Hand um ihren immer noch schmerzenden Kiefer und drehte ihr Gesicht zu sich herum. Mit Daumen und Zeigefinger drückte er ihre Lippen heraus.

»Meine Patienten widern mich an. Drücke ich mich klar genug aus? Ich finde sie widerlich. Ich muss in ihre bakterienverseuchten Münder kriechen. Ich muss in die Löcher in ihren Zähnen tauchen und die Fäulnis herauskratzen.«

»Jemand muss es doch machen«, murmelte sie hinter ihren aufgeworfenen Lippen.

»Aber warum gerade ich?«

»Warum nicht?«

Er stieß ihren Kopf weg. »Weil es ekelhaft ist.«

Er schaltete die Scheinwerfer aus.

»Ich bin ein kultivierter Mensch. Ich habe gewisse Maßstäbe. Ich lege Wert auf Sauberkeit. Ich mag saubere Dinge. Ich mag saubere Menschen. Ich dachte, Sie würden das verstehen.«

»Ich glaube, ich fange an, es zu verstehen.«

»Meine Frau versteht es. Die Leute sollen sich bloß Mühe geben, es zu verstehen. Es gibt nicht genug Verständnis. Ich bin mit Ihnen hierher gefahren, weil ich möchte, dass Sie verstehen.«

Sie setzte in ihrem kleinen roten Buch ein weiteres schwarzes Kreuz hinter seinen Namen. Zwei Kreuze für Reggie. Nur einer noch übrig. Sollte sie es ihm sagen? Sollte sie ihn warnen? Sollte sie ihn wissen lassen, dass es aus sein wird, wenn er nicht vorsichtig ist?

Sie entschied sich dagegen. Sie würde ihn überraschen. Eine Überraschung à la Bella. Sie würde ihm eine Spezialität à la Bella servieren. Sie ist nicht übermäßig beunruhigt. Sie schafft das schon. Sie ist ruhig. Sie ist klar. Sie ist gesammelt. Zwei in vierundzwanzig Stunden. Abserviert. Zwei Nasenpopler hinüber. Zwei Waschlappen ausrangiert. Sie hatte ihnen das Hirn ausgepustet. Sie hatte es eigenhändig getan, darum ist sie nicht sonderlich besorgt.

Sie mag ein Nichts sein, aber mit der Pistole ist sie wer. Sie lächelte selbstzufrieden. Mit der Pistole in der Tasche kann sie gehen, wohin sie will. Mit der Pistole in der Tasche kann er wüten und toben. Mit der Pistole in der Tasche kann sie den richtigen Moment abwarten. Mit der Pistole in der Tasche – das Lächeln auf ihrem Gesicht gefror. Es ist keine Pistole in ihrer Tasche. Die Pistole liegt zu Hause neben dem Bett.

»Sie riechen. Ich kann ihre Ausdünstung nicht ausstehen.«

Seine Stimme wurde rau.

»Sie glauben, sie können es unter Parfum verstecken. Sie überschütten sich mit Parfum und denken, ich merk's nicht. Diese blöden, stinkenden Weiber. Ich merk's immer. Wenn ich mich über sie beuge, rieche ich sie, und manchmal möchte ich am liebsten kotzen, richtig kotzen.«

»Was für eine Ausdünstung?«

»Dieser Weibergeruch, den sie haben. Dieser Geruch, den ihr alle an euch habt. Der an euch klebt, dieser Weibergestank.«

Es ist keine Pistole in ihrer Tasche.

»Ich rieche ihn, wenn ich ihnen in den Zähnen bohre. Den Gestank ihres Ausflusses. Den Menstruationsgestank.«

Die Pistole liegt neben dem Bett.

»Ich bohre ihnen in den Zähnen und denke an den widerlichen Schleim, der aus ihnen raustropft, mit dem sie mir meinen Stuhl beschmutzen, dieser widerliche Weiberschleim.«

Er schwieg. Sie lauschte dem Ticken seiner Uhr.

»Und was ist mit Männergerüchen?«

»Was soll mit denen sein?«, fragte er sie.

»Stören die Sie nicht?«

»Warum sollten sie?«

»Nur so.«

»Ich hoffe, Sie haben jetzt verstanden«, sagte er.

»Ich glaube ja.«

Sie stellte sich vor, sie würde die Tür aufstoßen und zur Treppe laufen. Auf ihren hohen Absätzen durch das leere Obergeschoss eines leeren Parkhauses laufen. Das Klappern ihrer Absätze auf dem Beton hören. Dieses nutzlose, hoffnungslose Klappern hoher Absätze, wenn sie glauben, sie könnten entkommen. Sie haben dieses Geräusch sicher schon gehört, dieses Stakkato, dieses weibliche Geräusch. Wenn es nach Mitternacht im Klick-Klack an Ihrem Fenster vorüberflieht. So nervig, so zerbrechlich, so weiblich.

Fragen Sie sich, was sie ganz allein so spät in der Nacht noch auf der Straße zu suchen hat? Fragen Sie sich, was sie da draußen zu suchen hat, so ganz allein in der Dunkelheit, auf hohen Absätzen heimwärts stöckelnd? Fragen Sie sich dann, wieso sie keinen finden konnte, der sie schnell nach Hause bringt und sie zu Hause schnell bespringt? Dieses Klappern ihrer hohen dünnen Absätze. Es klingt so verloren, dieses Geräusch. Es singt die Verlorenheit der Frau in der Nacht, die nicht das Geld für ein Taxi hat.

Sie hätte aus dem Wagen springen können. Einfach die Tür aufstoßen und aus dem Wagen springen können. Sie hätte über den Beton zur Treppe laufen können. Sie hätte auf klappernden Absätzen vom Wagen weglaufen können. Sie hätte am Aufzug vorbeiflitzen und die Rampe hinunterhetzen können. Aber er wäre ihr nachgelaufen. Hechelnd nachgelaufen. Groß und kräftig. Er hätte ihr die schmetterlingszarten Arme gebrochen, wenn er sie zum Wagen zurückgeschleift hätte.

Darum blieb sie sitzen und wartete. Sie blieb sitzen und wartete, während er babbelte. Sie blieb sitzen und wartete, wie sie das immer getan hatte.

Er zog seine Brieftasche heraus und reichte ihr eine Fotografie. Sie zeigte ein Schulmädchen in rotbrauner Uniform. Es war eine Farbfotografie, mit einem jener Fixfokus-Apparate aufgenommen, die sich nicht genau einstellen lassen. Das Mädchen lächelte verschwommen, die Hand zum Schutz vor der Sonne über den Augen.

»Ihre Tochter?«

»Meine schöne Tochter«, korrigierte er. »Mein kleines Juwel. Meine Prinzessin.«

Hätten Sie die beiden dort sitzen sehen, hätten Sie durch die

Fenster schauen und sie vorn in dem mitternachtsblauen Mercedes sitzen sehen können, Sie hätten nichts dabei gefunden, es sei denn, Sie sind jemand, der überall Unrat wittert. Nichts an der Szene hätte Sie beunruhigt, nichts hätte Sie zu einem zweiten Blick der Besorgnis veranlasst. Sie hätten durch das Fenster geblickt und einen Mann mittleren Alters mit Halbbrille gesehen, der seiner Freundin, Bekannten, Begleiterin ein Foto seiner Tochter reichte.

Vielleicht wäre Ihnen die graue Gefängnisblässe ihres Gesichts aufgefallen, während er aussah wie das blühende Leben. Vielleicht hätten Sie das Öffnen und Schließen seines Fischmauls beobachtet, aber gehört hätten Sie nichts, denn die Fenster waren geschlossen. Vielleicht hätten Sie es ein wenig seltsam gefunden, wie er das Foto hielt, so peinlich genau an den Rändern, als hätte er Angst, ein heiliges Bildnis zu entweihen.

Aber die Szene an sich hatte nichts Merkwürdiges. Nichts so Ungewöhnliches, dass Sie näher hingesehen hätten. Sie war wie das Foto – an der Oberfläche völlig normal. Anständig, sauber, klar an der Oberfläche. Aber man muss unter die Oberfläche tauchen, um herauszufinden, was da ist. Man muss den Stein hochheben, um zu sehen, was darunter liegt. Man muss den Schorf entfernen, um die Wunde zu untersuchen. Dem äußeren Anschein nach hätte man nicht erraten können, dass er vor Begierde und sie vor Angst fast verging.

Ihr Magen flatterte. Sie schmeckte die Galle im Mund und dazu Reste des Füllmaterials, das sie nicht ausgespien hatte. Es war der Geschmack der Furcht, der Geschmack der tödlichen Angst, den sie kannte. Sie hatte ihn zu nahe kommen lassen, und man darf sie nicht zu nahe kommen lassen. Eine Frau wie Bella darf sie nicht zu nahe kommen lassen. Eine Frau wie Bella muss Abstand halten. Eine Frau wie Bella darf nicht zu vertraulich mit ihnen werden.

Sie darf sie nicht so nahe kommen lassen, dass sie herüberlangen und ihr mit flacher Hand ins Gesicht schlagen können. Ihr einen harten und bändigenden Schlag auf den Mund geben können, den Norman schon verletzt hatte; einen so harten Schlag, dass ihr Kopf nach hinten geflogen wäre, wäre da nicht die Kopfstütze gewesen.

Er hatte diesen ängstlich lüsternen Blick, den sie immer haben, wenn sie gerade eine Frau geschlagen haben und wissen, dass sie sie noch einmal schlagen werden. Er hatte den Blick, den sie immer haben, wenn sie sehen, wie es einer Frau den Kopf nach hinten reißt. Es war der Blick des Mannes, der weiß, dass er sie zum Schweigen bringen kann. Dass er sie mundtot machen kann. Dass er sie dazu bringen kann, schon bei seinem Anblick zu wimmern. Welch ein berauschendes Gefühl. Welch ein Leben spendendes, erhebendes, berauschendes Gefühl, ihr auf den Mund zu schlagen, dass es ihr den Kopf nach hinten reißt.

»Sie haben mir nicht zugehört«, sagte er. »Wenn Sie nicht zuhören, lernen Sie nichts.«

Er runzelte die Stirn.

»Es ist ungezogen, nicht zuzuhören.«

Sie führte eine Hand an ihren Mund. Ihre Lippe war wieder aufgeplatzt. Wenn sie ihr weiter so die Lippe aufschlugen, würde sie sie nähen lassen müssen. Sie würde erdulden müssen, dass jemand Faden und Nadel in ihre geplatzte Lippe einführte und die Ränder wieder zusammennähte.

Ihr Mund war eine einzige schmerzende Wunde, aber ihr Hirn war kalt und klar. Es war ein besonderes Hirn. Es kümmerte sich nicht um Dinge, die es nicht interessierten. Langeweile brauchte Bellas Hirn so wenig wie Schmerz. Seine Toleranzgrenze für Langeweile war ungewöhnlich niedrig. Die meiste Zeit arbeitete es träge, wenn überhaupt. Aber im Extremfall, in Krisenzeiten, wenn es hart auf hart ging und schon alles unwiederbringlich verloren schien, pflegte ihr Hirn in ihrem Kopf anzuschwellen und gegen die Schädelwände zu drücken. Es sortierte und speicherte und fing an zu pulsieren.

Und jetzt sprang es zitternd an. Es kam vibrierend in Gang. Es betrachtete sie, wie sie da in ihren Ledersitzen saßen, und es sagte ihr, was Sache war, weil es ein klarsichtiges Hirn war.

Du hast keine Chance, sagte es. Du dummes Ding, du wirst ihm geben müssen, was er will. Ich hätte es dir gleich gesagt, wenn du mich gefragt hättest.

Du bist zu weit hinausgeschwommen, du bist abgestürzt von deinem Hochseil, deine Bremsen haben versagt, es ist aus. Brighton-Bella. Boadicea-Bella. Alles Illusionen.

Jetzt kriegst du's. Ich möchte nicht in deinen Schuhen stecken. Jetzt kriegst du deine wohlverdiente Strafe, ja, die kriegst du jetzt. Lass dich nie in fremden Autos mitnehmen. Lass dich nie, nie in fremden Autos mitnehmen. Das habe ich dir oft genug gesagt. Aber du bist übermütig geworden. Du hast vergessen, dass du ohne deine Waffe nichts bist. Weniger als nichts. Ein Minus. Und du hast deine Waffe vergessen. Du hast sie in deiner Wohnung vergessen, du blöder Furz.

Ich kann dir jetzt nicht helfen. Aus dieser Geschichte kannst du dich nicht rausreden. Schön blöd, ich hab's dir gesagt, aber du wolltest ja nicht hören. Du warst immer ein Dickkopf, und jetzt musst du, eben –

»Ein Penny für Ihre Gedanken.«

»Was?«

»Sie sahen aus, als wären Sie ganz weit weg. Als träumten Sie. Sie sollten sich ein bisschen mehr auf den konzentrieren, der mit Ihnen spricht.«

»Tut mir Leid.«

»Sonst denkt er womöglich, Sie finden ihn langweilig«, sagte er. »Ich langweile Sie doch nicht etwa?«

»Aber nein«, antwortete sie. »Überhaupt nicht.«

»Wenn ich Sie langweile, müssen Sie es mir sagen. Wirklich.«

»Sie langweilen mich nicht«, sagte sie. »Wirklich.«

»Also, meine Tochter«, fuhr er fort. »Wie ich eben sagte.«

Sie ist ganz Ohr. Er hat ihr eins aufs Maul gegeben, und sie ist ganz Ohr. Sie achtet auf jedes Wort. Sie hört genau zu. So verhält man sich, wenn man in einem fremden Auto sitzt und der Fahrer einem eins auf den Mund gegeben hat. Wenn man ganz allein mit ihm ist und er einem die Lippe aufgeschlagen hat und die Pistole zu Hause neben dem Bett liegt, dann verhält man sich so. Man hört auf jedes Wort, das er sagt.

»Meine schöne Tochter, die das lebende Abbild ihrer schönen Mutter ist. Ich bin ein liebender Vater. Ein wahrhaft liebender Vater. Ich liebe sie abgöttisch. Wahrscheinlich mache ich mich zum Narren, wenn ich bedenke, was ich diesem Mädchen alles kaufe. Sie sollten ihr Zimmer sehen. Ja, das sollten Sie mal sehen. Ein rosarotes Jungmädchenreich. Ich würde ihr nie etwas abschlagen. Sie ist ein schönes Mädchen.«

»Ein sehr schönes Mädchen.«

»Ein hinreißendes Mädchen. Ein wirklich hinreißendes Mädchen. Und sehr sauber.«

»Sie können sich glücklich preisen.«

»Das weiß ich.«

»Sie muss Ihnen eine große Freude sein.«

»Das ist sie, das ist sie. Eine sehr große Freude. Für ihren Daddy würde sie alles tun.«

»Ja, das glaube ich.«

»Aber sie macht mir auch Sorgen. Sie ist in einem Alter, wo man sich Sorgen machen muss. Nächstes Frühjahr wird sie vierzehn.«

Sein Rasierwasser erinnerte sie an Surfbretter, die über Schaumkronen gleiten.

»Sie ist in der Pubertät«, sagte er, als handle es sich um eine Krankheit. »Sie reift heran. Sie reift sogar sehr schnell heran. Sie entwickelt sich. Zu einer richtigen kleinen Frau.«

Er riss Bella das Foto aus der Hand und schob es wieder in seine Brieftasche.

»Bald werden ihr die Kerle nachlaufen. Ihr nachglotzen. Nachschnüffeln. Es ist krank.«

»Was ist krank?«

»Was Männer mit Frauen machen. Was mit Frauen gemacht wird. Ich hab davon gelesen. Wie sie die Frauen vergewaltigen. Da kommt mir die Galle hoch. Ich kann so was nicht verstehen. Was diese Kerle tun, das übersteigt mein Begriffsvermögen.«

Er legte ihr leicht die Hand auf den Arm.

»Sie sind so wehrlos. Ihr seid alle so wehrlos. Ich halt das nicht aus. Ich möchte euch alle beschützen. Mir ist rätselhaft, wie ihr diese Wehrlosigkeit ertragen könnt.«

»Wir bemühen uns.«

»Es muss gefährlich sein, eine Frau zu sein«, sagte er.

»Es hat gewisse Nachteile.«

»Es kann nicht angenehm sein, eine nette Frau zu sein.«

»Es geht so.«

»Sie meine ich nicht«, sagte er. »Sie halte ich nicht für eine nette Frau.«

Die Pistole liegt neben dem Bett. Die Pistole liegt auf dem Stuhl neben dem Bett.

»Ich mag nette Frauen.«

Die Knöchel der Hand am Steuerrad traten weiß hervor.

»Was mir an Frauen stinkt«, sagte er, »ist, dass man nie weiß, was sie denken, dass man nie weiß, was sie wirklich wollen. Verstehen Sie, was ich meine?«

»Eigentlich nicht.«

»Ich meine, sie takeln sich auf, sie donnern sich auf wie die Nutten, sie stellen sich zur Schau, bieten sich an, dass man meint, sie wollen nichts anderes als mal so richtig schön bumsen, und dann braucht man sie nur anzuschauen, und sie fangen an zu greinen und zu winseln. Ich hasse dieses Winseln, dieses lang gezogene Weiberwinseln.«

»Ich gehe jetzt lieber nach Hause.«

»Ich meine, sie strecken dir doch praktisch die stinkende Möse ins Gesicht. Was erwarten sie denn? Was erwarten sie eigentlich von einem Mann?«

Sie starrte auf den feuchten Fleck im Beton.

»Sagen Sie mir das mal«, sagte er.

»Reggie«, sagte sie. »Hören Sie.«

»Eins versteh ich nicht«, sagte er. »Eins versteh ich wirklich nicht. Warum sind Sie in meinen Wagen gestiegen? Was für ’ne Sorte Frau steigt zu einem fremden Mann in den Wagen?«

»Meine Sorte.«

»Meine Tochter würde nie zu einem fremden Mann in den Wagen steigen. Ich hab sie aufgeklärt über die Männer. Ich hab ihr alles über die Männer beigebracht. Sie weiß Bescheid. Sie weiß, dass sie zu keinem Mann in den Wagen steigen darf. Ich hab ihr alles erklärt.«

»Das war sehr väterlich von Ihnen.«

»Sie ist erst dreizehn, aber sie weiß, was ihr blüht, wenn sie in ein fremdes Auto steigt. Und wenn sie es weiß, dann müssen Sie es auch wissen. Und wenn Sie es wissen und trotzdem zu mir in den Wagen gestiegen sind, dann wollen Sie's nicht anders. Und da Sie's nicht anders wollen, sollen Sie's auch kriegen.«

»Sie haben mir angeboten, mich mitzunehmen«, sagte sie. »Bis Brunswick. Ein Rutsch von fünf Minuten.«

»Einen Rutsch von fünf Minuten hab ich angeboten, und einen Rutsch von fünf Minuten bekommen Sie.«

Er griff an ihr vorbei und klappte das Handschuhfach auf. Innen ging das Licht an, und sie sah zwei Rollen Klebeband, eine Schere und etwas grünes Kabel.

»Es ist nicht recht«, sagte er, während er das Kabel herausnahm und zwischen seinen Fingern hindurchlaufen ließ. »Es ist nicht recht, wozu ihr uns zwingt.«

»Sie brauchen es nicht zu tun, wenn Sie nicht wollen.«

»Aber ich will ja«, sagte er. »Ich will ganz ungeheuer. Ich will unbedingt.«

Er packte ihre beiden schmalen Handgelenke mit seiner Linken und wickelte mit seiner Rechten das Kabel um sie herum.

»Ich werde meine Tochter lehren, vorsichtig zu sein«, sagte er. »Warum soll sie wegen Säuen, wie du eine bist, leiden?«

»Es wird Ihnen Leid tun, Reggie. Es wird Ihnen hinterher Leid tun.«

Ein Lächeln mit blitzenden Jacketkronen.

»Nicht so sehr wie dir.«

Er zog sie nach vorn und band ihre Handgelenke oben am Steuerrad fest.

»Sie sollten Ihre Zähne mit Zahnseide reinigen. Abends und morgens. Mit der Bürste und mit Zahnseide. Schön rubbeln. Die Flecken wegrubbeln. Mit den Hühnern zu Bett und mit den Hühnern aufstehen. Viel rohe Karotten essen, sage ich immer.«

Er zog ein leuchtend weißes Leinentaschentuch aus seiner Brusttasche und spreizte die Schenkel, um es auf das Sitzpolster zu legen.

»Sauberkeit ist die Tugend der Götter«, murmelte er.

Er legte seine linke Hand an ihr Genick und hielt sie fest. Hätte sie da hinten schlaffe Haut gehabt, so hätte er sie da gepackt.

»Hoffentlich hast du Appetit«, sagte er und öffnete den Reißverschluss seiner Hose. »Jetzt gibt's nämlich Happhapp.«

Und er drückte ihren Kopf hinunter zu seinem dicken, kurzen Schwanz.

»Weit aufmachen«, gurrte er.

16

In dem flüchtigen Moment, da sie über ihn geneigt ist, in dem ihr Leben blitzartig an ihr vorüberzieht, sieht Bella das kupferfarbene Haar und riecht den Geruch nach ungewaschenem Penis und denkt, dass dies wieder etwas ist, was ihre Mutter vergessen hat zu erwähnen.

Dann stößt er in sie hinein, und ihr dreht sich der Magen um, während er mit beiden Händen ihren Kopf umfasst hält und sie hinunterdrückt, ihr mit Stößen aus dem Becken den Mund voll macht, zustopft, sie erstickt. Wenn nur ihre Zähne spitzer wären, sie würde ihre Kiefer zuklappen, wie es die Russin bei dem deutschen Soldaten gemacht hat.

Viel Zeit und viel Gerubbel waren notwendig, ehe er es schaffte, sich zu entleeren.

Er stöhnte, entspannte sich, zog sie bei den Haaren von sich weg.

»Hast du runtergeschluckt?«

Gleich würde sie sich übergeben. Sie wusste, sie würde sich übergeben. Er sah es ihr am Gesicht an und band sie rasch los, stieß die Tür auf und sprang hinaus.

»Muss mal pinkeln«, sagte er. »Gut ausspülen.«

Sie hörte ihn zur Ecke hinübergehen. Sie beugte sich aus dem Wagen und spie auf den Beton. Sie spie seinen Geschmack aus, seinen Gestank und seinen Schleim. Sie spie und spie, bis nichts Festes mehr kam, nur farblose dünne Magensäure. Das Gesicht brannte ihr vor Scham. Sie hob den Kopf und sah ihm zu, wie er an die Aufzugwand urinierte. Er summte leise vor sich hin.

Ist dies das Ende Bellas, der Beherzten, der Drachentöterin? Hat sie keine andere Wahl, als sich, der Stimme beraubt und den Mund klebrig vom Ausfluss eines Perversen, wieder in ihrer Höhle zu verkriechen? Muss sie zurückkriechen in ihren Bau, um dort ihre Wunden zu lecken, ehe sie sich selbst in einen Müllsack stopft?

War's das?

Sie blickte zu den Schlüsseln am Zündschloss.

Vielleicht nicht.

Den Kopf unter das Armaturenbrett gesenkt, schob sie sich auf den Fahrersitz hinüber. Er stand mit dem breiten Rücken zu ihr, als hätte sie nicht schon alles gesehen, was es zu sehen gab, und pisste, als wäre seine Blase ein Fass ohne Boden. Er hatte eine volle Blase mit sich rumgeschleppt. Kein Wunder, dass er reizbar gewesen war. Sie meinte, ihr Kopf müsste zerspringen.

Schwein. Dreckiges Schwein.

Ihre Finger berührten den Zündschlüssel. Sie setzte sich auf. Ein tiefes Luftholen, und sie drehte den Schlüssel. Der Motor sprang an, und er drehte sich halb herum, den schlaffen Penis in der Hand.

Scheißkerl. Gemeiner Hund. In der Hölle verrotten sollst du.

Alles kommt zu ihr, die warten kann. Was hatte Nimrod gesagt: »Übe dich in Geduld, und die Leiche deines Feindes wird an deiner Tür vorübergetragen werden.« Nimrod wusste so manches. Aber sie hatte keine Geduld. Sie konnte nicht warten, bis sie Reggie vorübertrugen. Sie konnte ihn nicht fröhlich pissend dastehen lassen. Sie konnte ihn nicht auf den Beinen lassen nach dem, was er getan hatte.

Sie schaltete auf »Drive« und trat aufs Gaspedal. Der Mercedes zog an. Zweihundert Pferdestärken in sechs Zylindern zogen an, und er rannte schon zur Seite, als sie ihm das linke Bein an die Aufzugstür quetschte.

Sie hätten ihn heulen hören sollen. Ein hemmungsloses Geheul aus voller Lunge. Ein Geheul des Schmerzes, der Wut und der Raserei, bei dem einem das Blut in den Adern geronnen wäre, hätte man nicht hinter dem Steuer eines Zwei-Tonnen-Fahrzeugs gesessen.

Beim Aufprall der Stoßstange auf die Lifttür wurde sie nach vorn, auf die Steuersäule geschleudert und stöhnte vor Schmerz. Sie legte den Rückwärtsgang ein, raste mit heulendem Motor zurück und trat dann mit Wucht auf die Bremse. Sie schaltete die

Scheinwerfer ein, das Fernlicht. Er kroch heulend, schluchzend, hustend im Kreis.

»Ich bring dich um, du Luder. Du beschissenes, irres Luder!«

Große Worte. Sie lachte über seine großen Worte.

Er zog sich auf die Füße. Ein Krampf schüttelte ihn, er taumelte und wäre beinahe gestürzt, dann stand er wieder und ging auf sie los. Ja, er wollte auf sie losgehen. Hier war ein Mann, der die Realität noch nicht einmal wahrnahm, wenn sie ihm das linke Bein an einer Aufzugstür zerquetschte.

Sie fuhr fünf Meter zurück und bremste ab. Er blieb stehen und starrte sie an. Im Strahl der Scheinwerfer sah er aus wie ein Karnickel. Sie nahm den Fuß von der Bremse und trat aufs Gas. Sie trat das Gaspedal durch und bretterte, raste, donnerte mächtig vorwärts.

Diesmal war es ein Frontalzusammenstoß. Ein Frontalzusammenstoß zwischen Reggie und seinem Auto. Das Auto, für das er so verdammt hart geschuftet hatte, raste voll in ihn hinein. Die Wucht des Aufpralls katapultierte ihn auf die Kühlerhaube, er schlitterte über das Verdeck und rutschte hinten hinunter.

Und so fühlt es sich an, wenn man einen Reggie tötet: Man stößt zurück, und der Wagen fährt über etwas Weiches, wie über einen Gummibuckel auf der Straße, aber man fühlt es kaum, weil die Federung so hervorragend ist. Und dann fährt man wieder vorwärts. Und wieder zurück. Und wieder vorwärts. Und jedes Mal fühlt sich der Buckel ein wenig anders an. Ein wenig flacher. Ein wenig weicher.

Das wiederholt man mehrmals. Erbarmungslos. Und wünscht, man könnte sehen, was man tut. Man würde wirklich gern sehen, was man tut. Also stößt man ein bisschen weiter zurück und schaltet auf Abblendlicht. Ja, da liegt Reggie. Ein Häufchen Reggie mit verdrehten Beinen und einem dünnen roten Blutfaden am Mundwinkel.

Sie hatte einen scheußlichen Geschmack im Mund. Das dreckige Vieh hatte sie beschmutzt, und sie hatte den Fleck weggeputzt. Die Regeln waren ihm ja bekannt. Er hatte sich unprofessionell verhalten, darum hatte sie ihn von der Liste gestrichen.

Sie starrte an, was von ihm übrig war. Sie würde ihn dort zurücklassen müssen. Er war zu schwer, sie konnte ihn nicht heben. Wenn sie ihn hätte heben können, hätte sie ihn im Kofferraum verstaut. Sie hätte ihn in diesen sportlichen kleinen Kofferraum gehievt, ehe die Leichenstarre den Haufen Matsch, den sie aus ihm gemacht hatte, steif werden ließ. Aber leider war das nicht machbar. Er war zu stark für sie, selbst jetzt noch. Sie musterte ihre Haare im Rückspiegel. Mitgenommen sah sie aus. Anders konnte man nicht sagen. Sie fragte sich, wie manche Frauen es fertig brachten, immer gepflegt auszusehen.

Sie fuhr aus dem Parkhaus hinaus. Man würde ihn erst am folgenden Tag finden. Sonntags kam niemand hierher. Anständige Leute fuhren am Sonntag nicht in eine Parkgarage. Nur Widerlinge und Perverse. Drecksäcke. Und sie würden davon lesen. Sie würden in ihrem Regionalanzeiger davon lesen. Sie würden am Radio davon hören. Sie würden eine Rekonstruktion in der Glotze vorgeführt bekommen.

Und wenn sie die Wendung »Spuren vorangegangenen Geschlechtsverkehrs« hörten, würden sie wissen, dass der Spielraum enger wurde, dass ihre Freiheiten zu schrumpfen begannen, dass die Würmer dabei waren, aus dem Dreck aufzustehen.

Sie fuhr auf die Straße hinaus. Die Uhr im Auto zeigte ihr, dass es zehn nach sechs war. Auf der Straße war es dunkel. *Tout* Hove schien sich für die Nacht in die Häuser verzogen zu haben. Sie fuhr nach Brunswick zurück und umrundete ihren Häuserblock. Als sie an Timothys Haus vorbeikam, hielt sie Ausschau nach irgendwelchen Anzeichen, aber es war nirgends etwas zu sehen. Kein weißes Band war über den Bürgersteig gespannt. Kein Notarztwagen, kein Streifenwagen. Kein stiernackiger Bulle schob draußen Wache. Alles in Butter.

Zurück zu ihrer eigenen Wohnung. Zu ihrer eigenen Wohnung, die sie in Kürze verlassen und wohl kaum vermissen würde. Ort der Verdammnis und des Heils. Ihr Nest, ihr gemietetes Rattenloch, ihre kleine Trickkiste.

Sie war müde. Sie wollte schlafen. Sie wollte sich niederlegen und vergessen und sich vom Schlaf wegtragen lassen. Aber sie wusste, dass das nicht ging. Noch nicht. Sie musste jetzt schnell machen. Bisher hatte sie Glück gehabt. Aber kein Mensch hat so lange Glück. Man darf das Glück nicht zu sehr herausfordern. Man muss irgendwo die Grenze ziehen. Man muss irgendwann Schluss machen. Man kann nicht ewig weitermachen. Nicht einmal eine Bella kann ewig weitermachen.

Sie packte einen Koffer mit Toilettensachen und Schuhen, presste die Kleider obenauf. Sie zählte das Geld, das sie noch hatte. Weniger als zweihundert. Nicht viel. Nicht viel, um ein neues Leben anzufangen. Sie hätte Reginald ausrauben sollen. Sie hätte die Brieftasche dieses defekten Dentisten mitnehmen sollen. Aber der Gedanke war ihr in der Aufregung gar nicht gekommen. Man kann nicht an alles denken. Sie machte sich eine Kanne Tee, knabberte einen Keks und überdachte die Zukunft.

London musste es sein. London war der richtige Ort für sie. In London konnte man sich verlieren. Man verliert sich, und dann findet man sich. Brighton war zu provinziell. Zu kleinstädtisch. Zu sehr schäbiges kleines Seebad, wo nie etwas passiert. Sie würde nach London gehen, sich eine Wohnung suchen, sich eine Arbeit suchen, sich einen Mann suchen. Einen sanften Mann, der ihr keinen Schmerz zufügt.

Morgen würde sie fahren. Man soll solche Dinge nicht überstürzen. Morgen würde sie nach London fahren. Sie ging ins Schlafzimmer und nahm die Pistole. Sie hatte sie vierhundert Pfund gekostet. Sie hatte sechs Patronen dazu. Fast siebzig Pfund pro Patrone. Heute Abend würde sie die Pistole gebrauchen. Gebrauchen und wegwerfen. Sie würde sechsmal abdrücken. Sie würde sie sechsmal abfeuern. Sechsmal den Rückstoß spüren.

Sie steckte sie in die Handtasche, schob den Riemen der Tasche über die Schulter und hob den kleinen Koffer auf. Sie schaltete Gas und Strom aus, deckte das Bett zu und prüfte alle Schlösser. Als alles erledigt war, trat sie in den Treppenflur und zog die Tür hinter sich zu.

Die Treppe hinauf auf die Straße. Ihr Auto blitzte. Ein blitzendes Auto. Stand eindeutig besser ihr als ihm, dieses Auto. Sie legte den Koffer und die Handtasche auf den Beifahrersitz, ging um den Wagen herum und stieg ein. Sie hatte nichts weggeworfen. Sie hatte nichts verschwinden lassen, was sie identifizieren würde. Sie wollte es ihnen leicht machen, wenn sie kamen.

Sie nahm den Fuß von der Bremse, und der mitternachtsblaue Mercedes setzte sich in Bewegung.

Sie würden morgen kommen oder übermorgen. Sie würden kommen und alles sehen und wissen, wer sie war. Sollten sie es ruhig wissen. Sie wollte es so. Sie sollten ihren Namen wissen.

17

Um halb elf am selben Abend, während sie in einem ziemlich französischen Restaurant in ein ziemlich dickes Steak schnitt, gingen drei Männer durch Cheapside.

Auf der anderen Seite der Stadt, in der Nähe des Bahnhofs, wo man sich lieber nicht aufhielt, wenn es nicht nötig war, gingen drei junge Männer durch Cheapside. Sie strebten bald zueinander, bald auseinander, während sie dahingingen; lachend, scherzend, einander nur selten berührend.

Einer war klein. Einer war schweigsam. Und einer war bitter.

Sie trugen Kleider wie die Herren und führten eine Sprache wie Knechte. Sie verabscheuten, was sie nicht verstanden. Sie schätzten die gleichen Dinge, und sie schätzten dieselben Frauen und schätzten einander nach Männerart. Ihre Jacketts waren von Armani. Es waren echte Armani-Jacketts, keine von der Stange. Ab und zu machten sie sich abends gern mal die Jacketts dreckig. Es erinnerte sie daran, wie reich sie waren. Ab und zu ließen sie sich ihre Jacketts gern mal bei einer nächtlichen Schlägerei zerreißen, um sie dann wegzuwerfen und sich neue zu kaufen.

Sie waren nicht unbedingt auf Rabatz aus, aber sie freuten sich, wenn sich etwas ergab. Es war ungeheuer entspannend, nach den Geschäften in London, durch die sie ihr und anderer Leute Glück gemacht hatten, wieder nach Brighton zu kommen und ein paar Kleinstadttrottel auf dem Pier hochzunehmen. In Brighton schwammen sie mit den dicken Fischen. Sie tranken mit Antiquitätenhändlern und gingen mit Immobilienhaien zum Rennen. In Brighton konnten sie ihr Geld richtig genießen. Sie brauchten sich nur die Nieten anzusehen, die keines hatten. In der Woche kutschierten sie abends gern in ihren Autos herum. Sie kutschierten in ihren Autos herum, bremsten irgendwo bei einer Bushaltestelle und spuckten irgendeinem einheimischen Jungen ins Gesicht. Sie fanden das lustig, man hätte es auch deplatziert nennen können.

Spucken war einer ihrer liebsten Zeitvertreibe. Wenn sie nicht gerade Optionen kauften oder Termingeschäfte machten, spuckten sie. Sie veranstalteten Spuckwettkämpfe in der Untergrundbahn, in voll besetzten Zügen, wo die Leute nicht ausweichen konnten. Sie rotzten den Schleim herauf und spien ihn an die Haltegriffe, die von der Decke herabhingen und in den Kurven schwankten.

Da musste man einfach lachen.

Der Schwarze, der in der Victoria Station ihre Fahrscheine einsammelte, nannte sie Bierdimpfel. Der Bittere schlug ihn nieder. Wir sind keine Bierdimpfel, sagte er, während sie zusahen, wie der Schwarze in seinem Häuschen zusammensackte. Wir sind Champagner-Champions.

Sie waren topfit. Verwunderlich, bei ihrer Arbeit. Sie trainierten in den Fitness-Centern der City. Vielleicht war das das Geheimnis. Aber sie wohnten nicht dort. Das Hafenviertel lockte sie nicht. Sie hatten sich Regency-Häuser in Brightons vornehmeren Straßen zugelegt. In Brighton konnten sie angenehm leben. Sie führten ein angenehmes Leben in Brighton. Sie hatten Stil, sie hatten Geld, sie waren arriviert.

Manche Leute haben so viel, dass sie von Glanz umflossen scheinen. Der Glanz des Glücks umfließt sie, und man möchte ihnen voll Dankbarkeit den Saum küssen, wenn ihr Schatten einem über das Gesicht fliegt. Ihnen ist eine Art sonnengebleichter Schönheit eigen, die sie einen sehen, aber nicht berühren lassen. Es muss ihnen manchmal Angst machen, so jung zu sein und so viel zu haben.

So waren diese drei, die da in ihren Designer-Jacketts durch Cheapside schlenderten. Sie hatten alles, und sie wussten, dass sie alles hatten, und es schien ihnen nur recht und billig, alles zu haben.

Warum sie ausgerechnet diese eine dunkle Gasse entlanggingen, werden wir nie erfahren. Sie war am anderen Ende gesperrt, es führte nur ein Weg in sie hinein und nur ein Weg aus ihr heraus. Es war eine Sackgasse.

Niemand sollte sich in eine Sackgasse begeben, wenn er es irgendwie vermeiden kann. Selbst wenn man zu dritt ist, wenn die eigenen Stimmen durch die Nacht hallen, sollte man sich nicht in eine Sackgasse begeben. Man sollte nicht von einer Hauptstraße in eine Seitenstraße und dann von der Seitenstraße in ein schwarzes Loch hineingehen, das nirgendwohin führt.

Es ist nicht verboten, aber es ist nicht ratsam.

Bella hätte es nicht getan. Die alte Bella, abgestreifte Haut der neuen Bella, hätte es nicht getan. Niemals hätte sie sich zu so unbekümmerter Verwegenheit hinreißen lassen.

Aber man kann von jungen Männern mit solchen Stimmen nicht erwarten, dass sie wie eine Bella empfinden. Man kann nicht erwarten, dass sie auf Nummer sicher gehen wie eine Bella. Man kann nicht erwarten, dass sie zaudern, wo jedes Haus, jedes Fleckchen Gras, jede trübe erleuchtete Straße, jeder Bahnhof, jede Untergrundbahn, jede Sackgasse ihnen gehört und sie jederzeit eintreten können, wenn sie wollen. Man kann nicht erwarten, dass es ihnen wie Bella geht, die sich in ihrem eigenen Zuhause wie eine Unbefugte vorkam.

Sie gingen in die Sackgasse, die drei, und ihre Stimmen eilten ihnen voraus. Ihre Stimmen schlugen schallend an die fensterlosen Mauern, die blind in die Sackgasse blickten. Der Klang ihrer Schritte, während sie tiefer eindrangen, war so selbstsicher. Lachend, wiehernd, pfeifend gingen sie tiefer in die schmale dunkle Gasse hinein.

Das Licht der Straßenlaterne wurde immer schwächer und berührte kaum noch das Häufchen schäbiger Klamotten aus der Kleidersammlung, das zitternd und zähneklappernd am hinteren Ende der Gasse hockte.

Sie hätte sechzig, fünfzig oder siebzig sein können. Es ist schwer zu sagen, wenn sie einmal so weit gekommen sind. Sie hatte drei Röcke und zwei Mäntel an, Wollhandschuhe, an denen die Finger abgeschnitten waren, und ab und zu kratzte sie sich am Kopf. Sie hockte allein am Ende der Gasse. Sie streckte einen knochigen Finger aus und zählte: »Eins, zwei, drei«, lispelte sie mit eingefallenem Mund.

Sie stellten sich im Halbkreis um sie. Ihre Gesichter, hinter denen das trübe, orangefarbene Licht von der Straße stand, waren schwarz. Eisiger Dunst bildete blasse Ringe um ihre Köpfe. Sie fand, sie sahen aus wie Engel.

Der Kleine sprach zuerst.

»Was haben wir denn da?«

Der Schweigsame sagte nichts.

Der Kleine sah den Bitteren an.

»Ist es was Menschliches?«

»Ein dürres Gerippe«, sagte der Bittere. »Eine dürre alte Schachtel.«

Der Kleine schüttelte traurig den Kopf.

Der Schweigsame grinste die Backsteinmauer hinter ihr an.

Sie hockte zitternd auf dem Boden. Sie schienen zu wachsen. Je länger sie sie ansah, desto größer wurden sie. Sie wuchsen, während sie zum Ende der Gasse blickten. Sie hätte nicht streunen sollen. Immer streunte sie. Sie brauchte einen Schnaps. Sie hatte den ganzen Abend nur Apfelwein getrunken, und sie brauchte einen Schnaps. Sie wusste, sie hätte nicht streunen sollen.

»Wie heißt du?«

Ihr Blick glitt zu dem Kleinen hinüber. Für so einen kleinen Mann hatte er eine sehr tiefe Stimme. Er sprach sehr langsam und sehr deutlich. Die Kleinen waren immer die Schlimmsten.

»Mary«, sagte sie.

»Mary wie?«

»Liverpool-Mary.«

Zu beiden Seiten neben sich hatte sie zwei Tragtüten. Ein Leinenbeutel lag auf ihrem Schoß, und sie umschlang ihn mit den Armen.

»Das ist jammerschade, Mary«, sagte der Kleine und berührte eine der Plastiktüten mit der Stiefelspitze. »Wir mögen hier unten nämlich keine Penner.«

»Die machen nur Dreck, Mary.«
»Und stehlen.«
»Das sind Schmarotzer.«
»Sie spucken auf unsere Bürgersteige.«
»Scheißen in unsere Gärten.«
»Wir mögen sie nicht, Mary.«
»Wir hassen sie, Mary.«
Der Bittere beugte sich hinunter und riss ihr den Leinenbeutel weg.
»Es ist verboten, Abfälle auf die Straße zu werfen.«
Er zog den Reißverschluss auf und sah hinein.
»Es verstößt gegen das Gesetz.«
Er drehte den Beutel um und leerte den Inhalt aus.
»Willkommen in Brighton.«
Der Kleine lachte. Mary war froh, dass sie jemanden zum Lachen gebracht hatte. Sie lächelte zahnlos in die Dunkelheit.
»Ich glaub, sie ist nicht ganz dicht«, sagte der Bittere.
»Unterbelichtet«, stimmte der Kleine zu.
»Ich hab's mal mit einer Mongoloiden getrieben.«
»Hat's ihr Spaß gemacht?«
»Das hat sie nicht gesagt.«
Der Kleine zündete sich mit einem goldenen Feuerzeug ein Zigarillo an. Er hielt die Flamme nahe an ihr Gesicht. Ihre Augen waren trüb. Sie hatte trübe, stumpfe, milchige Augen. Im Haar trug sie ein grünes Band.
»Willst du sie haben?«
»Nicht mal mein Hund würde die haben wollen.«
Der Bittere musterte sie bitter. Sie war eine hässliche Frau, und er verabscheute hässliche Frauen.
»Sie riecht«, sagte er.
Der Kleine nickte.
»Sie müffelt.«
Der Schweigsame machte den Mund auf.
»Sie stinkt wie die Pest.«

Der Bittere legte ihr die Sohle seines Schuhs an die Wange und drückte ihr Gesicht gegen die feuchte Backsteinmauer. Sie lachten, als er es tat. Man musste einfach lachen, es sah so komisch aus. Wie ihre Wangen sich zwischen seinem Schuh und der Mauer blähten.

»Gesicht wie ein Schwein«, sagte der Kleine.

Man musste einfach lachen. Selbst der Bittere musste lachen. Er zog seinen Fuß von ihrem Gesicht weg und trat den Schuh auf dem Boden ab, als wäre er in etwas Ekliges hineingetreten. Er wusste noch nicht, was er mit ihr anstellen würde, aber dass er etwas mit ihr anstellen würde, das wusste er schon.

»Ich finde«, sagte er, »wir sollten sie mal auf Trab bringen.«

Er bückte sich und packte sie bei ihren Altfrauenhaaren. Er war ja ein so kräftiger junger Mann. Er zog wirklich nicht fest. Es zeigte nur, wie verrottet sie war, was für eine lebende, verwesende Leiche er da zu seinen Füßen hatte, dass sich gleich eine Hand voll Haare aus der wächsernen Kopfhaut löste. Der Schweigsame, der einen empfindlichen Magen hatte, sah schweigend weg.

Sie sah mit milchigen Augen zu dem Bitteren auf. Ein kleiner Laut kam aus ihrem Mund.

»Hast du was gesagt?«, fragte er. »Ich glaub, du hast was gesagt.«

Er sah den Kleinen an, dann wieder die Frau.

»Ich glaub, sie hat mich beschimpft.«

Sie blutete am Kopf, aber in der Dunkelheit war das nicht deutlich zu sehen.

»Hat sie mich beschimpft?«, fragte der Bittere den Schweigsamen.

Der Schweigsame antwortete nicht.

»Hat sie«, sagte der Kleine.

Der Bittere schüttelte den Kopf. »Eine böse Zunge.«

Der Kleine nickte. »Keine Dame.«

»Eine Frau, die keine Dame ist«, sagte der Bittere, »ist eine Schande für ihr Geschlecht.«

Der Kleine paffte Zigarrenqualm in die Nachtluft. »Eine Frau, die keine Dame ist«, sagte er, »braucht Nachhilfe in guten Manieren.«

Der Bittere beugte sich hinunter und flüsterte ihr ins Ohr.

»Wir geben dir ein bisschen Nachhilfe«, sagte er. »Zurück in die Schule, marsch.«

Es gefiel ihm, wie sie vor ihm zurückzuckte. Es gefiel ihm, wie ihre Finger ins Leere griffen und der eingefallene Mund in ihrem Gesicht zitterte. Es gefiel ihm, wie sie sich duckte, aber er hasste sie dafür, dass sie sich duckte.

»Sie braucht eine Lektion.«

»Wenn sie keine Lektion bekommt, lernt sie nichts.«

»Sie braucht einen kleinen Schock.«

»Oder einen großen Schwanz.«

»Bist du scharf auf mich, Oma?«

Sie schüttelte den Kopf.

»Ich glaub, die hat schon einen.«

»Einen von den Pennern am Norfolk Square.«

»Stimmt das, Oma? Treibst du's mit einem Wermutbruder?«

Speichel lief ihr aus dem schlaffen Mund.

»Ich finde, wir sollten uns mal Omas Muschi ansehen.« Sie sahen einander an.

»Die Spinnweben zerreißen.«

»Den Staub von Jahrhunderten wegfegen.«

»Mal Inspektion halten.«

»Feststellen, was was ist.«

»Bitte –«

»Hat sie schon wieder geschimpft?«

»Ja.«

»Sie wird Schwierigkeiten machen.«

»Sie wird Scherereien machen.«

»Bitte nicht …«

»Nicht was?«, fragte der Bittere. »Wir können tun, was uns Spaß macht. Wir sind die Polizei.« Er sah seine Freunde lächelnd an. »Wir sind das Gesetz.«

Er versetzte ihr einen Faustschlag an den Kopf.

»Und das war der starke Arm des Gesetzes.«

Ihr Schrei erfüllte die Gasse. Er schwoll an, und er schwoll ab. Er senkte und hob sich wie ein Rohr im Wind. »Maaamiiiiii!« Ein unheimlicher Laut, wie von einem Tier. Sie schauderten, als sie ihn hörten.

Der Schweigsame kicherte.

Der Kleine schnippte Asche vom Ende seiner Zigarre.

Der Bittere zog sie an den Ellbogen hoch. Er drückte ihr die Hand auf den offenen Mund.

»Sie schreit nach ihrer *mater.*«

Sie war nur Haut und Knochen. Haut und Knochen und Gestank. Ihm war schleierhaft, wie Menschen so herunterkommen konnten. Sie hatten es nicht anders verdient, wenn sie so herunterkamen. Er zog die Hände weg und ließ sie fallen.

Der Schweigsame blickte auf seine Schuhe hinunter, als sie wie ein leerer Sack zusammenfiel. Der Kleine bückte sich und setzte sie wieder auf.

»Wir wollen dich nur untersuchen«, sagte er. »Nur mal sehen, was du für'n Ranzen hast.«

Der Bittere nickte.

»Nur mal sehen, ob du keine Wanzen hast.«

»Es ist zu deinem Besten«, sagte der Kleine. Er legte ihr den Arm um die Schultern. »Du wirst uns eines Tages dafür danken.«

»Es wird dir gefallen, Mary«, fügte der Bittere hinzu. Er schob die Hände in seine Taschen und grinste seine Freunde an. »Ganz bestimmt.«

Sie hatte mehrere Schichten von Kleidern auf dem Leib. Eine vielschichtige Bekleidung. Sie trug den Schicht-Look schon seit Jahren. Sie schälten sie aus allen ihren Schichten, bis sie in der Unterwäsche dastand. Der Bittere musterte sie, während sie schlotternd in der Gasse stand. Sie hatte keine Form. Sie war formlos. Ein formloses Gerippe. Ein o-beiniges, arthritisches, formloses Gerippe.

»Das Unterhemd«, sagte er.

Der Schweigsame brummelte etwas.

Der Bittere wandte sich dem Schweigsamen zu.

»Wenn du willst, dass wir aufhören, hören wir auf.«

Der Schweigsame zuckte die Achseln.

»Sollen wir aufhören?«

Der Schweigsame sah den Bitteren an. Der Kleine lächelte den Schweigsamen an.

»Wir hören auf, wenn du willst. Sollen wir aufhören?«

Der Schweigsame starrte die Alte an.

»Nicht aufhören«, sagte er.

Der Kleine zog ihr das Unterhemd über den Kopf. Sie begann zu weinen. Sie starrten die Brüste an, die ihr bis zur Taille herabhingen. Die ausgetrockneten, baumelnden Altfrauenbrüste. Sie mussten lachen. Sie konnten nicht anders. Sie mussten einfach lachen. Sie stand in ihrer Unterhose vor ihnen, mit ihrer blutenden Kopfhaut und weinte, während sie lachten.

»Fass sie an«, sagte der Bittere.

»Fass du sie doch an.«

Er streckte eine Hand aus und berührte die kreppartige Haut ihres Magens. Sie kräuselte sich unter seinen Fingern. Papierdünne Haut, die ihn anekelte. Er schnippte eine Brust mit dem Daumen in die Höhe. Die Alte roch nach Urin.

»Sie hat Warzen«, sagte er.

Ihm dröhnte der Kopf. Er konnte ihren Anblick nicht ertragen. Ihr Geruch war noch schlimmer als ihr Anblick. Und wie sie sich anfühlte, das war noch schlimmer als der Geruch. Sie machte ihn wild. Dieses abgetakelte, winselnde alte Weib, es machte ihn wild. Sie hätte nicht da am Ende der Gasse hocken sollen. Sie hätte sich nicht von ihm sehen lassen sollen. Sie hätte nicht so hilflos sein sollen. Es hätte sie überhaupt nicht geben sollen.

»Hexen haben Warzen«, sagte der Kleine.

Der Bittere hielt sie bei den Ellbogen. Sie hatte überhaupt kein Gewicht. Er näherte sein Gesicht dem ihren.

»Weißt du was, Mary?« Er schob einen Finger unter ihr Kinn. »Du hast einen Bart.«

»Du pflegst dich nicht.«

»Du lässt dich gehen.«

»Jeden Abend, Mary«, sagte der Bittere, »jeden Abend musst du dein Gesicht mit Reinigungsmilch, Gesichtswasser und Feuchtigkeitscreme pflegen.«

»Wenn du weiche Haut haben willst.«

»Glatte Haut.«

»Zarte Haut.«

Die Kopfhaut, die nicht aufgerissen war, schimmerte durch die Haarbüschel, die noch vorhanden waren. Sie starrte sie an. Was da geschieht, ist ihr nicht neu. Keine absolute Neuigkeit. Schon da gewesen. Manchmal hat sie ruhige Nächte und manchmal nicht. Sie kennt so was. Sie ist schon früher misshandelt worden. Sie hätte nicht streunen sollen. Sie hätten sie nicht entdeckt, wenn sie nicht gestreunt hätte.

»Ich denke«, sagte der Bittere, »wir haben es hier mit einem Umweltproblem zu tun.«

Er hielt sie fest. Sie war Schwäche und Verwesung. Sie war Gestank und Verfall. Der Tod war das Beste für sie.

»Wir sollten für ein sauberes England sorgen.«

Er legte eine Hand um ihr Kinn. Speichel rann über seine Finger. Er wünschte, sie würden ihn zurückhalten. Er wünschte, sie würden ihn wegziehen und zum Aufhören zwingen. Es war nicht seine Schuld. Er wusste, dass es nicht seine Schuld war. Wenn überhaupt jemand Schuld hatte, dann wahrscheinlich sie.

»Was tun wir?«, fragte der Schweigsame.

Der Bittere spürte, wie sie zitterte. Es geilte ihn auf, wie sie zitterte. Was sollten sie mit ihr tun? Was sollten sie nicht mit ihr tun? Er musste etwas tun. Er musste bald etwas tun. Er musste bald etwas tun, um sich von diesem Gestank zu befreien.

»Verbrennen wir sie.«

Der Kleine hielt den Atem an.

Der Schweigsame schwieg.

»Verbrennen wir die Hexe«, sagte der Bittere.

Er hatte die Hand an ihrer Kehle. Er hätte ihre Luftröhre zudrücken und spüren können, wie sie brach. Ihre Zerbrechlichkeit stieß ihn ab. Er hasste sie mehr, als er je einen Menschen gehasst hatte.

Manchmal hat man gewisse Gedanken, aber man spricht sie nicht aus. Die Gedanken sind so gemein, dass man nicht glauben kann, dass man so etwas überhaupt denken kann. Man meint, kein anderer Mensch könne solche Gedanken haben, darum behält man sie für sich. Man stapelt die gemeinen Gedanken zu einem kleinen gedanklichen Misthaufen im eigenen Kopf.

Aber eines Abends, eines kalten, klaren Februarabends, wenn man die Hand an einer Kehle hat und das Hirn auf Hochtouren dreht, zupft man einen dieser Gedanken aus dem Haufen. Man spricht den unausgesprochenen Gedanken aus, und er erscheint gar nicht mehr so gemein, wenn er ausgesprochen ist. Verbrennen wir sie, sagt man. Und es klingt richtig, da hinten in der dunklen Gasse.

Verbrennen wir sie, denkt man und spricht es laut aus. Und wenn man es einmal ausgesprochen hat, muss man es tun. Verbrennen wir sie. Es erscheint gar nicht mehr so gemein, wenn man es sagt. Es hat beinahe etwas Freundliches, wenn man es recht bedenkt.

Der Kleine, der Schweigsame und der Bittere sahen einander an. Dann richteten sie ihre Blicke auf sie. Sie wollten nur ihren Spaß haben. Sie wollten nichts Böses. Nichts für ungut. Sie wollten nur zusehen, wie sie brennt. Sie wollten ihren Entzündbarkeitsfaktor testen. Sie wollten sie brutzeln hören. Sie wollten sie rösten wie eine Rissole. Sie war eine Pennerin, darum würde sie brennen. So was kommt hin und wieder vor.

Der Bittere hatte eine rosarote Zeitung. Die riss er in ungleiche Streifen.

»Ohne die *Financial Times* keine Meinung.«

Er stopfte ihr Fetzen geschliffener Prosa in den Mund, unter die Arme, hinter die Ohren. Er schob ihr Schnipsel des Börsenberichts in die Haare. Er knüllte den Leitartikel zusammen und warf ihn ihr in den Schoß. Er drückte ihr Klumpen von Stellengesuchen in die Hände. Er holte den großen Karton, in dem sie genächtigt hätte, riss ihn an den Seiten auf und umstellte sie mit den feuchten Rechtecken. Ein kleiner Scheiterhaufen.

»Du siehst großartig aus«, sagte er. »Dein Name kommt bestimmt in die Zeitung«, sagte er. »Und das kann nicht schlecht sein.«

Die beiden anderen sahen ihm bei der Arbeit zu. Sie glaubten, es wäre etwas anderes, wenn sie nur zusahen. Sie wünschten, er würde die Bombe zünden und sie in Asche legen. Sie wünschten, er würde aufhören und sie retten. Sie wollten aus der Gasse hinauslaufen, aber erst, wenn sie sie brennen gesehen hatten. Sie wollten, dass er es für sie tat, das Streichholz anriss und ihr vor die Füße warf. Sie zählte sowieso nicht. Ein unproduktives Element, dessen Qual ihnen Vergnügen bereiten würde.

Der Kleine leerte den Inhalt seines Flachmanns über ihrem Kopf aus. Sie streckte die Zunge heraus und leckte rund um ihre Lippen.

»Asche zu Asche, Staub zu Staub«, sagte der Schweigsame.

»Auf zur Grillparty«, sagte der Bittere.

Er fühlte sich toll. Er hatte einen Ständer wie aus Stahl, und das war ein tolles Gefühl. Er knöpfte seine Hose auf.

»Schau dir das an«, sagte er. »Schau's dir gut an«, sagte er. »Schau es dir ein letztes Mal gut an.«

Sie schloss die Augen und wiegte sich hin und her. Zeitungsschnipsel fielen zu Boden.

Es war zum Lachen.

Der Schweigsame reichte dem Bitteren eine Schachtel Streichhölzer. Der Kleine nahm sie ihm ab.

»Lass mich das machen«, sagte er. »Ich möchte es machen.«

Der Bittere lächelte den Kleinen an. Er liebte ihn wie einen Bruder. Der Schweigsame sah das Lächeln und wollte auch teilhaben.

Auch die Alte sah das Lächeln. Sie sah die Streichhölzer in der Hand des Kleinen. Sie sah die strahlende Sonne, die ihn verschlang. Ein blendendes Licht fiel auf ihr Gesicht.

Sie sahen sie weiß und halb nackt mit Papierfetzen im Mund. Sie hörten ein leises, sanftes Brummen durch die Gasse schnurren. Sie drehten sich um und sahen zwei leuchtende Augen durch die Gasse kriechen. Metall blitzte im orangefarbenen Licht. Die Straßenlampe streute Sterne auf ein poliertes Autodach. Die ungewisse Form entpuppte sich als ein zweisitziges Coupé. Es fuhr in der Mitte der Gasse, rechts und links nur ein schmaler freier Raum.

So ein Mercedes ist schon was Irres. Er schleicht sich an. Er schleicht sich von hinten an. Ein sehr heimtückisches Auto.

Ungefähr vier Meter entfernt hielt er an. Die gut geschmierte Maschine schnurrte leise. Den Fahrer konnten sie nicht sehen. Die Windschutzscheibe war pechschwarz hinter den Halogenscheinwerfern. Sie lauschten dem Geräusch des Motors. Mary hockte hinter ihnen. Sie hockte an der Mauer, die Brüste hingen ihr auf den Bauch, und ihre Hose war nass, und sie lauschte auf das Schnurren eines Motors made in Germany.

Die Scheinwerfer erloschen. Sie sahen die Gestalt des Fahrers im Wageninnern. Sie wollten nichts tun, solange sie nicht mussten. Die Innenbeleuchtung wurde eingeschaltet. Sie sahen eine Frau hinter dem Steuer. Sie klappte einen Spiegel herunter und musterte ihre Haare. Das blöde Luder, das ausgerechnet in diesem Moment aufkreuzen musste. Sie sahen einander grinsend an. Sie sahen grinsend zur Fahrerin. Solange sie nicht rückwärts aus der Gasse stieß, war alles in Ordnung. Solange sie nicht Hilfe holte, war alles okay. Sie brauchte nur auszusteigen, dann war alles in Butter.

Alle vier sahen sie zu, wie die Frau ausstieg und eine schwere Umhängetasche über ihre Schulter schob. Sie ließ den Motor laufen.

»Machen Sie mit?«, rief der Bittere.

»Wir feiern«, fügte der Kleine hinzu.

»Je mehr, desto lustiger.«

Mary begann zu weinen.

Die Frau mit der Handtasche hatte die Wagentür offen gelassen. Sie war aus dem Wagen gestiegen und hatte die Tür hinter sich offen gelassen. Sie hatte sich selbst den Fluchtweg blockiert. Falls sie schnell davonlaufen musste, würde sie erst auf die andere Seite hinübermüssen. Und sie würde nicht die Zeit haben, auf die andere Seite hinüberzukommen, wenn sie schnell davonlaufen musste. Sie sahen es alle. Es war für alle deutlich zu sehen, und sie sahen es alle. Selbst Mary sah es, und als sie es sah, begann sie zu weinen.

18

Der Kleine ging langsam auf den Mercedes zu.

»Sie sollten so spät nicht mehr auf der Straße sein.«

»Warum nicht?«

»Man kann nie wissen, wer einem begegnet.«

Sie lächelte in der Dunkelheit.

»Das wissen Sie aber auch nicht.«

Etwa einen Meter entfernt blieb er stehen.

»Ich denke, Sie hätten sich lieber verpissen sollen, als Sie die Möglichkeit hatten«, sagte er.

»Denken Sie das?«

»Ja.«

Sie musterte ihn. Er war ein sehr kleiner Mann. Je kleiner der Mann, desto größer das Ego. Das ist ihr schon oft aufgefallen. Jedem ist das schon aufgefallen. Man braucht keine besondere Begabung, um das zu merken. Sie hat nichts gegen kleine Männer. Nichts Besonderes. Es sei denn, sie bilden sich ein, sie könnten es mit ihr machen. Wenn sie sich einbilden, sie könnten es mit ihr machen, wenn sie sich in ihrem Größenwahn einbilden, sie brauchten nur auf eine Orangenkiste zu steigen und es mit einer Bella zu machen, dann wird sie ungemütlich. Diese Dreistigkeit. Diese selbstbetrügerische Unverschämtheit.

Dann möchte sie sie nur noch zerquetschen. Dann möchte sie sie nur noch niedertreten. In den Boden stampfen. Auf die Straße schmieren. Aber abgesehen davon, abgesehen von dem, was sie tun möchte, wenn sie ihr dumm kommen, hat sie nichts gegen sie. Sie mag sie nicht, aber sie hat nichts gegen sie. Sie dürfen nur ja nicht glauben, mit ihr könnten sie es machen. Sie dürfen nur ja nicht mit diesem überheblichen Kleinmännergrinsen in einer Gasse auf sie zugehen.

Sie sah ihn an, diesen winzigen Mann.

»Was tun Sie hier?«

»Wir haben Oma besucht.« Eine sehr tiefe Stimme für so einen Knirps.

Er musterte den Wagen.
»Tolles Auto«, sagte er. »Haben Sie es schon lang?«
»Noch nicht so lang.«
»Gehört Ihrem Freund?«
»Gehört mir.«
»Sie leben offensichtlich nicht schlecht.«
»Man lebt.«
»Und wovon?«
»Müllbeseitigung.«
»Schmutziges Geschäft für eine Frau.«
»Wo Schmutz ist, ist auch Gold.«
»Stört Sie wohl nicht, sich die Hände dreckig zu machen?«
»Man tut, was man tun muss.«
Sie sah die Streichhölzer in seiner Hand.
»Was tun Sie hier?«
Sie hat es nicht gern, sich wiederholen zu müssen.
»Wir machen hier ein kleines Palaver«, sagte er. »Kaffeeklatsch, könnte man sagen. Aber unter Männern. Nichts für Sie, würde ich meinen.«
»Lassen Sie sich von mir nicht stören.«
»Ich denke nicht daran«, sagte er.
Er riss ein Streichholz an. Die Flamme leuchtete blau. Der Wind blies sie aus. Ihr gefiel die Flamme. Sie machte sie nachdenklich. Sie hat den Geruch von Feuer immer gemocht. Sie liebt die Feuerwerke im Park. Sie hat eigentlich nichts gegen Brandstiftung. An sich nicht.
Aber lebendige Menschen anzubrennen, atmende Menschen aus Fleisch und Blut, am Leben Zerbrochene zu Asche zu verbrennen?
Sie beobachtete ihn, wie er mit den Zündhölzern spielte.
»Sie sollten nicht mit dem Feuer spielen«, sagte sie.
»Sie sind sehr gesprächig«, sagte er.
»Wer mit dem Feuer spielt, verbrennt sich leicht.«
»Ich glaube, Sie glauben, wir hätten was vor.«

»Ich glaube, Sie wollen Ihre Oma anzünden.«

Der Kleine lächelte und wandte sich seinen Freunden zu.

»Sie hält uns für rohe Rabauken.«

»Das ist eine Verleumdung, würde ich sagen«, sagte der Bittere.

»Und sehr verletzend«, fügte der Schweigsame hinzu.

Sie kamen näher und stellten sich zu dem Kleinen. Sie waren zu dritt in der Gasse. Sie war allein. Sie maßen sie mit ihren Blicken. Sie wirkte zerbrechlich. Sie sah richtig zerbrechlich aus, wenn man genau hinschaute.

»Ihr Penis hängt raus«, sagte sie zu dem Bitteren.

»Er steht raus«, sagte er.

»Packen Sie ihn weg«, sagte sie. »Packen Sie die Kinderspielsachen jetzt lieber weg.«

Er trat näher.

»Sind Sie schon einmal«, erkundigte er sich höflich, »von hinten penetriert worden?«

Sie beobachtete, wie sie sie beobachteten. Sie waren zu dritt in der Gasse, und sie war allein. Drei kräftige junge Männer. Drei Musketiere. Drei wackere junge Streiter. Drei zu viel. Drei Lemminge. Drei kleine Lämmchen. Drei Märtyrer ihrer Sache.

Sie schob die Hand in die Tasche. Ihre Finger schlossen sich um die Pistole. Sie hielt sie zärtlich. Sie hielt die Pistole in der Tasche. Sie erwärmte das Metall mit ihrer Berührung. Sie hielt die Pistole und musterte die drei und fühlte ihren Mut wachsen.

Das ist der Moment. Der Moment der Momente. Ihr Finger berührte den Abzug. Ihr Finger lag auf dem Abzug. Sie hatte den Finger am Abzug. Würde er zu stramm für sie sein? Nein. Das durfte nicht sein. Das Leben war vielleicht grausam, aber es hielt auch seine Tröstungen bereit. Und zu ihnen gehört, dass ein Abzug niemals zu stramm ist.

»Sie hat einen Alarm«, sagte der Kleine. »Sie lässt gleich so einen dämlichen Alarm losheulen.«

»Da kommt doch sowieso nie jemand«, sagte der Bittere. »Das interessiert keinen. Das hört sowieso niemand.«

»Ich weiß«, sagte sie.

Es war ein so gottverlassener Ort. Ein so trister, öder, gottverlassener Ort hier. Beim Güterbahnhof, hinter dem Bahnhof, abseits von den hellen Lichtern der Strandpromenade. Besser, da nicht herumzulaufen. Besser, sich in dieser Gegend nicht in eine dunkle Gasse zu begeben. Schon gar nicht, weil man nie weiß, wer einem folgen kann.

Sie hatte die Hand in der Tasche und die Pistole in der Hand. Fürchte dich nicht. Vertraue dem Schwert. Es war ein köstlicher Moment. Sie hätte den Moment gern verlängert. Sie hätte die Köstlichkeit dieses köstlichen Moments gern voll ausgekostet.

»Los, beug dich über die Kühlerhaube«, sagte der Bittere.

»Chop-chop«, sagte der Schweigsame.

Der Kleine trat die Zigarre mit dem Absatz aus.

»Dann mal rin in die Kartoffeln.«

Sie sah zum Nachthimmel hinauf. Sie hatte nicht gewusst, dass man sich so lebendig fühlen konnte. Rauschhaft lebendig. Sie hätte es ihnen gern gesagt. Sie hätte ihnen gern gedankt. Sie hätte sie gern dafür gesegnet. Sie sprach ein stummes Gebet: dass sie für das, was diesen dreien gleich beschert werden würde, ewig dankbar sein möge.

Was dann kam, war reines Kino. Breitwandmaterial. Von hohem cineastischem Potenzial. Der Knirps trat an sie heran und legte seine Hand auf den Schulterriemen ihrer Tasche. Er zog sie weg, er zog ihr die Tasche weg, um sie dann auf die Kühlerhaube hinunterstoßen zu können. Sie sah seine Hand auf ihrem Schulterriemen. Sie beobachtete ihn. Sie beobachtete jede seiner Bewegungen. Bewegungen im Zeitlupentempo in einem Zeitlupenfilm. Reiner Peckinpah, ohne den Staub.

Er hatte seine Hand am Riemen. Er zog die Tasche von ihrer Schulter. In seinen Augen war das höhnische Grinsen eines Zwergs. Dieser Blick des Triumphs, der in den Augen kleiner Männer aufleuchtet, wenn sie dabei sind, zu beweisen, dass sie nicht so klein sind. Er war entschlossen, es ihr zu geben. Er war entschlossen, es ihr auf der Kühlerhaube des Autos ihres Ehemannes zu geben.

Sie blickte in sein Gesicht. Er hatte ein Lächeln im Gesicht. Er hatte seine Hand am Riemen. Er hatte seine glatte kleine Hand am Riemen ihrer Tasche. Sie blickte in sein Gesicht, als er an dem Riemen zog. Sie blickte in sein Gesicht und sah sein Lächeln und spürte die vertraute Hitze.

Sie zog die Pistole heraus. Sie zog die Pistole aus der Tasche und hielt sie in ihrer weißen Hand. Sie drückte ihm die Pistole in den Bauch. In den säuglingsweichen Bauch.

Er fühlte den Druck in seinem Bauch. Er fühlte, wie sie versuchte, ihn wegzudrücken. Sie bohrte ihm, wie er meinte, ihren harten Nuttenfinger in das Fleisch seines säuglingsweichen Bauchs. Er riss ihr den Riemen von der Schulter. Er ließ ihn los, und die Tasche fiel zu Boden. Und dabei grinste er unentwegt.

Er würde sich das Luder nehmen. Ja, er würde sie sich nehmen. Als Erster, vor den anderen. Er würde schon dafür sorgen, dass sie sich ihm beugte; dass sie sich vor ihm über die Kühlerhaube beugte. Erst würde er sie beugen, dann würde er sie bumsen. Das hochnäsige Luder. Das blöde hochnäsige Luder, das sich einbildete, sie wäre zu gut für ihn. Wenn er mit ihr fertig war, würde sie anders denken. Da würde sie kapiert haben, dass sie nicht zu gut für ihn war; dass sie für keinen zu gut war.

Aber immer noch bohrte sie ihm im Bauch herum. Sie bohrte ihm den Finger mitten in den Bauch. Er war hart und kalt wie Stahl, wie ein Stück Rohr. Rasch blickte er hinunter und sah, was sie ihm da in den Bauch bohrte.

Kann sein, dass er »oh« sagte. Kann sein, dass er »ah« sagte. Ganz gleich, der Wind wehte es weg. Sie standen einander so nahe. Unanständig nahe. Ihr Finger am Abzug, und der Lauf in seinem Bauch.

Sie gab dem Kleinen ein, zwei Sekunden. Ein, zwei Sekunden, um aufzublicken. Um aufzublicken und sie anzusehen. Sie sahen einander an, der Kleine, die Stille. Sie tauschten einen wissenden

Blick. Einen Blick voller Überraschung über die Wendung der Dinge. Jäger zum Wild geworden. Wild zum Jäger. Henker zum Opfer. Opfer zum Henker. Dieses Wissen in dem Blick, den sie tauschten.

Sie ließ ihm noch eine Sekunde oder zwei oder drei, ehe sie ihm ewige Verdammnis bescherte. Ein, zwei Augenblicke der inneren Vorbereitung. Damit er seine Lenden schürzen konnte. Seine Schultern straffen. Seine Seele retten.

»Los, mach schon«, rief der Bittere. Er hatte nicht gesehen, was sie in der Hand hielt.

»Also gut«, antwortete sie.

Sie drückte ab. Ein sanfter Druck. Sie konnte nicht vorbeischießen. So nicht. Sie drückte ihm das Ding ja direkt in den Bauch. Es heißt, dass man beim ersten Versuch immer vorbeischießt. Aber sie fehlte nicht. Es war ihr erster Versuch, und sie schoss nicht vorbei.

Warm und nass spritzte es ihr entgegen. Er riss die Arme hoch und schien sich ihr zuneigen zu wollen. Aber dann warf es ihn ruckartig nach hinten, er drehte sich um sich selbst und stürzte zu Boden.

Sie hörte den Knall nicht. Es musste einen Knall gegeben haben, aber sie hörte ihn überhaupt nicht. Er hatte einen dunklen Fleck auf der Hemdbrust. Hätte er ein farbiges Hemd angehabt, wäre der Fleck nicht so dunkel herausgekommen. Zuckend lag er auf dem Boden. Sie hatte einmal gesehen, wie eine schwarze Katze überfahren worden war. Eine schwarze Katze im Pech. Die hatte auch so gezuckt. Der Fahrer hatte nicht angehalten.

Der Bittere starrte den Mann auf dem Boden an. Der Schweigsame starrte die Pistole an. Der Bittere begann zurückzuweichen, auf das Ende der Gasse zu. Langsam wich er durch die Gasse vor ihr zurück, auf die Alte mit den Zeitungsschnipseln in den Haaren zu. Der Schweigsame rührte sich nicht.

Sie sah zu dem Kleinen hinunter. Seine Augen waren weit aufgerissen. Krämpfe schüttelten seine Beine.

»Soll ich ihn aus seinem Elend erlösen?«, fragte sie den Schweigsamen und drehte sich nach ihm um.

»Soll ich Ihrem Kollegen den Gnadenschuss geben?«

Der Schweigsame schüttelte den Kopf. Er schüttelte unaufhörlich den Kopf. Er rührte sich nicht, aber er öffnete den Mund und schüttelte den Kopf.

»Ich kann nichts dafür. Das war nicht meine Idee. Ich hab nichts damit zu tun. Ich wollte nichts tun. Sie haben mich gezwungen. Ich wollte nicht. Ich habe nicht mitgemacht ...«

Sie schoss dem kleinen Mann ein großes Loch in den Kopf.

Diesmal hörte sie den Knall.

Sie wandte sich wieder dem Schweigsamen zu. Er zitterte. Er zitterte vor Angst, so wie sie früher gezittert hatte. Blass vor Angst. Leichenblass vor Entsetzen. Es reizte sie, ihn so zittern zu sehen.

»Tun Sie mir nichts«, sagte er. Flehend schmeichelnd. Der gewinnende Menschenverbrenner, der um Gnade bittet. Fleht. Bettelt. »Ich bin nicht wie die anderen. Ich war es nicht. Schießen Sie nicht. Tun Sie mir nichts.«

Er wies mit dem Finger auf seinen bitteren besten Freund.

»Erschießen Sie ihn, nicht mich.«

Er hielt die Hand vor seinen Körper, als könne eine Hand ihn schützen. Er hielt die Hand mit gespreizten Fingern und der Innenfläche nach außen vor seinen Körper.

»Ich war es nicht«, sagte er wieder. »Ich bin auf Ihrer Seite.«

Sie ließ sich Zeit diesmal. Sie zielte sehr genau. Sie erwischte ihn mitten im Schrei, gleich unterhalb seines nicht sehr stark hervorstehenden Adamsapfels. Er fiel auf die Knie. Sie hatte geglaubt, er würde umkippen, aber das geschah nicht. Er fiel nur auf die Knie. Sie trat dicht an ihn heran. Er brauchte dringend einen Luftröhrenschnitt.

»Ihr könnt austeilen, aber selbst nichts einstecken«, sagte sie. »Immer zu geben bereit, aber nie zu nehmen.« Sie schoss ihm in die Brust, wo sein Herz hätte sein können.

Vier Patronen verfeuert. Zwei übrig. Der Motor lief immer noch. Ein Motor wie ein Traum. Autos bauen können sie, die Krauts. Das muss man ihnen lassen. Auf Autos verstehen sie sich. Dennoch wäre ihr ein Jaguar lieber gewesen. Sie war für die Unterstützung der einheimischen Wirtschaft.

Beim Abdrücken hatte sie gemerkt, dass sie nur mit einer Hand arbeitete. Sie hatte geglaubt, sie würde beide Hände brauchen, aber das hatte sich als unnötig erwiesen. Es gab auch fast keinen Rückstoß. Die Pistole zuckte nur ganz leicht.

Der Bittere kauerte neben der Alten. Sie ging zu ihm hin. Spuren von Erbrochenem hingen an seinem Kinn. Er rieb seine Fingerknöchel auf dem Boden. Sie stellte sich vor ihn hin und zielte abwärts.

»Und dann war's nur noch eines.«

Die Alte hatte ihren Arm um den Bitteren gelegt. Sie begann, ihn hin und her zu wiegen. Sie zog seinen Kopf an ihre Lippen und küsste seine weiche Wange.

Bella richtete die Pistole auf die Stelle zwischen seinen Augen. »Stehen Sie auf«, sagte sie.

»Zwing mich doch.«

»Gehen Sie weg von ihr, und stehen Sie auf.«

»Da kannst du lang warten.«

Er hatte seine Hose zugeknöpft. Er wollte nicht mit offenem Hosenstall sterben. Er würde nicht betteln wie der Schweigsame. Und es auch nicht in den Bauch bekommen wie der Kleine. Er wollte sehen, wie sie es tat. Er würde sterben, und er wollte nicht sterben. Er verfluchte sein bitteres Schicksal.

»Mach schon«, sagte er.

»Ich erschieße keinen Mann, der auf dem Boden liegt.«

»Tu's endlich«, sagte er.

»Stehen Sie auf.«

»Los, knall mich ab, du Fotze.«

»Oma sagt, es wird Zeit zu gehen.«

Er sah zu ihr auf. Er lächelte sie an. Er war ein liebenswerter Halunke. Das fanden alle. Ein einnehmender Bengel. Er lächelte sie an. Er hatte Charme. Das fanden alle.

Hätte es an der Pistole einen Hahn gegeben, sie hätte ihn gespannt. Es war der Moment, den Hahn zu spannen. Sie hätte sich einen Revolver besorgen sollen. Ein Revolver wäre besser gewesen. An einer Automatic gibt es keinen Hahn, den man spannen kann.

Die Alte streichelte ihn, summte ihm leise ins Ohr. Sie hatte sich immer ein Baby gewünscht. Er sah, wie Bella ein paar Schritte zurückging. Er wollte nicht sterben. Er blickte in das starre schwarze Auge des Pistolenlaufs und erkannte, wie brennend sein Wunsch war, nicht sterben zu müssen.

»Stehen Sie auf«, sagte sie.

Er lächelte sein spitzbübisches Lächeln. Es wirkte oft.

»Wenn es sein muss«, sagte er.

Er stieß die Alte weg und stand auf. Das gelbe Licht fiel aus einem anderen Winkel auf ihn, und seine Augen versanken in schwarzen Höhlen. Er fühlte sich besser, sobald er stand. Er hatte vergessen, wie gern er aufrecht stand. All seine Lieblingsbeschäftigungen – Pinkeln, Bumsen – verrichtete er im Stehen.

»Ich habe Kinder«, sagte er. »Denken Sie an meine Kinder.«

»Denken Sie doch an sie.«

»Sie nehmen ihnen den Vater.«

»Sie sind zu jung für Kinder. Zu jung, zu habgierig und zu ungeduldig.«

»Ich brauche eine Zigarette.«

»Dann nehmen Sie sich eine.«

Er schob die Hand in sein Jackett und zog ein silbernes Zigarettenetui heraus. Er schob den Filter zwischen die Lippen.

»Haben Sie Feuer?«

Sie lachte lautlos. Hatte Mumm, der Junge. Er war vielleicht ein Schwein, aber er hatte seinen Stolz. Schade, dass sie ihn wegpusten musste. Beinahe schade.

»Ich habe nie ein Feuerzeug dabei.«

»Lassen Sie mich gehen«, sagte er. »Ich gebe Ihnen Geld, wenn Sie mich gehen lassen. Ich habe Geld.« Er fingerte an seinem Revers. »Geld wie Heu.«

»Haben Sie es dabei?«

»Es liegt zu Hause. Ich habe zu Hause immer einen Haufen Bargeld liegen.«

»Ich gehe nicht mehr zu Männern in die Wohnung.«

»Ich habe keine Wohnung. Ich habe ein Haus.«

»Sie wollen sagen, Sie hatten ein Haus. So, wie Sie ein Leben hatten.«

»Wir können hinfahren und das Geld holen.«

»Und wieso glauben Sie, dass ich Geld will?«

»Jeder will Geld.«

»Sie haben keine Ahnung, was ich will.«

»Was wollen Sie denn?«

»Ich will, dass Sie die Augen schließen und an England denken.«

»Ich will nicht sterben«, sagte er. Klar vielleicht, aber es musste gesagt werden.

»Daran hätten Sie vorher denken sollen.«

»Wann vorher?«

»Bevor Sie in diese Gasse gegangen sind.«

»Ich konnte doch nicht wissen, dass Sie mit Ihrer Kanone ankommen.«

»Die Alte konnte auch nicht wissen, dass Sie mit Ihren Streichhölzern ankommen.«

»Da haben Sie recht«, sagte er.

»Freut mich, dass Sie das einsehen.«

»Freut mich, dass es Sie freut«, sagte er und brüllte wie ein Stier, schmiss das silberne Zigarettenetui nach ihr und stürzte sich mit schlagenden Fäusten auf sie.

Dumm war er nicht. Er tat genau das, was man tun soll, wenn man einem Bewaffneten gegenübersteht. Man wirft etwas nach ihm und greift an. So lernt man es bei den Kadetten. Es war seine einzige Chance, und er packte sie beim Schopf. Er versuchte es. Er ließ nie etwas unversucht. Kein Wunder, dass er an der Börse gut Geld gemacht hatte. Wie schon gesagt, er brüllte, als er sich auf sie stürzte. Das gehört dazu. Das lenkt den Bewaffneten erst mal ab.

Er hatte nur ein paar Schritte. Ein oder zwei Meter vielleicht. Er brauchte sich nur eine Körperlänge vorwärts zu katapultieren und ihr die Hand mit der Waffe hochzuschlagen. Er brauchte also gar nicht viel zu tun. Aber sie brauchte nur abzudrücken. Manchmal ist auch gar nicht viel zu viel.

Brüllend stürzte er sich auf sie. Er brüllte, als er Bella attackierte. Sie war nicht bei den Kadetten gewesen. Sie war nicht geschult in der Kriegskunst. Aber man kann auch ohne Drill killen. Sie war ein Naturtalent. Es fiel ihr leicht. So leicht wie das Atmen. Als wäre sie dafür geschaffen. Es war herrlich.

Als er sich auf sie stürzte, als er sich – furchtlos, rasend, brüllend – auf die lilienreine Bella stürzte, krümmte sie den Finger am Abzug. Instinktiv, in Notwehr, wie man das so tut, krümmte sie den Finger am Abzug.

Er schrie, als die Kugel ihm den linken Oberschenkel aufriss. Der Schwung seines Angriffs riss ihn vorwärts, er prallte gegen sie, und sie stürzten beide zu Boden. Die Pistole schlitterte in den Rinnstein.

Sein Schrei war viel lauter als sein Brüllen. Es war ein schriller, hoher, eintöniger Schrei. Er schwoll nicht an und ab wie das Wimmern der Alten. Und es war eine Spur von Empörung in seinem Schrei. Eine Spur ungläubiger Empörung darüber, dass so etwas in einer geordneten Gesellschaft geschehen konnte. Eine Spur von Ungläubigkeit, dass eine dahergelaufene Frau, eine Verrückte, ein verrücktes, böses Weib ihn richten, ihn schuldig sprechen und ihm eine harte Kugel in sein weiches Fleisch jagen konnte.

Sie stand auf und prüfte die Schrammen an ihren Händen. Sie bückte sich nach der Pistole. Jetzt musste er ausgelöscht werden. Das Getöse, das er machte, reichte ja, Tote aufzuwecken. Sie musste ihn jetzt erledigen, ehe irgendwelche unschuldigen Unbeteiligten hier aufkreuzten, um zu sehen, was es gab. Nicht dass das geschehen würde, wegen eines Schreis bestimmt nicht. Schüsse würden sie vielleicht anlocken, aber ein Schrei doch nicht. Die Schüsse würden sie gar nicht für echte Schüsse halten. Aber den Schrei würden sie kennen. Sie würden glauben, es sei der Schrei einer Vergewaltigten, und der Schrei einer Vergewaltigten lockt niemanden hinter dem Ofen hervor.

Er umklammerte seinen Oberschenkel mit den Händen. Er schluchzte, den zerfetzten Oberschenkel mit den Händen haltend. Sie drückte die Mündung an sein Kinn. Schob sie zu seiner Schläfe hinauf. Sie wollte sichergehen. Sie wollte ihn nicht verkrüppeln, verstümmeln und noch lebend zurücklassen. Sie wollte nicht, dass von ihren Steuern in den nächsten fünfzig Jahren seine Behandlung bezahlt wurde. Sie drückte die Mündung fest an seine Schläfe.

Es war ein schöner Tod. Einer der schönsten. Es war ein Tod, wie sie ihn wählen würde, wenn sie einmal vor der Wahl stehen sollte. Sie drückte die Mündung ihrer Pistole an die Schläfe des Bitteren, jagte ihm die Kugel ins Hirn und vertrieb seine Bitterkeit für immer.

Diesmal hallte der Schuss wider. Das Echo fing sich in der Gasse, prallte von den Mauern ab und schoss zu ihr zurück. Das Krachen war mit jedem Mal lauter geworden. Man hätte meinen sollen, es würde leiser werden, aber es war immer lauter geworden.

Sie sah Mary an. Mary sah sie an. In der Stille der Gasse sahen sie einander an. In der plötzlich so stillen und friedvollen Gasse.

Die Alte zuckte die Achseln. Vielleicht lächelte sie sogar. Sie machte sich daran, ihre verstreuten Kleider einzusammeln. Sie hüllte sich wieder in ihre Schichten. Sie bedeckte sich wieder mit Unterhemd, Kitteln und Mänteln. Sie polsterte ihr klappriges Gestell aus, bis sie wie ein plumper kleiner Pilz aussah, der auf der Straße dahinglitt.

»Tut mir Leid«, sagte Bella.

»Was denn?«

»Der Krach«, sagte sie.

Die Alte spie aus.

»Wenn's nicht das eine ist, ist es das andere.«

»Ich weiß, was Sie meinen.«

»Ich bin nur hergekommen, weil ich ruhig schlafen wollte.«

Sie musterte ihre Retterin vorwurfsvoll.
»Dann kamen die.«
»Muss schlimm gewesen sein.«
»Dann kamen Sie.«
»Ja, was soll ich sagen?«
Die Alte betrachtete die drei jungen Männer. Sie kniete neben dem Bitteren nieder. Sie strich mit der Hand über sein Gesicht und schloss seine Augen und ergriff das schlaffe Handgelenk.
»Fahren Sie jetzt?«, rief sie Bella zu.
»Ja, ich fahre.«
»Bis dann.«
»Okay.«
Die Alte nahm dem Bitteren die Armbanduhr ab.
Bella ging am Schweigsamen vorbei zum Wagen zurück, stieg über den Kleinen hinweg und setzte sich ins Auto. Sie warf die leere Pistole aus dem Fenster und schaltete die Lichter ein. Die Gasse und das, was sie in der Gasse angerichtet hatte, hoben sich scharf aus dem Dunkel. Sie legte den Rückwärtsgang ein und fuhr vorsichtig aus der Gasse hinaus.
Mary und die Leichen schrumpften langsam. Die Leichen der bösen Buben verloren sich im Halogenschein. Der Wagen stieß auf die Straße hinaus. Sie blickte noch einmal die Gasse hinunter, um sich das Bild einzuprägen. Eine erstarrte Winterszene. Sie wünschte, sie hätte einen Fotoapparat mitgebracht. Mary und die bösen Buben. Mary und ihre kleinen Lämmer.

19

Sie stellte den Wagen auf dem Madeira Drive in der Nähe des Delfinariums ab. Es musste vier Uhr morgens sein. So ungefähr. Der erste Zug ging erst um sechs. Blieben ihr zwei Stunden. Schwarze Nacht lag über Brighton.

Sie überquerte die Esplanade, ging an der Haltestelle der Überlandbusse vorbei und blieb am Eingang des dunklen Piers stehen, den Blick auf den Vergnügungspalast gerichtet. Die Passage war leer. Die glitzernden Lichter waren erloschen. Die niederen Lebensformen hatten sich für die Nacht verkrochen.

Sie stieg die Steintreppe am Außenpier hinunter und ging an vergitterten Eisbuden und Souvenirständen vorbei. Sie watete durch den Müll, der den Weg bedeckte. Das ist ihr Abschiedsspaziergang. Das ist ihr Abschiedsspaziergang am Strand.

Sie wusste, er würde ihr fehlen, wenn sie erst fort war. Selbst ein so schmutziger Strand wie der von Brighton, selbst ein so verseuchtes Meer wie das vor Brighton hatten einen festen Platz in ihrem Herzen. Die Themse, die stinkende Themse, der schleimige Finger, der sich faulig durch London wühlt, war ein armseliger Ersatz. Sie hasste die Hauptstadt. Die vielen Menschen, den Krach, die Irren, die überall herumlungerten. Sie fand es nicht richtig, dass sie fortmusste. Aber sie musste fort.

Neben ihr gluckste und zischte das Meer. Links vor ihr ragte der West Pier aus dem Nebelschleier. Mit knirschenden Schritten ging sie den Strand entlang. Sie hatten dem West Pier die Eingeweide herausgerissen. Sie behaupteten, sie hätten es tun müssen, ehe er völlig zusammenbreche. Der West Pier ist ihr Lieblingspier. Ihr absoluter Lieblingspier. Er ist der Erste unter den Piers, der Pier der Piers, ein Pier ohnegleichen. Fahren Sie doch mal im Februar an die Küste hinunter. Fahren Sie mal auf eine Stippvisite hinunter, wenn sie einen freien Tag haben. Sehen Sie den West Pier so, wie er gesehen werden sollte.

Man hat den Dreck, den die Möwen fallen lassen, schon lang

nicht mehr weggeputzt, und der Pier hebt sich weiß von der grauen englischen See ab. Er ist öde, verlassen, verwüstet, und sie wollen ihn abreißen. Sie behaupten, er sei eine Gefahr. Sie behaupten, er sei ein Schandfleck. Sie behaupten, er verunstalte die Stadt.

Banausen und Philister.

Die Stadt ist es, die den Pier verunstaltet. Bella kennt sich da aus. Bella hat Gefühl. Bella hat einen Sinn für Ästhetik. Sie würde den West Pier als Schrein stehen lassen, als Wallfahrtsort. Er ist atemberaubend, so, wie er ist. Herzzerreißend, so, wie er ist.

Sie ging den Strand entlang. Es gibt keinen Sand am Strand von Brighton. Wenn man Sandstrände haben will, geht man nicht nach Brighton Beach. Der Strand von Brighton ist mit Kieseln übersät. Man geht nicht einfach den Strand von Brighton entlang, man knirscht ihn entlang und sinkt bei jedem Schritt ein. Wenn man durch Kiesel waten will, dann soll man versuchen, Brighton Beach entlangzuwaten. So wie man einen Sumpf ohne Matsch überquert. Man kann wunderbar da gehen, wo die Wellen angedonnert kommen. Es ist ein glückseliges, ganz elementares Gefühl, wenn man so was mag. Jemand, der mehr mit Natur anfangen kann als sie, so jemand könnte es sogar genießen.

Sie ging den Strand von Brighton entlang, das schönste Stück des Strands von Brighton, das Stück, das von Pier zu Pier führt. Sie war allein am Strand. Es war vier Uhr morgens oder so, und sie war ganz allein am Strand. Sie war sich kaum bewusst, dass sie allein war. Am Ende eines Wochenendes im Februar, in den Nachwehen eines langen Sonntags, ging sie in einem wadenlangen Rock und Schnürstiefeln allein den Strand entlang.

Die Kiesel sogen an ihren Füßen, und die See gluckste an ihrer Seite, und der bitterkalte Wind füllte ihren Mund. Sie hat einen so weiten Weg hinter sich, sie hat solche Höhen erklommen, dass das Alleinsein sie nicht mehr kümmert. Sollten sie sie ruhig sehen am Strand. Sollten sie nur versuchen, sie anzurühren am Strand. Sollten sie es doch tun, wenn sie es wagten.

Bella ist mit sich und der Welt in Frieden. Sie hat getan, was sie getan hat, jetzt wird sie versuchen zu vergessen. Sie hat sie alle erledigt. Ihnen den Kredit gekündigt. Sie fristlos entlassen. Nicht mehr das Lamm auf der Schlachtbank. Nicht mehr die ständige Angst. Sie ist allein unterwegs, in einer mondhellen Nacht, und sie geht am Meer entlang.

Sie ging auf den hohen, hohlen West Pier zu, und bei jedem Schritt, bei jedem sinkenden, knirschenden, kieselrollenden Schritt hörte sie einen Nachhall, ein Echo, den Gegenschritt zu ihrem Schritt. Und das war ein Phänomen, das ihr nie vorher aufgefallen war. Da spielte wieder einmal die Natur einen ihrer Streiche. Sie ging weiter, und das Echo ihrer Schritte ging mit. Sie hielt an, und das Echo hielt an. Sie ging wieder los, und das Echo ging wieder los. Sie drehte sich um und sah einen leeren Strand, der sich bis nach Kemp Town hinunter dehnte. Sie ging weiter in Richtung zum West Pier und hörte von oben das schnelle rhythmische Knallen von Stiefeln mit metallverstärkter Spitze.

Sie heißen Doc Martens, diese Stiefel. Großmannsstiefel. Kampfstiefel. Springerstiefel. Skinhead-Stiefel. Verpiss-dich-Stiefel.

Sie hielt an und sah zur Promenade hinauf, und dort stand, im Licht eines silbrigen Mondes, eine Anorakkapuze über dem Kopf, die Hände tief in den Hosentaschen, morgens um vier frische Luft schnappend, ein Mann unbestimmbaren Alters, doch von athletischer Gestalt.

Sie konnte sein Gesicht, das von der Kapuze beschattet war, nicht erkennen, aber sie konnte sehen, dass er sie beobachtete. Es gibt nichts Neues unter der Sonne, heißt es in der Heiligen Schrift. Alles wiederholt sich. Der Kreis schließt sich und beginnt von neuem. Nichts verändert sich. Niemand lernt dazu. Er beobachtete sie. Sie war allein unterwegs, und er beobachtete sie. Sie stand am Meer, und er beobachtete sie. Sie stand fröstelnd am Strand, und er beobachtete sie.

Sie zog den Kragen ihres dünnen Sommermantels hoch. Sie täten besser daran, sie nicht zu beobachten. Sie hatte geglaubt, sie hätten inzwischen begriffen, dass sie besser daran taten, sie nicht zu beobachten.

Sie musterte ihn in seiner Kapuze. Sie fühlte förmlich den Dreck, der ihm anhaftete. Er wollte sie beschmutzen. Er wollte sie mit seiner Berührung beschmutzen. Er wollte sie mit seinem Schmutz berühren. Sie zitterte im Wind, da unten am Strand.

Sein Gesicht war unter der Kapuze versteckt. Er hätte eine Glocke tragen müssen. Er hätte eine Glocke um den Hals tragen müssen. Er sah in seiner Vermummung aus wie ein Aussätziger aus dem Mittelalter, und er hätte eine Glocke tragen müssen. Dann hätten Gesunde, Unverseuchte, denen der Eiter nicht aus der Haut troff, ihn kommen hören und ihm etwas auf der Straße hinterlassen können.

Sie hätte ihm einen kleinen Stapel Pornofotos dalassen können, eine Strähne Schamhaar oder so ein Gummiding zum Rubbeln. So hatten sie das mit den Aussätzigen im Mittelalter gemacht. Sie legten den Kranken Essen hin, sie gaben ihnen, was sie brauchten, sie ließen die Aussätzigen ihr aussätziges Leben führen, solange die nicht vergaßen, die Glocke zu tragen.

Und sie fragte sich, was die eigentlich anlockte. Sie fragte sich, warum sie wie die Motten anschwirrten und in ihre Flamme hineinflogen. Was sie trieb, lemminggleich, ihre Spur zu suchen. Welch schwülen Duft sie aussandte, welches Aroma brünstiger Verheißung sie wie ein unsichtbarer Schleier umhüllte.

Aber sie beschwert sich nicht. Keine Missverständnisse. Sie sagt nicht, sie habe genug. Denn, um der Wahrheit die Ehre zu geben, und ganz offen gesagt, so ist es nicht. Sie hat nicht genug. Sie hat noch nicht genug Knochen gebrochen. Sie hat noch nicht genug Nieren zerquetscht. Sie hat noch nicht genug Kugeln abgefeuert, hat noch nicht genug von der Wonne des Schießens.

Wenn man nämlich einmal anfängt, einmal richtig anfängt, möchte man nicht mehr aufhören. Man fängt an, eine Sucht zu nähren, von der man nicht weiß, dass man sie hat, und ganz gleich, wie viel man ihr füttert, es ist nie genug.

Es packt einen diese Gier. Diese unersättliche, wütende Gier, und man macht einen Spaziergang am Strand. Man macht einen Spaziergang am Strand und hofft, dass ein Aussätziger daherkommen wird. Man macht morgens um vier einen Spaziergang, weil es die letzte Nacht in Brighton ist, und man weiß, was es mit der letzten Nacht auf sich hat. Sie ist wie die letzte Vorstellung im Theater, man muss noch einmal wirklich gut sein. Man watet durch die Kiesel und hofft, dass auf der Promenade ein Aussätziger lauert.

Man steht mit dem Rücken zum West Pier. Man sieht zu, wie er die kalten steinernen Stufen hinuntersteigt. Man sieht den Nylonanorak. Man ahnt das beschattete Gesicht unter der Vermummung des Aussätzigen. Man wartet, bis er die letzte steinerne Stufe hinuntergestiegen ist und auf dem Kiesstrand steht.

Und obwohl es das ist, was man wollte, verspürt man eine uralte Furcht. Obwohl es das ist, was man brauchte, spürt man, wie einen der Mut zu verlassen beginnt.

Denn jedes Mal, wenn man das tut, jedes Mal steht man allein gegen den Aussätzigen. Und eines Tages wird der Aussätzige Glück haben.

20

Er stand auf der Promenade und sah zu ihr hinunter. Er sah eine dunkle Gestalt vor dem Weiß des West Piers. Er blickte den leeren Strand hinauf und hinunter, die leere Promenade hinauf und hinunter und lachte leise vor sich hin, während er die nächste Steintreppe herabstieg und auf dem Kiesstrand stehen blieb. Die Hände in den Taschen, stand er auf dem Kies und starrte eine Frau an, die sich dunkel vom Weiß des West Piers abhob.

Er stand am Fuß der steinernen Treppe und beobachtete sie. Ihr langer Rock bauschte sich unter einem dünnen Sommermantel. Vielleicht war sie Studentin. So, wie sie dastand, schien sie ihn zu studieren. Schon immer hatte er mal eine Studentin haben wollen. Der Rock würde die Sache erleichtern. Das Problem bei engen Jeans, das grundlegende Problem bei Jeans, die sich hauteng an den weiblichen Körper schmiegten, war, dass man sie, auch wenn sie gut aussahen, auch wenn sie so gut aussahen, dass sie einen überhaupt erst auf Touren brachten, dass man sie an widerspenstigen Schenkeln herunterziehen musste, was nicht immer leicht war. Bei einem Rock hingegen war es nur eine Sache von hoch und runter. Oder runter und hoch. Er lachte leise vor sich hin. Er war sehr von sich eingenommen.

Er beobachtete den wehenden Rock. Er wünschte, sich in dem Rock vergraben zu können. Er wünschte, sich in seine Falten einzuhüllen. Er wünschte, sich durch ihn hindurch einen Schacht zu dem Schatz zu graben, den er verbarg. Er wünschte, in sie einzudringen. Mit Gewalt in sie hineinzustoßen. Sie blutig zu verletzen. Ihr wehzutun. Ihr richtig wehzutun. Wahnsinnig wehzutun. Er wollte ihr zeigen, dass sie nicht allein am Strand herumlaufen sollte.

Es ging nicht um sie. Nicht eigentlich um sie. Nicht eigentlich sie war es, die er verletzen wollte. Er hasste sie nicht, obwohl er es versuchte. Er hatte nie eine von ihnen gehasst. Er kannte sie ja nicht einmal. Er lernte sie immer erst hinterher kennen. Durch die Artikel in den Zeitungen. Er erfuhr von dem Leben, das sie geführt hatten. Den Freunden, die sie gehabt hatten. Was sie getrieben hatten. Und oft hatte er gedacht, er hätte sie vielleicht gern näher gekannt.

Über die Verletzungen schrieben sie nie. Bezüglich der Verletzungen waren sie immer sehr vage. Gut so, fand er. Er hatte gar nicht lesen wollen, wie sie gestorben waren. Manche Dinge, sagte er immer, blieben besser unausgesprochen.

Sie versuchten immer, mit ihm zu reden, die Damen. (Er bezeichnete sie für sich immer als Damen.) Sie versuchten ihm zu sagen, dass sie einen Namen hatten. Er lächelte bei der Erinnerung. Die Tricks, mit denen diese Damen versuchten, ihn zum Aufhören zu bewegen.

Die Kreischerinnen waren die Schlimmsten. Keine Selbstbeherrschung. Kein Stil. Der rote Mund wie ein aufgerissener Müllschlucker. Das schrille Heulen. Das Gequieke, das sein Gehirn durchlöcherte. Es machte ihn verrückt, das Geschrei, das sie machten. Er musste sie zum Schweigen bringen.

Die Hosenpinklerinnen waren die Besten. Sie machten sich nass und glaubten, dann würde er sie in Ruhe lassen, als machten ein paar Tröpfchen Urin einen Unterschied. Manche wollten es allerdings gar nicht, wenn es passierte. Es passierte ihnen vor lauter Angst, den Schätzchen. Er sah ihnen gern beim Pinkeln zu. Das dampfende Plätschern auf dem Pflaster, während er ihnen ins Auge blickte. Die Scham auf ihren frischen jungen Gesichtern. Er fand ihre schwachen Blasen fast liebenswert.

Die Plappermäuler mochte er nicht. Die glaubten, wenn sie auf ihn einredeten, könnten sie ihn zähmen. Sie mussten ihn für dumm halten, nach dem Zeug zu urteilen, das sie daherredeten. Sie versprachen ihm, sich im Lauf der Woche mit ihm zu treffen. Sie sagten, sie würden ihn in seiner Wohnung besuchen. Er hörte sich ihr verlogenes Gebabbel an, das Gewäsch, mit dem sie sich herauswinden wollten. Er hörte sich ihr Gebabbel unbeeindruckt an, ohne etwas zu sagen. Er hatte sie alle schon einmal gehört, ihre Plädoyers für mildernde Umstände: Periode, Schwangerschaft, syphilitische Geschwüre. Das sinnlose Geplätscher tropfte von ihm ab, während er sie drauflos plappern ließ.

Die Schlägerinnen waren am lustigsten. Sie hatten irgendeinen Kurs mitgemacht und glaubten, das würde sie schützen. Sie traten ihm mit ihren spitzen Schuhen in die Schienbeine. Sie stocherten mit einem Schlüsselbund auf ihn ein. Sie glaubten, sie könnten ihn mit ihrem Abendkurs-Karate zu Boden strecken. Er ließ den Hagel ihrer Schläge, ihrer kindischen schwachen Schläge über sich ergehen. Es war zum Lachen, wie sie sich bewegten. Wie eben nur Frauen sich bewegten. Läppisch, täppisch, frauentypisch. Es war wirklich zum Lachen.

Die Sprinterinnen waren die Klügsten. Er an ihrer Stelle hätte sich genauso verhalten. Sie konnten nicht entkommen, aber wenigstens versuchten sie es. Die Hüften einer Frau sind für einen Sprint durch eine dunkle, menschenleere Straße nicht geschaffen. Er liebte seine Damen ganz besonders, wenn sie rannten. Die kurzen, bestrumpften Beine. Die keuchenden Atemzüge. Der Aufschrei, wenn er sie einfing. Das Spiel heizte ihn auf, und das war immer hilfreich.

Er sah, wie seine Studentin sich umdrehte und zum Pier ging. Er sah, wie die dunkle Gestalt sich auf den weißen West Pier zubewegte. Sie wollte ihn locken. Er wusste, dass sie ihn locken wollte. Er erkannte, dass sie ihn locken wollte, weil sie sich umdrehte und zum Pier ging.

Er ging hinter ihr her, zwanzig Meter hinter ihr, während sie dem Unterbau des Piers zustrebte. Er sah, wie ihr Rock sich bei ihren Schritten bauschte. Er konnte ihre Schnürstiefel sehen, die leicht über die Steine setzten. An ihrem Rock und den Stiefeln und dem Schwung ihrer Hüften konnte er sehen, dass sie ihn locken wollte. Er ging gern auf die Beerdigungen. Die Feierlichkeit ergriff ihn stets. Er bemühte sich immer, mit den Eltern zu sprechen. Einen kurzen, ernsten Händedruck für den Vater. Ein leises Wort des Trostes für die Mutter. Bescheidenes Zurücktreten, wenn andere kamen, um ihren Text aufzusagen. Bloßen Hauptes pflegte er im Regen zu stehen, während seine Damen zur letzten Ruhe gebettet wurden: Töchter, Schwestern, manchmal Mütter. Die geschliffenen Worte, der Friedhofsschmerz, die geistlichen Rituale. Oft vergoss er ein, zwei Tränen.

Der Kies knirschte unter seinen Füßen, die auf dem Weg zum West Pier waren. Er ging über die Steine und ließ sich von ihr führen. Er konnte an ihren Bewegungen nicht erkennen, welcher Typ sie war. Kreischerin, Schlägerin, Plappermaul, Hosenpinklerin. Seine Lenden erwärmten sich fühlbar. Er war gut in seinem Fach. Das musste man ihm lassen.

Er hatte an seiner Technik gefeilt. Er hatte sie messerscharf zugeschliffen.

Manchmal behaupteten sie, er sei es gewesen, wenn er es gar nicht gewesen war. Sie behaupteten, er sei in Birmingham gewesen, einer Stadt, die ihm gestohlen bleiben konnte. Es musste irgendein Heini gewesen sein, irgendein blöder einheimischer Gestörter, der dieses Mädchen vergewaltigt und abgestochen hatte wie ein Schwein.

Sie hatten in sämtlichen Blättern darüber geschrieben. Es hatte ihn wütend gemacht. Dabei war er in der Woche nicht mal auf dem Damm gewesen. Er war trotz seines Fiebers sofort losgegangen und hatte sich eine geschnappt. (Die Dame war eine Hosenpinklerin gewesen.) Er hatte sie vorn aufgeschlitzt. Sie hatten ihn dazu getrieben. Sie hätten nicht schreiben sollen, was sie geschrieben hatten.

Er sah, wie seine Studentin unter den ausgebrannten Pier trat. Eine Schlägerin, wie es den Anschein hatte. Unter den Pier zu gehen, obwohl sie wusste, dass er ihr folgte – da konnte sie nur eine Schlägerin sein.

Sie blieb stehen und wartete. Drehte ihm sogar den Rücken zu. Sie bildet sich ein, sie wird mich in die Eier treten, dachte er. Sie will eine Prügelei. Sie bildet sich ein, sie wird siegen. Er mochte es, wenn sie es probierten. Er mochte es, wenn sie sich wehrten. Da wuchs ihm der Mut.

Er trat dicht hinter sie und flüsterte ihr ins Ohr.

»Wie viel, Liebchen?«

Sie drehte sich um und hob den Blick. Sie sah viel kleiner und zarter aus als auf zwanzig Meter Entfernung. Sie wirkte zum Umblasen schmächtig. Er hätte nicht gedacht, dass sie so zart war. Das erleichterte die Sache, dass sie so zart war. Unter der geschwärzten Ruine des Piers fühlte er sich groß und stark neben ihr. Er sah sie an und fühlte seinen Mut wachsen.

Er sah ihr Gesicht im Licht, das vom Meer herüberstrahlte. Sie trug keine Mütze. Sie hatte keinen Seidenschal um den Kopf gebunden. Sie ließ ihr Haar im Wind flattern. Er sah auf sie hinunter, die zart wie ein Vögelchen war und zum Umblasen schwach, und fühlte seinen Mut wachsen.

»Wie viel, Liebchen?«

Beinahe hätte sie ihren Arm bewegt. Sie wussten nicht, wie langsam sie waren. Er sah, dass sie beinahe den Arm bewegt hätte. Seine Hand schnellte vor.

Er hatte an seiner Technik gefeilt. Er hatte sie messerscharf zugeschliffen.

Seine Hand schnellte vor, und er packte sie am schlanken, bloßen Hals. Er packte sie am Hals. Seine Hand lag um ihren Hals, und er drückte sehr sanft. Man hätte ihm nicht zugetraut, dass er so sanft drücken konnte, dieser große, starke Mann.

Aber er hat es viele Male getan. Er ist kein Neuling in diesem Spiel. Er ist kein Grünschnabel. Kein Anfänger. Er hat es schon früher getan. Er weiß, dass man sanft drücken muss. Er weiß, dass man nur leicht pressen darf, wenn es dauern soll.

Er sah zu, wie sie unter seinen Fingern würgte, nach Luft schnappte, starb. Sein Mut wuchs. Er fühlte sich groß und stark, während er unter seiner Nylonkapuze zu ihr hinunterblickte. Er liebte diesen Teil, das Drücken. Er liebte auch das, was danach kam. Er konnte nie sagen, welchen Teil er mehr liebte. Das Drücken, Würgen, Ersticken oder das Beißen, Stoßen, Treten. Er liebte beides fast bis zum Wahnsinn.

Aber niemals ließ er sie unter der Hand wegsterben. Unter der

Hand am Hals. Nie tötete er sie durch den Druck am Hals. Nie ließ er sie ersticken, dazu brauchte man das Fingerspitzengefühl eines Scharfrichters. Er drückte nur leicht und sachte zu, bis sie erschlafften und ihre Beine nachgaben und sie wie weiches Wachs in seinen Händen waren.

Er drückte und fühlte, dass sie unter seinen Fingern beinahe erstickte. Ein Schauder rann seinen Arm hinauf, wie immer in diesem Moment. Es machte ihn schaudern, sie unter seinen sanft drückenden Fingern ersticken zu fühlen.

21

»Wie viel, Liebchen?«

Er war größer und kräftiger, als er aus zwanzig Meter Entfernung ausgesehen hatte. Seinem Tonfall nach war er ein Geordie. Er hatte den Tonfall eines Geordies. Das Geordie-Gesicht war schwarz unter der Vermummung des Aussätzigen. Sie hatte der sanften Geordie-Stimme kein Gesicht geben können. Er hatte einen Schal um das Gesicht und die Kapuze über dem Kopf. Er war nicht dumm. Er mochte aussätzig sein, aber dumm war er nicht.

Er war dicht hinter sie getreten und hatte ihr ins Ohr geflüstert. Sein feines Zischen in ihrem Ohr. Und als sie sich umdrehte und sah, wie groß und stark er war, rührte sich die vertraute alte Furcht. Die Furcht stieg auf und flüsterte ihr ins Ohr.

»Wie viel, Liebchen?«

Sie hat den Geordie-Akzent immer gemocht. Es ist ihr Lieblingsakzent unter allen Akzenten. Sie hätte es ihm gesagt, aber er ließ es nicht zu. Sie wollte ihren Arm bewegen, aber sie wusste nicht, wie langsam sie war. Sie sah, wie seine Hand vorschnellte, und spürte, wie sie ihren Hals umfasste.

Er hatte an seiner Technik gefeilt. Er hatte sie messerscharf zugeschliffen.

Sie spürte den sanften Druck seiner Finger, die ihren Hals umspannten. Sie spürte ihren leichten Druck, ganz leicht und doch ganz fest drückten sie ihren Hals zu. Sie spürte es. Sie spürte ihre leere, luftlose Lunge, gewahrte, wie die Schwärze der schwarzen Nacht um sie herum sich verdichtete. Seine gesichtslose Aussätzigenkapuze starrte zu ihr hinunter. Er drückte seine sanften Finger in ihren Hals und begann, das Leben aus ihrer nicht ganz leblosen Lunge zu pressen. Sie fühlte, wie sie einen langsamen und schleichenden Tod zu sterben begann.

Noch nicht, wollte sie sagen. Ich bin noch nicht bereit. Du hast mich überrascht. Fangen wir noch einmal von vorn an. Ich stehe ja gerade erst am Anfang. Mach mir doch nicht jetzt ein Ende.

Noch eine Chance. Nur noch eine Chance. Gib mir noch eine Chance.

Sie glitt abwärts, fiel, stürzte. Ihre Beine gaben nach, ihr Körper war wie weiches Wachs. Und dann, als hätte er ihre Gedanken gelesen, lockerten sich seine Finger. Seine Finger an ihrem Hals lockerten sich. Er nahm sie in die Arme. Er zog sie an sich. Er drückte seinen Mund an ihren Kopf und sprach leise in ihr Haar.

»Baby, Baby, Baby.«

Sie ließ sich in ihrer Schwäche von ihm halten. Sie fühlte seinen Mut wachsen. Er hielt sie in seinen Armen und sprach leise Zärtlichkeiten in ihr Haar. Sie hörte sein »Baby, Baby, Baby« in ihrem Lieblingsakzent. Sie hätte es ihm gesagt, wenn er gefragt, wenn es ihn interessiert hätte.

Es war nicht recht, dass sie am West Pier enden sollte. Dass ihr Wochenende unter dem West Pier enden sollte. Es war nicht recht, dass sie alles, was sie getan hatte, getan haben sollte, nur um dann zu erkennen, dass die ganze Zeit über ihr Schicksal in einer Kapuze unter dem West Pier gewartet hatte.

Sie konnte sich nicht bewegen. Sie war Wachs in seiner Umarmung. Er schluchzte in ihr Haar. Baby. Baby, Baby. Er drückte sie an seinen Bauch. Ihr Gesicht lag an seiner Nylonjacke. Der Reißverschluss schnitt ihr ins Gesicht. Sie war Wachs, weiches Wachs in seinen Händen.

»Ich tu dir nicht weh«, sagte er. »Ich mach dir keine Schmerzen.«

Er drückte ihr Gesicht an seine Brust und weinte in ihr Haar. »Du solltest nicht allein am Strand herumlaufen.«

Er küsste ihr kaltes Ohr.

»Du wirst nichts fühlen, wenn ich es tue.« Er rieb ihren pulsierenden Hals.

»Aber wenn du es fühlst, wenn ich es tue, dann sag es mir.« Er hielt sie in seinen Armen. Er glaubte sie zu lieben.

»Es ist nur Neugier.«

Das Schluchzen hörte auf. Er beruhigte sich.

»Ich seh mir gern an, was Damen zum Frühstück essen.«

Sie fühlte sich so schwach. Sie konnte sich nicht rühren. Sie wartete darauf, dass ihr Leben vor ihr ablaufen würde. Das Meer an ihrer Seite brodelte. Bald würde er sie töten. Immer ließ sie sie zu nahe kommen. Ein Fehler von ihr, das wusste sie. Brighton-Bella am Strand. Kurz vor dem Tod. Sie konnte keinen Muskel bewegen.

Nur noch eine Chance. Einen letzten Versuch. Diesmal würde sie es richtig machen. Sie fühlte sich so schwach. Aber Furcht verspürte sie nicht. Sie hatte keine Angst. Sie besiegte die Angst und sah, wie sie versickerte. Tropfen um angstvollen Tropfen begann ihre Angst zu versickern.

Er hatte kein Feingefühl. Er fühlte seinen Mut wachsen, aber er fühlte nicht ihre langsam versickernde Angst. Er hatte kein Gefühl für andere. Er konnte nicht fühlen, was sie fühlten. Er fühlte nur, was er fühlte. Er hielt sie mit eiserner Hand und schob die andere unter ihren Mantel. Er wusste nicht, was er riskierte. Er wusste nicht, dass sie keine Angst hatte. Er konnte nicht fühlen, was sie fühlte, und er schob eine Hand unter ihren Mantel, um das Einzige an ihr zu fühlen, was er des Befühlens für wert hielt.

Er schob seine Hand in ihren Rock. Er zerriss das Gummiband ihres Höschens. Er hatte seine Hand unter ihrem Sommermantel, unter ihrem Rock und schob seinen Finger in ihren knochentrockenen Schlitz. Er spreizte seine Beine, um die ihren zu öffnen. Er murmelte – »Nicht schüchtern sein, Liebchen« – in ihr Ohr.

Sie fühlte, wie seine Hand unter ihrem Mantel zu tasten begann. Er ballte die Hand zur Faust. Die Kanten seines Siegelrings drückten scharf in ihre Lippen. Sie wusste, er würde ihr die Faust direkt in den Leib stoßen. Sie wusste, er würde ihr die geballte Faust in den Leib stoßen. Sie wusste, dass er die Faust dann drehen und der Ring ihren Schoß zerfetzen würde.

Er hielt sie mit einer Hand und betastete sie mit der anderen. Er hielt sie wie in einem Schraubstock. Er hielt sie fest. Aber nicht fest genug. Noch eine Chance also, noch ein letzter Versuch, sie hoffte, sie würde es diesmal richtig machen.

Sie ließ ihr Springmesser aufschnappen. Sie drückte auf den Knopf. Die Klinge schoss heraus. Sie stieß sie ihm in die Seite. Sie stieß sie durch das Nylon seines Nylonanoraks, und sie glitt zwischen seinen Rippen hindurch und traf etwas dahinter. Sie stieß ihm die Klinge hinein. Sie schnitt sein Inneres auf. Vielleicht war es seine Leber. Er hielt sie an seinen Bauch gedrückt, bereit, sie mit seiner Faust zu verwunden, und sie stieß ihm schnell das Messer in die Seite.

Er hatte die Hand unter ihrem Sommermantel, unter ihrem Rock, er wollte ihr die Faust in die Tiefe ihres Schoßes stoßen, da durchzuckte plötzlich ein heißer Brand seine Seite. Er spürte die Hitze eines glühenden Schürhakens, die sich durch seine Haut fraß. Sie brannte sich in ihn hinein. Vielleicht hatte sie seine Leber durchbohrt. Mit der Hand, die unter ihrem Sommermantel gewühlt hatte, berührte er seine Seite. Er fühlte etwas Klebrig- Feuchtes an seinen Fingern. Ein dunkler warmer Fleck breitete sich auf seiner Handfläche aus. Sie hatte ihm das Messer hineingestoßen. Das Luder hatte ihm das Messer hineingestoßen. Sie hatte ihm das Messer hineingestoßen, obwohl er ihre Haare geküsst hatte.

Sie beobachtete ihn, wie er die dunkel gefleckten Finger anstarrte. Kein Licht, um das Blutrot auf diesen Fingern erkennen zu können. Sie hätte ihm sagen können, wenn er sie gefragt hätte, er solle seine Hand lieber nicht unter ihren Mantel schieben. Sie hätte ihm sagen können, dass man zwei Hände braucht, um eine Bella festzuhalten. Man muss sie mit beiden Händen ganz fest halten, sonst zieht sie ihr persisches Springmesser und stößt es einem in die Seite.

Der Anblick seiner blutbefleckten Finger machte ihm Angst. Und er verscheuchte seinen Mut. Er wünschte, er könnte noch einmal von vorn anfangen. Er fühlte, wie sein Mut ihn verließ. Lebewohl, sagte er. Mach's gut, alter Kumpel. Zeit zum Abschied nehmen. Er hatte ein Verlangen, die klebrigen Finger abzulecken. Er sah, wie sein Mut sich heiter davonmachte.

»Geh nicht«, rief er. »Verlass mich jetzt nicht.«

»Keine Sorge«, sagte sie und stieß ihm das Messer noch einmal in den Leib.

Und es war etwas Seltsames an diesen Stößen mit dem Messer. Das war etwas anderes als das Niederhämmern Timbos. Etwas anderes als Normans Auslöschung. Etwas anderes als das Zermatschen Reggies. Etwas anderes als ihr schießwütiger Triumph in der Gasse.

Diese Stöße mit dem Messer, entdeckte sie, waren etwas merkwürdig Intimes. Man brauchte Gefühl, um das Messer so sauber zu setzen. Ihn mit dem Messer erstechen, entdeckte sie, hieß ihn kennen. Man muss dem anderen sehr nahe kommen, um ihm das Messer hineinzustoßen. Man kann nicht distanziert bleiben mit einem Messer. Setz dein Vertrauen in das Schwert und das Schwert in seine Seite. Aber schnell, sauber, nichts Unappetitliches. Ein schneller Stich hier, ein schneller Stoß da. Man stößt es hinein. Man zieht es heraus. Man stößt es wieder hinein.

Er fühlte, wie das Messer hineinstieß und herausglitt. Er fühlte ihr Messer in sich. Er hatte nicht gewusst, dass ein Messer so wehtun konnte. Er hätte geweint, hätte er die Kraft dazu besessen. Es war nicht recht, was sie getan hatte. Es war nicht fair. Hätte er gewusst, dass sie ein Messer hatte, wäre er vorbereitet gewesen. Er hätte sie sofort aufgeschlitzt. Sie hätte es sagen sollen. Das Biest hätte es sagen sollen. Sie hatte sich nicht an die Regeln gehalten. Und er hatte sie für eine Dame gehalten. Er fühlte, wie das Messer in ihn hineinstieß und wieder herausglitt.

Sie musste jetzt schnell machen. Bei einem Messer, wenn man meint, man würde gern ein Messer nehmen, muss man eines bedenken: Das Messer besitzt nur so viel Kraft wie die Hand, die es führt. Und wenn die Hand nicht kräftig ist, muss sie flink sein. Sie muss es flink in ihn hineinstoßen, hier, dort, überall. Sie muss ihn treffen, wo sie kann, ehe er zupackt und das Handgelenk packt, an dem die Hand sitzt, die das Messer führt, und es knickt wie einen dürren Ast.

Es war beeindruckend zu sehen, mit welchem Eifer sie zustach. Sie war so richtig in Fahrt. Und bei jedem Stich kam ihr ein leises und gebändigtes Grunzen über die geöffneten Lippen. Sie grunzte, während sie auf ihn einstach, aber leise, wie eine Dame. Und bei jedem Stich grunzte er zur Antwort. Sie grunzten um die Wette. Sie hörten sich an wie ein Liebespaar, das im Schatten des Piers grunzte.

Die Raserei ihres Tuns, das stoßende, stechende Furioso pumpte sie aus. Es ist körperliche Schwerarbeit. Er hingegen stand nur da. Wie aus einer Pflaume troff der Saft aus ihm heraus. Noch hat sie den tödlichen Stoß, den todbringenden, tödlichen, verderblichen Stoß nicht geführt, der ihn zu Boden werfen wird. Sie muss stechen und stoßen ohne Ende bei diesem großen starken Mann. Sie reißt die Klinge aufwärts. Sie durchtrennt den Schal auf seiner Haut. Sie stößt das Messer unter seine Kapuze und zerfleischt sein Gesicht. Er taumelt, aber er stürzt nicht.

»Ich will dir mal was Komisches sagen«, sagte sie in einer wohlverdienten Verschnaufpause. »Ich hab deine Stimme wirklich gemocht.«

Sie nahm das Heft in beide Hände. Sie stieß mit ihrer ganzen Kraft zu. Sie stieß ihm die Klinge mitten in die Brust, in seine pulsierende Mitte, in sein dumpf klopfendes Herz der Finsternis.

Er ergriff mit seinen Händen die ihren. Es war eine ergreifende Szene. Der Schlag seines Herzens durchpulste den Stahl. Die Klinge vibrierte mit dem Schlag seines Herzens. Sein Puls wurde schwach. Sein aussätziger Atem wehte ihr ein letztes, abscheuliches Mal ins Gesicht. Sie glaubte, ihn sagen zu hören, er heiße Jack.

Er entleerte sich, wie die Männer sich immer bei ihr entleerten. Er bespritzte sie von oben bis unten, ohne jede Zurückhaltung. Er tauchte sie in Blut, dann brach er zusammen.

Sie sah ihn auf die Knie sinken. Das Meereslicht erleuchtete sein Aussätzigengesicht. Er sah entgeistert aus. Sie hätte es ihm gern erklärt, ihm gern gesagt warum, ihm gern gesagt, warum er sterben musste. Sie sah, wie er das Messer aus seiner Brust zog und versuchte, auf die Beine zu kommen, und sie hörte sein Seufzen und sah ihn in die Brandung stürzen.

Er rotierte in den Wellen. Sie wirbelten ihn herum. Sie warfen ihn auf und nieder, und sie schoben ihn hin und her. Sie sah ihn mit dem Gesicht nach unten im Wasser treiben und wünschte, er würde versinken. Er schwappte vor ihr auf und nieder, ein Stück Treibgut aus Newcastle. Wieder war eine Leiche am Strand von Brighton angespült worden, würde man berichten. Sie hatte sich immer gewundert, woher die kamen, diese Leichen, und jetzt, vermutete sie, wusste sie es.

Er hatte ihren Sommermantel von oben bis unten mit Blut bespritzt. Sie musste ihn am Strand zurücklassen. Diese elende Schweinerei, an die würde sie sich nie gewöhnen.

Er hätte es ahnen können, er hätte es wissen müssen. Sie hätte es ihm sagen können, wenn er sie gefragt hätte. Sie hätte ihm sagen können, er solle es lieber lassen. Sie hätte es laut sagen und sie hätte es ihm ins Ohr flüstern können:

Wenn du eine Frau vorübergehen siehst, wenn sie still nach Hause geht, wenn du sie auf dem Bürgersteig an dir vorübergehen siehst, wenn du ihr die zarten Knochen brechen möchtest und das hoffnungslose Flehen hören und die Verwundungen im rosigen Fleisch fühlen und das Blut auf der glatten Haut schmecken möchtest.

Wenn du sie also siehst und willst.

Dann denk weiter. Rühr sie nicht an. Lass sie an dir vorübergehen. Drücke ihr nicht die Hand auf den Mund, und wirf sie nicht zu Boden.

Denn ohne es zu wissen, ohne es zu ahnen, ohne daran zu denken, hast du vielleicht Hand an Bella gelegt. Und sie ist heute Morgen mit der Erkenntnis aus dem Schlaf erwacht, dass sie es endgültig satt hat.

Anmerkung des Herausgebers:
Helen Zahavi benutzt hin und wieder Worte aus der LTI (Lingua Tertii Imperii, Sprache des Dritten Reichs). Sie sind im Original deutsch.

Zehn Jahre danach – »Schmutziges Wochenende«, vom Skandal zum Klassiker

Erinnern wir uns: In den frühen 90er Jahren des letzten Jahrhunderts gab es heftige Diskussionen über exzessive Gewalt in der Kriminalliteratur. »American Psycho« von Bret Easton Ellis sorgte für Wirbel, »Ich war Dora Suarez« von Derek Raymond erhitzte die Leserbriefschreiber und -innen und »Die schwarze Dahlie« von James Ellroy ebenfalls. Andreu Martíns »Aus Liebe zur Kunst« wurde in Deutschland um Gewaltstellen gekürzt, und »Das Schweigen der Lämmer« von Jonathan Demme kam in die Kinos (der Roman von Thomas Harris hatte ein paar Jahre zuvor so gut wie keine Emotionen ausgelöst). Das Genre erschien in allen seinen Spielarten im Blutrausch.

Am hysterischsten aber ging die veröffentlichte Meinung mit einem Erstling aus England zu Gericht: Mit Helen Zahavis »Dirty Weekend«. »Kranker Müll«, pöbelte *Today*, und selbst bedächtigere Blätter wie der *Guardian* und der *Observer* empörten sich. Wasser auf die Mühlen der Erregung gossen dann ein paar große Namen des Feminismus, Andrea Dworkin etwa oder Naomi Wolf, die das Buch gegen so viel etablierte Schelte genauso überschäumend verteidigten. In Deutschland mokierte sich der *Spiegel* mit spitzen Fingern, aber eher, um Ulla Hahns gleichzeitig erschienenes Stephen-King-Plagiat »Ein Mann im Haus« zu bespötteln, als um sich mit Zahavi auseinander zu setzen. Die *Emma* druckte ein paar einschlägige Passagen aus »Schmutziges Wochenende« nach – unter der Überschrift »Bella sieht rot« – und der sich damals gerade formierende deutsche Hausfrauenkrimi tat so, als gebe es das Buch nicht.

Michael Winner, der Mann, der den Bronson-Film »Death Wish – Ein Mann sieht rot« gemacht hatte, sah in Bellas Amoklauf eine passende Fortsetzung. Er beteiligte Helen Zahavi pro forma am Drehbuch, hielt sich an keine ihrer Vorstellungen und Vorgaben (»Nach der Preview war mir kotzübel«, erzählt Helen Zahavi heute) und versuchte dann auch noch, eine eigene Buchfassung auf den Markt zu werfen, die natürlich nur an dem Gewalt- und Sex-Aspekt interessiert war. Zwar rächte sich Zahavi an Winner, indem sie ihm mit »Donna und der Fettsack« ein maliziöses Porträt widmete, aber der Schaden war angerichtet. Ein Stück Literatur war zum Event verkommen und je nach ideologischem Gusto funktionalisiert.

Zeitsprung ins Jahr 2001: Schauderhafte Gewaltszenen sind zehn Jahre später kein Thema mehr. Sie sind überall und gerade in den bestsellenden Krimis für die ganze Familie besonders liebevoll ausgepinselt zu finden. Verglichen mit »Hannibal«, ist »Das Schweigen der Lämmer« ein netter Unterhaltungsfilm, und auch über Hannibal Lecters Geisterbahn-Kannibalismus regt sich niemand mehr auf.

Man kann also gelassen und ohne vordergründiges Geschrei »Schmutziges Wochenende« neu betrachten. Und siehe – der Roman erweist sich auch nach zehn Jahren noch als radikal, kühn konzipiert, als ausgefuchst dialektisch und als sehr raffiniert gemacht.

Er hat, entgegen dem heute üblichen Backsteinformat, immer noch den Vorteil der schlanken Form, ein bewundernswertes Timing und eine atemberaubende Dynamik. Deutlicher sichtbar werden heute seine politischen Bezüge, die Thatchers England meinten, und die Verunsicherungen, die dieser schneidend kalte Wind der politischen Ökonomie in den Seelen der Menschen ausgelöst hat.

Und: Das Buch ist *auch* eine Thematisierung von Absolutismen in den Zeiten des Umbruchs. Von der neuen Rechten in England über die alltägliche Xenophobie europäischer Gesellschaften, über die Fundamentalisten im Iran, über Echos des Sowjet-Totalitarismus und die biographischen Echos der Nazi-Zeit (Helen Zahavi stammt aus einer polnisch-jüdischen Familie) bis hin zum postimperialistischen Größenwahn des Vereinigten Königreichs – alles ist in kleinste Assoziationssplitter gepackt und in die Action des Romans verteilt. Subtexte *galore,* am deutlichsten vielleicht in den Peckinpah-Anspielungen. Ein ganzes Kapitel über »A Clockwork Orange« revisited unter dem Einfluss der New Economy. Parodie auf Revolutionsromantik und deren Darstellung in Slogans – zum Beispiel der, nach dem die Macht aus den Gewehrläufen kommt – und parodistischer Verweis auf Englands größten Gangster-Mythos, den der Kray-Brüder, und vieles mehr.

Aber eine Dimension überrascht heute ganz besonders: die vertrackt dialektische Behandlung des Themas Gewalt von Frauen. Zahavis Bella will nicht mehr Opfer sein, sie möchte auch nicht die Gratifikationen genießen, die Opfern zustehen. Sie wird zur Täterin. Und zwar zur lustvollen Täterin. Das war und ist das Skandalon des Buches. Aber aus einem gewissen Abstand gesehen, steckt dahinter ein noch größeres Skandalon, eine noch verstörendere Radikalität: Helen Zahavi spitzt das Dilemmatische der Täter/Opfer-Konstellation noch zu. Im Verlauf des Buches verschiebt sich die Erzählperspektive: Zunehmend finden wir in den

Köpfen von Bellas männlichen Gegenspielern die wörtlich gleichen Gedanken und Assoziationen, die wir schon von ihr kennen, bis sie in ihrem letzten Opfer, einem veritablen Frauenmörder, ihrem Spiegelbild begegnet. Einem Killer wie Bella.

Thesen lassen sich somit nicht mehr aus dem Roman ableiten. Und das ist gut so, denn »Schmutziges Wochenende« ist kein Pamphlet und keine Streitschrift, sondern ein raffiniertes Stück Literatur, das vor zehn Jahren Maßstäbe gesetzt hat, die noch lange nicht überholt sind, im Gegenteil: Die Kriminalliteratur hat in ihrer Breitenwirkung ein gewisses Maß von ästhetischem Rollback produziert. Das wird ganz besonders deutlich, wenn die Avantgarde von damals nach einem Dezennium immer noch Avantgarde ist. Angesichts dieses Zeitraumes darf »Schmutziges Wochenende« heute auch ruhig »Klassiker« heißen.

Thomas Wörtche

Bibliografie

Dirty Weekend (1991, dt. *Schmutziges Wochenende,* 1991 und 2001). *True Romance* (1992, dt. *Dirty Games,* 1993). *Donna and the Fatman* (1998, dt. *Donna und der Fettsack,* 2000).

Filmografie

Dirty Weekend (dt. unter gleichem Titel). R: Michael Winner; D: Michael Winner und Helen Zahavi. Scimitar Films, GB 1993. Verleih: VPS-Video.

UT *metro*

»Die metro-Bände gehören auf jeden Fall zum Besten, was derzeit an so genannter Spannungsliteratur zu haben ist.«
Michaela Grohm, Südwestrundfunk

Mongo Beti *Sonne, Liebe, Tod*
Zam, der Journalist, hat Sorgen: Leiche in der Wohnung, Freundin entführt, Überfälle. »Ein schwelgerisches Buch, bunt mäandernd zieht es uns in seinen Bann.« *Sächsische Zeitung*

Blue Lightning
Ohne Musik wäre das Leben ein Irrtum. »Es kommt nicht oft vor, dass der unterhaltsamste Krimi des Jahres eine Sammlung von Kurzgeschichten ist.« *London Times*

Pierre Bourgeade *Das rosa Telefon*
In den Labyrinthen des Telefonsex: »Eine frivol und mit laszivem Zungenschnalzen servierte Story, die in ein überraschendes Finale mündet.« *Neue Luzerner Zeitung*

R. Bradley, S. Sloan *Temutma*
Ein blutdürstiger Mörder macht Hongkong unsicher. »Mystery mit Biss: eine schnörkellos erzählte X-Akte made in China – gruselig, philosophisch, spannend.« *Brigitte*

Jerome Charyn *Der Tod des Tango-Königs*
»Mehr als nur einen Thriller: das visionäre Porträt einer Stadt, in der sich der gesamte irrationale Wahnsinn des globalen Zeitalters konzentriert.« *Robert Brack, schwarze taz*

Jon Ewo *Torpedo*
»Das organisierte Verbrechens agiert, als habe nicht der Staat, sondern die Mafia das Gewaltmonopol.« *Stuttgarter Zeitung*

Santiago Gamboa
Verlieren ist eine Frage der Methode
In Bogotá gerät der Journalist Silanpa in einen Strudel aus Traum und Albtraum. »Ein raffinierter Großstadt-Krimi – spannend bis zur letzten Seite.« *Der Spiegel*

Alicia Giménez-Bartlett
Hundstage; Boten der Finsternis
Dicke Luft zwischen Inspectora Delicado und Subinspector Garzón: Ihre Beziehungen machen ihnen Sorgen, und es gibt genug Gründe, einander zur Hölle zu wünschen. »Ein Paar wie von Cervantes und Hammett.«
La Esfera

Chester Himes *Die Geldmacher von Harlem; Lauf Mann, lauf!; Der Traum vom großen Geld; Fenstersturz in Harlem; Heiße Nacht für kühle Killer; Plan B*
»Wer Chester Himes' Krimis liest, taucht ab ins tiefste Harlem … Hier harrt ein Klassiker seiner Entdeckung.« *Annabelle*

Jean-Claude Izzo
Total Cheops; Chourmo; Solea
»Izzo war für Marseille, was Malet für Paris, Hammett für San Francisco, Jerome Charyn für New York war. Als er starb, das war, als habe die Stadt ihr Gedächtnis verloren.«
Süddeutsche Zeitung

Stan Jones *Weißer Himmel, Schwarzes Eis*
In einem brisanten Umweltskandal riskiert Nathan Active Kopf, Kragen und Karriere. »Ein packender Kriminalroman – in der eisigkalten Welt Nordamerikas.« *Nordwest-Zeitung*

Yasmina Khadra *Morituri*
»Selten ist ein politischer Zeitzeugenroman so unterhaltsam gewesen.« *Trierischer Volksfreund*
»Ein großartiges Buch.« *Elke Heidenreich*

Brian Lecomber *Letzter Looping*
»Brian Lecomber macht aus Flugzeugen und Piloten, was Dick Francis aus Pferden und Pferderennen macht.« *New York Times*

William Marshall *Manila Bay*
Battling Mendez, der legendäre Kampfhahn, auf Spurensuche. »Dieses Buch ist Schwindel erregend, verrückt, exzentrisch und exzessiv.«
Los Angeles Times

UT *metro*

Bill Moody *Solo Hand*
Was haben Jazz und das Aufklären von Verbrechen gemeinsam? Die Kunst der Improvisation! »Wenn Bill Moody schreibt, hört man die Blue Notes von den Wänden hallen.« *New York Times*

Christopher G. Moore
Haus der Geister; Nana Plaza
»Konsequente Action, meisterhafte Sprache, authentischer Schweiß aus Bangkok, dazu angelsächsischer Humor at its best.« *DeutschlandRadio*

Walter Mosley *Socrates in Watts*
Nach siebenundzwanzig Jahren im Knast will Socrates ein ordentlicher Mensch werden. »Ein Buch mit dem Blick von unten: wahrhaftig, glaubhaft und ehrlich.« *Deutsche Welle*

Katy Munger
Beinarbeit – Ein Fall für Casey Jones
»Ein erfrischender Wechsel weg von all den saft- und kraftlosen DetektivInnen, die Weißwein trinken und die kalifornische Küste rauf- und runterjoggen.« *Thrilling Detective*

Meja Mwangi *Die Wilderer*
Wenn die Ranger auf ihren Fahrten durch die kenianische Savanne die Geier kreisen sehen, wissen sie: Die Wilderer haben wieder zugeschlagen.

Celil Oker
Schnee am Bosporus; Foul am Bosporus
»In Sachen Kriminalroman tut sich was in der Türkei. Istanbul als Hintergrund für Suchaktionen und Verfolgungsjagden ist für den Krimileser spannendes Neuland.« *SWR1*

Jerry Raine *Frankie Bosser kommt heim*
»Ein blendend geschriebener Krimi, der das Gewohnte von seiner hässlichen Seite zeigt. Nichts für schwache Nerven – für robustere ein Vergnügen!« *Zürich Express*

M.K. Wren *Medusa Pool*
Sheriff zu sein ist nicht einfach – schon gar nicht für eine schwarze Frau.
»Ein emotionaler, ein packender Roman.« *Booklist*

Helen Zahavi
Donna und der Fettsack; Schmutziges Wochenende
»Zahavi gewinnt dem Machtkampf zwischen Mann und Frau bizarre Seiten ab.« *Stern*
»Wahnsinnig, komisch, mit wunderbaren Dialogen.« *The Sunday Times*

Noch mehr Spannung im Unionsverlag

Guillermo Arriaga *Der süße Duft des Todes*
In einem kleinen Dorf in Mexiko entsteht aus Lügen eine Wahrheit, von der niemand verschon bleibt. »Voll versteckter Poesie, die der Hemingway'schen Prosa nahe kommt.« *Semanario Siempre*

Pablo De Santis *Die Übersetzung*
»Die Gratwanderung zwischen Fiktion und Krimi stellt die Sprache in den Mittelpunkt und fesselt die Leser bis zum Ende.« *Lateinamerika Nachrichten*

Garry Disher *Drachenmann*
»Detective Inspector Hal Challis, der melancholische Optimist, ist jemand den man lieber auf seiner Seite hätte.« *The Weekend Australian*

Friedrich Glauser *Schlumpf Erwin Mord; Matto regiert; Die Fieberkurve; Der Chinese; Die Speiche; Der Tee der drei alten Damen*
»Der Glauser mit dem gläsernen Herzen – noch heute sieht man beim Lesen seiner Kriminalgeschichten ungehindert in diesen klaren, wahren Kern hinein.« *Vogue*

Walter Mosley *Socrates' Welt*
»Socrates Fortlow ist dem Helden Franz Biberkopf aus Döblins Alexanderplatz ein Bruder im Geiste.« *WDR 3*